此书为"牡丹江师范学院优势特色学科"项目成果之一，项目编号：DF-2017-10233-牡丹江师范学院-01-地方语言文学；黑龙江省哲社规划项目"新时期文学批评的转型与走向"成果，项目编号：18ZWE726；黑龙江省教育厅项目"新时期文学批评的转型与走向"成果之一，项目编号：1351MSYYB019。

新时期文学批评的
转型与走向

刘雪松 著

中国社会科学出版社

图书在版编目(CIP)数据

新时期文学批评的转型与走向／刘雪松著．—北京：中国社会科学出版社，2019.12
ISBN 978-7-5203-5355-7

Ⅰ.①新… Ⅱ.①刘… Ⅲ.①中国文学—当代文学—文学评论 Ⅳ.①I206.7

中国版本图书馆CIP数据核字（2019）第230560号

出 版 人	赵剑英
责任编辑	王 衡
责任校对	王巧雨
责任印制	王 超

出　　版	中国社会科学出版社
社　　址	北京鼓楼西大街甲158号
邮　　编	100720
网　　址	http://www.csspw.cn
发 行 部	010-84083685
门 市 部	010-84029450
经　　销	新华书店及其他书店

印　　刷	北京明恒达印务有限公司
装　　订	廊坊市广阳区广增装订厂
版　　次	2019年12月第1版
印　　次	2019年12月第1次印刷

开　　本	710×1000 1/16
印　　张	16
字　　数	201千字
定　　价	78.00元

凡购买中国社会科学出版社图书，如有质量问题请与本社营销中心联系调换
电话：010-84083683
版权所有　侵权必究

前　言

新时期①文学批评在中国社会基本结构发生巨变的大语境下呈现出空前异彩纷呈的盛况，形成二十世纪中国文学批评史上最激荡、最活跃的景观之一。它以其特有的形态参与了当代文学的发展进程，对于当代文学观念的形成与发展，对于当代文学各种文体艺术的发展变革，以及在指导文艺创作、引导读者阅读和建构文艺理论乃至思想启蒙、谋划中国文化之未来等方面都起到了举足轻重的作用。

新时期文学批评处于社会转型和新旧交替之际，显示着重大的转折和变化，可以说构成了当代思想文化变化最为深刻复杂的方面，包含了丰富的信息，及时对它进行梳理和研究，可以呈现近三十年文学思想状况复杂性的历史面貌与走向，有助于我们认识时代复杂多元的文化语境。回顾新时期文学批评近三十年历程，可知文学批评绝不是孤立的现象，它与新时期以来中国文化转型总体变化的复杂走向相表里，是迈向现代化进程中国人精神状态变迁的一个重要显影，因此，对新时期文学批评进行梳理与反思，也意味着对当代中国人精神历程的一次巡礼与检视，从中可透视

---

① 本书所说的"新时期文学"是指1976年粉碎"四人帮"之后的文学。

转型时期当代人寻觅精神信仰的心路苦旅、文化焦灼和精神裂变，以及在各种言说中看到一个时代精神关怀的热点和深度。文学批评的变化牵扯到文化领域的诸多问题，蕴含着知识界思想资源、价值立场、批评方法的多元复杂、变化更迭等诸多问题，对于反思当代文学研究进展、学科话语和描述方式的重新建构等都具有十分重要意义。因此，对新时期文学批评进行批评，也是批评自身建设的需要，回眸性的探讨正是为了引发前瞻性的建设。

20世纪90年代以后许多学者都投入了对新时期文学批评的回顾与反思，对文学批评进行总结、分析、探讨的笔谈、对话、争鸣和相关文章在各地报刊大量刊发，也有一些批评类的论著。纵观这些批评和研究，主要是总结文学批评得与失、经验与教训，回顾批评走过的道路，探寻文学批评的出路。有关新时期文学批评转型与走向的研究，虽然也有所涉及，为这方面的研究提供了许多启发和帮助，但还不够系统，而且任何一种学术研究都不可能把研究对象阐释穷尽，尤其是作为新时期文学批评这样复杂的研究对象，定然会留下更多的阐释空间。本书在以往研究成果的基础上，试图重新确立一条新的叙述线索，主要从新时期文学批评转型与走向的角度切入，从六个方面进行了梳理与概括：第一，文学批评的形态：由整体走向分裂；第二，文学批评的格局：由三足鼎立走向多元分化；第三，文学批评的模式：由感性批评走向理性批评；第四，文学批评的视角：由审美批评的内视角转向文化批评的外视角；第五，文学批评的理论话语：由弘扬现代性走向"重估"现代性；第六，文学批评的品格：由精英批评走向世俗化批评。

需要说明的是，本书的描述仅仅是一种简单的概括。新时期的文学批评丰富复杂，这种状况不是简单的概括所能穷尽的，所以，本书选择这样一个叙事视角并不意味着对其他维度的忽略和否定。对新时期文学批评状况做出描述和分析并不是一件容易事，不仅许多方面尚无先例可供借鉴，而且面对这段历史留下的众多资料，首先要进行广泛收集和集中概括的工作，既要关注纷繁芜杂的文学批评文本，以掌握丰富的第一手材料；又要关注当前对文学批评进行研究的文本，以便随时了解当前这一领域的研究动态。面对杂乱的批评资料，要赋予它们秩序化的特征，从中梳理出可见的线索和脉络，这本身就是一大难题。因为新时期文学批评的丰富性使得无论怎样梳理都不可避免顾此失彼，在笔者的笔下都会漏掉一些批评现象，免不了捉襟见肘。尤其需要说明的是，任何概括都往往是一个"简单化"的过程，是以"遗漏"为代价的。比如，当笔者试图赋予某个现象以秩序化特征时，就必然要有所取舍，很难保持杂乱无序的原生态；确立一条叙述线索之时，难免将另一些重要维度驱除视域之外，这是笔者深以为憾的。

目　　录

第一章　文学批评的形态：由整体走向分裂 …………… (1)
　第一节　主潮批评缺席、中心批评瓦解 ………………… (1)
　第二节　多元价值的交汇与冲突 ………………………… (9)
　第三节　丰富中的贫困 …………………………………… (22)

第二章　文学批评的格局：由三足鼎立走向多元分化 ……… (35)
　第一节　作协批评的衰微 ………………………………… (35)
　第二节　学院、媒体批评崛起，作家批评和网络批评
　　　　　引人注目 ……………………………………… (41)
　第三节　建立多元互补的批评格局 ……………………… (60)

第三章　文学批评的模式：由感性批评走向理性批评 ……… (67)
　第一节　从感性的张扬到理性的呼唤 …………………… (67)
　第二节　批评的知识化、理论化 ………………………… (78)
　第三节　让思想穿上美丽的外衣 ………………………… (85)

**第四章　文学批评的视角：由审美批评的内视角走向文化
　　　　批评的外视角** …………………………………… (95)
　第一节　文化批评登场、审美批评淡出 ………………… (95)

第二节 文化批评拓展了文学批评阐释空间，从更高
　　　　意义上回到外部研究 …………………………（105）
第三节 周边话语的繁复与本体话语的荒芜 …………（115）

第五章　文学批评的理论话语：由"弘扬现代性"走向"反思现代性" ………………………………………（128）
第一节 新启蒙主义思潮与启蒙主义的式微 …………（128）
第二节 90年代文学批评对现代性的重估 ……………（139）
第三节 如何反思"启蒙""现代性" ……………………（199）

第六章　文学批评的品格：由精英批评走向世俗批评 ……（209）
第一节 文学批评世俗化、平面化的语境 ……………（209）
第二节 文学批评的世俗化、平面化 …………………（214）
第三节 文学批评困境与出路 …………………………（224）

参考文献 ………………………………………………………（241）

第一章 文学批评的形态：
由整体走向分裂

第一节 主潮批评缺席、中心批评瓦解

如果粗略地勾勒一下文学批评从20世纪80年代到90年代在批评形态上有什么明显的历史走向的话，可以简单地描述为从整体走向分裂。这种分裂首先表现为主潮批评缺席，中心批评瓦解。

回顾20世纪80年代，文学批评基本呈主潮式发展，每一阶段都能找到一种带有主潮特征的文学批评潮流，比如，现实主义、现代主义、后现代主义。文学批评依照文学热点比较集中地进行文学批评活动，如以"伤痕""反思""寻根""先锋""新写实"等文学为中心的批评主潮，波叠浪涌，一波一波，次第展开。也就是说，文学批评的内容在每一阶段都有相对共同的东西，能够相对集中于某一个目标，大家做什么，一窝蜂地去做，大家思考的问题、出发点，使用的批评方法，主要的思想资源大体相似。比如20世纪80年代，围绕着寻根、文化、启蒙等论题，不管处在大学里的还是研究所里的，或是社会上的，包括那个时候的媒体，从中央到各个地方的刊物，都比较集中地加以探讨。而进入90年代已不存在这样统一一致的话题，在批评话语和批评问题的选择

上，呈现出杂语喧哗的特征。80年代那种集体性的文学狂热已经降温，文学批评已不再有主潮，文学进入到了一个众声喧哗的"无名"状态，批评家们失去了"共名性"的话语目标。如果说，在80年代，审美批评曾一统天下，成为这一时期知识界广泛认同的主流批评话语的话，那么90年代，可以被各个方面认可的批评立场和理论背景则很难建立起来。市场经济的介入和知识界的分化，使得文学批评的理论目标和价值取向都发生了巨大的变化，整体显得异常喧嚣。如果说，在80年代有"登高一呼，应者云集"的批评权威，而在90年代则不存在这种状况，没有权威、没有中心，无论批评界有什么响动，都没有轰动效应。如果说在80年代，文学批评领域里的重要话题，一般都是集中由北京发起的，然后波及全国，也就是由政治中心北京向全国其他地方辐射，使80年代的文学批评从总体上呈现出明显的主潮特征。而进入90年代以后，随着市场的冲击，使文学从政治隐喻、纯粹书写的符码中解脱出来，进入一个更为广阔的文化空间，80年代那种向心力极强的文学批评潮流已滑落为零散的、漂浮的、个人的文学体验，失去极强向心力的文学批评潮流，成为一种个人抒写。因此，被称为"没有主潮"时期。这说明在比较稳定、开放、多元的社会环境里，那种重大而统一的时代主题已经无法拢住整个时代的精神走向，文化思潮和观念只能反映时代的一部分主题，却不能覆盖所有的问题。

　　这种没有主潮的文学批评现象，意味着90年代的文学批评是遵循着思想自身的生长方式在发展，批评家关注什么问题，选择哪些问题作为他思考的对象，是由批评家个人的艺术趣味和个人经历所规定的，而不是由什么抽象的总体性思想来安排的。所以，90年代，"我们"的方式和口吻在批评中越来越无力，"我们"这一带着某种政治意味的符码逐渐退场。在 90 年代之前，长久以来的思想一统意识使人们习惯了"我们"的言说方式，习惯了以集体的思维、集体的审美标准去评判作品，而 90 年代以来，随着各方因素的凸现，批评家们对"我们"已不屑一顾，批评家已不再为特定的观念形态所囿，批评家追求个性的彰显，从个人、"我"的思维向度出发，打破了长期缠绕于文学批评中的权威的集体言说方式。批评已由传统、单一、集中的观点阐述，由滞重、压抑的表现途径裂变成多元、多维度而言语跳跃、尽显个性风格的表达。因此，被称为"没有主潮"时期。这说明在比较稳定、开放、多元的社会环境里，人们的精神生活日益丰富，那种重大而统一的时代主题已经无法拢住整个时代的精神走向，文化思潮和观念只能反映时代的一部分主题，却不能达到一种共鸣的状态。于是价值多元、共生共存的状态就会出现。这种分裂，具体表现之一就是批评话语类型多元共存。

所谓话语类型主要是从知识谱系、文化传承和基本的批评思路以及关注问题的相似度的角度立论的。80 年代中期之前，文学批评理论话语基本是现实主义社会历史批评的一枝独秀，80 年代中期以后，在"文学回归自身"的口号下，审美批评可谓一统天下，进入 90 年代以后，文学批评话语类型已经呈现为多元分裂局面。

一 如果从中西文化背景来看，可以分为西方当代批评理论话语类型和传统学术话语类型两大类，每一类型又可细分为诸多种批评话语

（一）西方当代批评理论话语类型

西方当代批评理论话语类型可以细分为以下几种类型：（1）"文化研究"类型：这一话语类型的批评文章以西方近年的"文化研

究和文化批评"理论为其理论背景,以跨学科的宏观视野探讨文学及社会文化作为一种意义符号的生产、传播及消费的过程。这一研究路径的批评家主要以戴锦华、汪晖、黄子平、陶东风等为代表,比较重视大众文化与通俗文化研究。其特点是侧重发现文学的文化意义,文学不过是文化系统中的一种媒介或工具。(2)"后现代主义"与"后殖民主义"话语类型:中国的"后殖民主义"理论批评思想来源主要有萨依德的《东方主义》、霍米巴巴的《文化的场所》、斯皮瓦克的《在其他的世界》等著作。这一派比较关注在"全球化"语境下中国作为第三世界在文学中的民族地位和处境。如果说,"后殖民主义"批评理论是从空间角度探讨中国在世界语境中的地位处境,那么,"后现代主义"则从时间角度来探讨中国进入现代化发展进程之后存在的文化处境和文化问题。谈论"后现代主义"的中国学者大致可以分为两个向度:一种是受美国学者杰姆逊在《后现代主义与文化理论》一书中主要观点的影响,将"后现代主义"视为一种与社会发展阶段相适应的文化哲学,强调一种削平深度,取消价值,颠覆文化等级等的平面化、大众化的文化状况,同时对"现代主义"和社会的现代化思路进行批判。这一思路的代表主要有张颐武、刘康、陈晓明、王干、杨小滨等。他们在80年代末及90年代极力倡导文学批评运用"后现代理论",对先锋小说、新写实、王朔小说及晚生代、新生代的阐释都是在后现代理论视域下的解读,也引发了批评界关于"后现代主义"在中国是否存在的讨论。"后现代主义"的另一向度——对"现代性"的反思,90年代它们和后殖民主义、新左派及文化保守主义携手掀起了一股反思现代性的浪潮,"重估现代性"几乎成为学界一个时髦词汇。这一思路主要借助韦伯、哈贝马斯等有关现代性及现代化思考的思想,对整个近代以来的中国的现代化发展过程及启蒙主义的现代化设计方案进行反省和批判。这一理论的出现也为人们研究和概括20世纪中国及中国文学提供了一种新的思路。这一研究类型主要在郑敏、汪晖、刘东、陈晓明、张颐武、韩毓海等的论著中有较多的体现。（3）"性别研究"类型：这一研究类型的代表主要有戴锦华、李小江、陈慧芬、丹娅、徐坤、王绯、荒林、陈晓明、王光明等。不同于传统批评话语，女性主义批评站在女性立场上，关注女性作家创作，通过女性的视角，女性的观照立场、价值标准和情感体验，对文学作品、文学创作、文学批评作出富有女性特征的分析、研究，从文本的字里行间发现被藏匿和扭曲的女性的生存体验和女性的反抗。相对于传统文论来说，这无疑是一种全新的角度和方式。虽然80年代就有了女性主义文学批评，但基本还属于启蒙阶段，90年代，女性主义文学批评进入了实质性阶段。90年代中国的"性别研究"主要是以西方60年代以来的"女性主义"文化批评理论为理论资源，与80年代以启蒙主义为思想源泉的女性批评不同的是，这些批评从后现代主义女性主义理论立场出发，特别关注女性的文化身份和女性独特的性别经验差异，致力于解剖、清算和批判男性中心文化核心文本，重新解读男性中心文化文本中的女性形象；探讨女性写作中的文化价值和现实意义；探索女性主义文学的审美形态和美学特征；极力倡导一种具有女性意识的阅读方式，整体上比80年代的研究视野更加开阔。这种性别意识、性别差异，不仅成为一种批评的价值尺度，同时也成为女性批评形态现实存在的合法性依据。这种批评话语的内部裂变，打破了男性话语一统天下的格局。性别意识使得90年代的文学批评多了一道参照的思想坐标，撑开了批评的思想空间，最终促使文学批评具有双性多维的视角。

(二) 传统学术话语类型

与西方当代批评理论话语范型从当代西方批评界吸取理论资源不同，这批学者"借助于学术内省晚清以来在西学东渐背景下建立的现代性历史观"来确立自身的学术规范。前者或者可以称为当代的"西学东渐派"，而后者则是"旧学新知派"。持后一种研究思路的主要是围绕在同仁刊物《学人》《文学史》周围的陈平原、葛兆光、王守常、夏晓虹等，相类的著述包括王瑶主编的《中国文学研究的现代化进程》、陈平原的《中国现代学术之建立——以章太炎、胡适为中心》、徐葆耕的《释古与清华学派》等。他们大多是近现代文学和思想史的研究者。但他们从近代学术中寻求学术传统的动因却与当代文化、文学研究有密切关系：出于对80年代学术"失范"的不满，认为"九十年代或许更需要自我约束的学术规范，借助于一系列没有多少诗意的程序化操作，努力将前此产生的'思想火花'转化为学术成果……在探讨前辈学人的学术足迹及功过得失时，其实也是在选择某种学术传统和学术规范，并确定自己的学术路向"[①]。这一派学者试图通过对晚清学者的学术清理来获取一种学术资源，即从中国学术发展内部获得学术研究的历史经验、思想资源。这一思路显然与通过引进介绍西方当代批评理论的方法大异其趣。但迄今为止，这种研究仍然以近现代学术研究为主，以这些"学术传统"为依据来对当代中国文化和文学进行研究的工作尚未展开。但这种历史重构行为必将对当代学者的研究产生重大影响。值得一提的是这种研究思路也受海外这一时期的汉学研究的影响。一批曾经热切地关注现实的学者如戴锦华、孟繁华、孟悦、刘禾等转向历史研究，期

[①] 陈平原：《学人·第一辑》，江苏文艺出版社1991年版，第3—4页。

望通过对历史经验和历史发展的梳理,来获得阐释当下文化现象的依据和自身的学术立场。①

二 人文精神话语范型

90年代另一重要的批判理论范型是以上海学者——包括陈思和、王晓明、李劼、朱学勤、许纪霖等——为代表的"人文精神"批评理论。这批学者对大众文化的媚俗、鄙俗和市侩,对文坛种种衰败现象感到愤怒,抨击这个时代是"文化溃败"时代,一个人文危机、失落的时代。认为知识分子应保持人文情怀,从而纠正商业化过程中出现的负面现象。他们坚持五四精神中的启蒙主义传统,对当代文坛的许多现象予以抨击和批判。而在文学批评的写作上,他们侧重发现作家在文学作品中所表达的精神内容,强调批评主体以一种认同方式去体认、领悟作品内涵,提出文学作品的意义在于"终极关怀"及对生命意义的追求,强调"高雅"的知识分子人文精神。②

三 超越西化与传统之上的"新批评"

出于对西方当代批评理论的食洋不化和生吞活剥而带来的许多问题的不满,一种试图融合中国传统文学批评理论资源和近百年来引进的西方理论资源,"创造"一种既不同于西方又不同于传统的批评理论与批评设想逐渐凸现出来。1998年第一期《北京文学》发表北京大学教授曹文轩的访谈录,文章标题为《丢不下的尴尬:中国当代文学批评理论资源的贫困化》,对目前当

---

① 贺桂梅:《批评的增长与危机》,山西教育出版社1999年版,第56页。
② 同上书,第59页。

代文学批评理论的西化现象提出批评，认为"一个国家的文学批评理论资源匮乏，几乎全靠外来接济"，这个问题十分重大。曹文轩提出的问题反映了文化界渴望探求一种真正适合中国文化语境和社会现实的理论的意愿。与那些持文化普遍主义看法的学者认为吸收西方理论是完成知识转型的看法不同，也与那些通过对传统学术思想进行梳理以选择更合理的学术传统的做法不同的是，一些学者试图建立一种超越二者之上的新批评。吴炫在1997年5月1日的《文汇报》发表《知识转变的方法》提出"第三种批评"，要发现中西方各自理论的长处，相对于当下现实的局限性，从而建立新的思维命题、思维方式，来统摄和超越这种局限。这个批评范型具有综合创新性，其批评方法具有一定科学的理论体系和具体的操作方法，并伴有一定的批评实践，在理论形态上得到了一些人认同。华中师范大学的王先霈教授则试图融合中国传统文学批评的感性因素和西方文学批评的理性因素，倡导一种"辩证的、感悟与理性融合的、适合文学审美特性的""圆型批评"。这些建设性的倡导尽管难以具体实践操作，但却代表了文学批评的一种新的探索方向。构成90年代批评理论及批评实践的引人注目的"新"话语范型，除了上面论及的之外，还存在众多的话语范型，例如一些学者仍然延续了50年代以来的社会历史研究，以马克思主义的美学理论为资源探讨当代文化文学现象；也有一些学者采用结构主义和叙事学以及多种批评理论对作品进行细致的重读，从而挖掘出文学史上重要文本的新的内涵。例如王蒙、张颐武主编的《全国小说奖获奖落选代表作及批评》、蓝棣之的《现代文学经典：症候式分析》以及以谢冕为代表的北京大学"批评家周末"发表的当代文学重要作品重读系列等。①总之，90年代，不同的知识背景、学术旨趣、言说对象、批评方法，打破了一体化时代秩序井然的批评状况，呈现出多元与分裂的批评话语形态。

第二节 多元价值的交汇与冲突

80年代，新启蒙思潮是知识界的主流，虽然涵盖在新启蒙旗帜下的思想取向纷繁复杂，但知识分子群体大体上保持了一致性。知识界有着较为共同的精神理念和价值体系。"现代性""启蒙""反封建""人道主义"是知识界比较一致的价值体系，理想、拯救、承担、激情、淳朴、使命、信仰，是他们共同的精神表征。相比于80年代，90年代共同的文学理想破灭了，被许多人认为是一个知识分子"共识"破裂的时代。如果说，80年代在一些文化问题上有着相对一致的观点与看法，他们曾经拥有一些基本的立场和知识前提等，90年代都已发生了巨大的裂变和分歧。其中关涉到的原因有多种。一方面，作为知识界和当代文化的重要监护和调控力量的国家意识形态90年代的边缘化，使得知识界多种声音的发出和存在成为可能；另一方面，文化市场的形成为知识界的多元选择提供了现实的条件；同时，经过80—90年代之交的社会与文化震荡，那种似乎是在无形之中存在的知识分子共有的自我想象已经发生了很大的裂变；知识分子在商业化的文化市场中所做出的不同选择，他们在知识谱系上的不同方向的接受，他们对自我形象的不同设计以及他们对待知识的最基本态度等都发生了迅速的"分裂"。在社会结构重构的条件下，知识分子的社会基础

---

① 贺桂梅：《批评的增长与危机》，山西教育出版社1999年版，第63页。

也重构了。随之而来的是，他们对现实问题的判断以及相应的解决方案呈现越来越明显的分歧，各种思想派别的界限清晰起来。一位批评家不无戏谑地写到："1995年文坛可谓气象万千，热闹非凡，甚至狼烟四起，人声鼎沸。各路兵马摇旗呐喊，旗号林立。文坛真的成了战场。不过这次是精英知识分子文化圈内部的'窝里斗'，官方和民间显得相对超然。"①

正是由于"共识破裂"，不同立场和知识背景的文化人之间的冲突也成为必然。因此，作为90年代知识界尤其是文化界的重要症候之一，种种笔战、论争、大讨论，甚至由此引发出的关涉到具体的人事关系的批评事件的频繁出现。例如以1993年王晓明、张宏等发表的座谈记录《旷野上的废墟——文学和人文精神的危机》打头的长达三四年之久的"人文精神"大讨论，由王蒙在1993年发表评论王朔的文章《躲避崇高》而起的关于"王朔现象"的评价与讨论，由王彬彬1994年发表的《过于聪明的中国作家》引发的"二王"之争，由1994年张承志"抨击文坛堕落"而开始的"抵抗投降"的"二张现象"，以及关于"宽容"，关于"世纪末的保守主义"，关于批评家张颐武等与作家韩少功发生的"马桥事件"，关于"百年文学经验"的讨论等。正是这些交锋真正成了"众声喧哗"的所在。同时，"这些场讨论、论争打破了八十年代以来知识分子只有一个集体性声音（即为'现代性'和'改革开放'呐喊）的不正常局面，而将知识界内部在学术、思想、政治乃至道德层面上的深刻分歧，公开地呈现出来。"② 这种

---

① 陶东风：《道德理想主义：拯救当代社会的神话》，《作家报》1995年7月1日第2版。
② 陈清侨：《身份认同与公共文化：文化研究论文集》，牛津大学出版社1997年版，第364页。

分裂比较集中地体现在学院中的知识分子中。

学院批评的第一次分裂是对学院批评的自身价值怀疑及其变异。比如，学院批评对人文学科价值的怀疑与否定。这体现为一部分人出国了，另一部分学院批评者的下海潮。在下海潮中，队伍开始分化与重组，这构成第一次分裂的浪潮。学院批评的第二次分化，是留守队伍自身的分化，具体就表现在90年代"人文精神"大讨论中。而20世纪末"新左派"与自由主义的论争，则是自改革以来当代启蒙知识界第三次大裂变。这两次大讨论，被认为是代表知识分子共识破裂的具有标志性的事件。

一 "人文精神"论争：普遍意义的终结和多元价值的呈现

发生在1993—1995年间的"人文精神"论争，可谓90年代前期知识界规模最大的一次讨论。在短短的三年间，参加讨论的文章数目就达到三百多篇。在持续两年的过程里面，不断有学者加入这个讨论。许多报刊，如《光明日报》《文汇报》还开辟了专栏，1996年上海和北京两地同时出版两本《人文精神讨论文选》，论争所引发的内容涉及市场、商业化、消费主义、现代化、后现代、现代性等人文领域诸多问题。不同的回答源于不同的哲学观念和思想观念。

"人文精神"的讨论始于《上海文学》1993年第6期发表王晓明、张汝伦等人的《旷野上的废墟——文学和人文精神的危机》一文，"人文精神"的提倡者针对的是人文精神"失落"的现状。王晓明的起点是文学的危机：杂志转向、作品质量下降、读者减少、作家批评家"下海"。张汝伦关心的是人文学术的困境："在一个功利心态占主导地位的时代，人文学术被普遍认为可有可无；不断有人要求人文学术实用化以适应市场经济的需要；各种政治、经济因素对人文知识分子的持久压力等等"①。上海的这批文学批评家在这篇文章中对当下的文学现状提出了激烈的批评,认为"这一股极富中国特色的'商品化'潮水几乎要将文学界连根拔起"②(王晓明),"今天的文化差不多是一片废墟"③(崔宜明),"今天的文学危机是一个触目的标志,不但标志了公众文学素养的普遍下降,更标志着整整几代人精神素质的持续恶化。文学的危机实际上暴露了当代中国人人文精神的危机"④(王晓明)。讨论具体针对的是文学创作中的两类品质:"媚俗"与"自娱"(张宏)。前者以作家王朔为代表,王朔作品的基调是"调侃":"在这种调侃一切的姿态中……既不肯定什么,也不否定什么,只图一时的轻松和快意。……它取消了生命的批判意识,不承担任何东西,……这只能算是一种卑下的孱弱的生命表征。王朔正是以这种调侃的姿态,迎合了大众的看客心态,正如走江湖者的卖弄噱头"⑤(张宏);后者则指向沉迷于形式技巧,"玩文学"派的作家艺术家,在这篇文章里主要提到的是电影导演张艺谋、先锋派作家:张艺谋的电影"使用了在中国人看来最具现代性的技巧,所表现的却是中国文化最陈腐的东西。张艺谋的真正快感只是来自于对技巧的玩弄。一旦失去了这种形而上的意向性,那么形式模仿的意义就只剩下'玩'的本身,它所能提供的仅是一种形而下的自娱快感。人文精神正是在这种快感中丧失了"(徐麟)⑥;讨论

---

① 张汝伦、王晓明、朱学勤、陈思和:《人文精神寻思录之一——人文精神:是否可能和如何可能》,《读书》1994年第3期。
② 田朋朋:《1991—2001:"鲁迅传统"的嬗变》,苏州大学,学位论文,2010年。
③ 同上。
④ 同上。
⑤ 王晓明、张宏、徐麟、张柠、崔宜明:《旷野上的废墟——文学和人文精神的危机》,《上海文学》1993年第6期。
⑥ 同上。

的对话者最后以一种"殉道者"的姿态对在商业化冲击下丧失人格与精神操守的文化人表示了轻蔑与对自己的期许:"在商品经济大潮的冲击下,穷怕了的中国人纷纷扑向金钱,不少文化人则方寸大乱,一日三惊,再也没有敬业的心气、自尊的人格。……"①

作家张承志、张炜声讨当下文坛的檄文:"……我不承认这些人是什么作家,他们本质上都不过是一些名利之徒。他们抗拒不了金钱和名声的诱惑,是因为他们根本没有抗拒的愿望和要求。其中一些人甚至没有起码的荣辱感、是非观,只要自己能捞到利益,哪怕民族被侵略、祖国被瓜分也不会在意。就这样一批无原则、无操守的文化人,居然不但占据了文坛,还利用各种关系联络了电视台、报刊,形成一种称霸文化领域的'势力',控制了这个12亿人口大国的文化空气,还有什么比这更荒唐可怕的吗?"②(张承志)"文学已经没有了发现,也没有了批判。一副慵懒的、混生活的模样,只有让人怜悯。乞求怜悯的文学将是文学史上最令人讨厌的东西。"③ "文学已经进入了普遍的操作和制作状态,一会儿筐满仓盈,就是不包含一滴血泪心汁。完全是专业化了,匠人成了榜样,连血气方刚的少年也有滋有味地咀嚼起酸腐。在这种状态下精神必然枯萎,它的制作品——垃圾——包装得再好也仍然只是垃圾。……诗人为什么不愤怒!你还要忍多久!快放开喉咙,快领受原本属于你的那一份光荣!你害怕了吗?你既然不怕牺牲,又怎么怕殉道?!我不单是痴迷于你的吟哦,我还要与你同行!"④(张炜)

一些学者、读者对张承志、张炜的"愤怒"表示了不同的看

---

① 王晓明、张宏、徐麟、张柠、崔宜明:《旷野上的废墟——文学和人文精神的危机》,《上海文学》1993年第6期。
② 周建梁:《"人文精神"讨论与知识界的分化》,《美与时代》2013年第4期。
③ 同上。
④ 同上。

法。许纪霖认为对于当下的文化现象,应该有严肃的批评,包括道德的批评,但道德激情背后应该有理性的成分,应该将批评的对象置于具体的语境之下予以历史的解读,进行"内部的批判"。张承志的批判方式过于简单化,"以张承志深恶痛绝的文化现象而言,并不是一个简单的文人道德堕落的问题(倘若真是这样,事情反而好办多了,只要进行一场'道德大扫除',岂不万事大吉、人心复古了?)而是与中国近十年来社会文化变迁、世俗化形态的形成以及消费性的'后现代文化'崛起有关。……当把一切问题都归结于道德的败坏,实际上回避了问题的真正所在,于事情的认知和解决无丝毫的补益。"①

正如任何一次文化讨论一样,"人文精神危机"的提法同样遇到了反诘的声音。作家王蒙基于对"革命理想主义"年代的强烈记忆,在人文精神倡导者那里嗅到了刻骨铭心的历史经验让他特别敏感与警惕的"文化专制主义"("这样提出问题本身就是潜意识中的文化专制主义")气息。"他肯定商品经济所带来的人的自由、解放,不同意人文精神倡导者对市场时代的批评,王蒙问道:说人文精神失落了,那么,在'失落'之前,我们的'人文精神'又处于什么样的态势呢?王蒙与人文精神倡导者的分歧首先体现在对王朔的评价态度上。"② 王蒙在1993年第1期的《读书》上发表了一篇《躲避崇高》的评论热情洋溢地肯定了王朔小说对伪崇高、对专制文化的消解作用。对于上海批评家对王朔的批评,王蒙深以为否,"批评痞子文学的人又有几个读懂了王朔?"他认为王朔恰恰是用一种戏谑、调侃的方式来唾弃那种在我们的生活中

---

① 刘江:《1990年代的"人文精神"讨论》,上海师范大学,学位论文,2011年。
② 田朋朋:《1991—2001:"鲁迅传统"的嬗变》,苏州大学,学位论文,2010年。

已经存在很久的"伪道德伪崇高伪姿态"。更主要的,上海批评家在批评王朔时所表现出来的道德化精英化姿态与激烈口吻唤起了王蒙"似曾相识燕归来"的可怕历史记忆:"难道痞子就没有可以同情与需要理解之处吗?对待痞子一笔抹杀,难道不也是太缺乏人文精神,太专制也太教条了么?"①"都成了王朔固然不好,都成为批评王朔的某教授,就更糟糕。连起码的幽默感都没有,还能有什么人文精神?这样提出问题本身就是潜意识中的文化专制主义。"② 在《沪上思絮录》中,他进一步解释了他所谓的文化专制主义:"……最好的信念,如果带有排他的极端主义色彩(我们这里常常美化称之为'彻底'),也一定会通向文化专制主义。愈是自认为伟大崇高,这种专制主义就愈厉害。"③ 显然,他对人文精神倡导者的"人文精神"保持着一种警觉的姿态,他特别提醒道:"人文精神似乎并不具备单一的与排他的标准,正如人性并不必须某种特定的与独尊的取向。把人文精神神圣化与绝对化,正像把任何抽象概念与教条绝对化一样,只能是作茧自缚。"④ 与王蒙同调的还有吴滨、杨争光等人。

在分析了"人文精神"及相关讨论中存在的不同话语形态之后,我们将越来越触及其中的一个关键问题:与其说这是一场围绕"人文精神"的讨论,不如说这是一场关于文学与人文研究者的意义认同与价值立场的大讨论。他们的基本价值观和价值认同都不一样,谁也不愿接受对方的价值判定,谁都想要证明自己的价值立场的合理性。因此,可以说,他们关心的并不是问题,而是价值及价

---

① 王蒙:《躲避崇高》,《读书》1993 年第 1 期。
② 同上。
③ 王蒙:《沪上思絮录》,《上海文学》1995 年第 1 期。
④ 同上。

值的判定。他们都认为自己拥有价值和对某种价值的追求。如王朔等"下海"办公司的作家就认为他们所做的是"建设人文精神的实事";王蒙认为"对于文化和人文科学的重视当然是知识分子们所拥护的",但他认为"最好还是先来点现实,过几年再去终极吧";陈晓明则写道:"尽管我对持人文关怀立场的当代知识分子保持足够的历史尊敬,但我依然试图打破这样一种幻觉,即有种特别崇高而有责任感的知识分子,他们尤为关注人类的命运和精神价值。我试图表明的仅在于此:他们也不过是在讲述一种话语,在运用他们已经习惯的专业知识,特定的知识背景映衬出他们关怀人文精神的现实形象,如此而已。"① 张颐武则将"我们必须和世俗的人们不停地对话与沟通,对中国正在发展中的大众文化有更为明澈而机敏的观察与思考"作为研究者的"使命"。② 在《"分裂"与"转移"——中国"后新时期"文化转型的现实图景》一文中,他对知识分子的形象与使命作了更为明确的描述:即一种作为"文化守望者"的"新知识分子"形象:"他既保持对'知识'和自我的批判与反思,绝不认定自己发现了真理,而是不断思索;又对目前的文化景观进行批判和反思,提供新的认识。"③ "在文化的扩张与变化中,在边缘处守望和思索并期待和尝试新的创造。"④

这场讨论的重要性并不在于"人文精神"这一话题本身,而是由这一话题所触发的不同的意义认同与价值立场的正面冲突。正是借助于这一场讨论,"知识界内部在学术、思想、政治乃至道

---

① 罗岗、倪文尖:《人文精神》,《90年代思想文选》(第一卷),广西人民出版社2000年版。
② 同上。
③ 刘乐新:《90年代人文精神讨论(1993—1995)研究》,北京师范大学,学位论文,2010年。
④ 贺桂梅:《批评的增长与危机》,山西教育出版社1999年版,第92页。

德层面上的深刻分歧,公开呈现出来"①,"经过这一场讨论,在同一部分知识分子中间,逐渐形成了一个讨论信仰、认同和精神价值的话语领域。"通过这一次讨论,不仅仅是让人感到知识分子"共识的破裂",而且不同的意义认同和价值立场所赖以表达的话语开始呈现出较为清晰的脉络。即使在两"派"内部,批评立场、价值取向以及理论背景也有很大差别,甚至是根本的差别。这种百鸟争鸣而非百鸟朝凤式的多元化的批评景观,在80年代恐怕是不可想象的。

自90年代开始,知识界就在不断地强调文学与文化从"一元论"走向"多元化",从集体合唱走向"多元共存"。但在此之前,这种描述都只是一种模糊的概括,具体存在哪几"元",它们在什么地方开始分化,各自依据的话语立场是什么等,都没有得到清晰的解答。而正是借助于90年代前中期的"人文精神"大讨论这一"公共话语领域","多元化"才第一次集中地表现出来。总之,"人文精神"大讨论不是精神的"危机",而是精神话语的碰撞与冲突;不是价值认同的"困境",而是价值认同的多元化。这场讨论几乎成为90年代文化与文学发展的一个"分水岭";那种对"普遍"意义话语的追求,那种以"我们"这样的全称指代方式出现的表述,自此都将得到自觉的怀疑。

二 新启蒙阵营进一步分裂——"新左派"与自由知识分子之争

如果说90年代初的"人文精神"大讨论体现了改革开放以

---

① 罗岗、倪文尖:《人文精神》,《90年代思想文选》(第一卷),广西人民出版社2000年版。

来知识分子共识的破裂,那么,发生在90年代末期的"新左派"与"自由主义"的激烈论争则使得80年代的新启蒙阵营进一步分裂。它意味着中国知识分子立场的又一次分化,体现着几十年来中国思想界在社会转型过程中积聚的矛盾和分歧。正因为这样,在世纪之交,双方的论争可谓一波未平,一波又起。它旷日持久,构成从90年代中后期到当下的一股强劲的思想潮流。其论争规模之大,涉及问题之多,影响范围之广,在当代中国思想史上被认为是"文革"终结以来知识界最大的论争。在文学批评界,代表人物有汪晖、韩毓海、旷新年、孟繁华、王晓明、李陀等,他们对现实的认识和进行文学批评时往往汲取新左派的思想资源。

"新左派"并不是统一的学派。有学者指出"新左派"并不是一个具有完整理论创见的思想群体,其代表人物身份的芜杂和思想资源的各执一词,都无法掩盖自身的含混和游移不定,他们当中既有西方新马克思主义的中国信徒,也有民族主义的追随者,更有中国传统社会主义的拥护者。但总体上,"'新左派'思潮是以西方左翼社会主义思想理论为基础,以平等与公平为核心价值,把中国走向市场经济的转型过程中的社会分层化、社会失范与社会问题理解为资本主义矛盾的体现,并以平均主义社会主义作为解决中国问题的基本选择的社会思潮"[①],"早在20世纪60年代新左派便已出现,但直到90年代中后期才得到广泛的关注,其'新'主要体现在对传统社会主义理论与实践的反思中;其'左'主要体现在对资本主义和西化潮流的批判上。自新左派出现之时,便以西方马克思主义、后现代主义、马列主义、毛泽东思想等理

---

① 公羊主编:《思潮:中国"新左派"及其影响》,中国社会科学出版社2003年版。

论作为武器，将矛头直指自由主义主张的现代性和现代化模式，并对其作出深刻的反思和激烈的批判。"①

90年代末期出现的"自由主义"和"新左派"的分化，是90年代思想文化界出现的最重要的一次分化，也标志着80年代形成的新启蒙知识分子阵营的进一步分化。自由主义和新左派他们都是80年代的启蒙知识分子，他们曾是改革和开放最坚定的拥护者和倡导者。然而当90年代改革开放政策进一步推进，中国经济高速发展的同时，社会贫富分化、权钱交易与腐败等社会不公问题逐渐凸显出来，这些问题引起知识分子的普遍关注。怎么看待这种转型过程中形成的社会不公与两极分化，这些启蒙知识分子内部发生了深刻的分歧。这表明，80年代在思想解放和文化热中形成的"新启蒙"阵营，到世纪之交已经完全分化，而且，无论是在政治立场还是知识背景上，中国知识分子内部都发生了严重的分裂乃至对抗。他们的论战涉及许多重要的问题。双方论争主要表现在以下几个方面：

首先，对于改革开放以来中国的是现代化道路的认识问题。这是当代中国"新左派"与自由主义论争的核心问题。自由主义坚持80年代新启蒙思潮下带有西化倾向的普适性的现代化思想，也就是西方自由主义所主张的自由、民主、个人主义、市场经济等这些普适性的价值体系和社会制度，这是不可阻挡的世界潮流。但"新左派"认为，80年代的"新启蒙"思潮追求的是西方资本主义的现代性。他们根据"依附理论"和"世界体系理论"等西方有关的现代化理论，认为资本主义是建立在全球不平等的交换和分工的基础上，支配这个体系的基本程序是不民主和不平等的。

---

① 公羊主编：《思潮：中国"新左派"及其影响》，中国社会科学出版社2003年版。

他们认为西方自由主义所谓的"世界三百年共同道路"说法实际上掩盖了各国和地区的差异、分裂和冲突。"新左派"的现代性批判和"自由主义"的现代化吁求,表征着新启蒙阵营的分裂,以及转型中国知识界关于现代中国的不同想象。

其次,对中国目前国情的认识的分歧。对于中国国情的不同认识是90年代包括"新左派"在内的"现代性反思"各派与坚持"新启蒙主义"的"自由主义"者的主要分歧所在。围绕中国向市场经济社会转型过程中形成的社会不公与两极分化等问题,双方之间产生了严重的分歧。"新左派"把当代中国的这些现实问题当作资本主义的问题来予以评说与认识。认为中国经济发展中出现的不公平是资本主义私有制必然伴随来的现象,市场经济的实现就意味着"以牺牲大多数下层民众的利益这种不公平作为代价"。中国现在出现的官僚的腐败和社会的不公,其根源就在于"国际资本主义在中国的扩张",中国已经卷进了全球化。自由主义则认为,中国并没有进入全球化。这种消极现象是不可避免的,认为只要改革与开放方向不动摇,随着市场经济体制本身的完善,将由于资源的市场化的合理配置,而最终达到"结果公平"。目前中国存在的社会贫富分化过程,是现代化所必须付出的代价,只是阶段性的阵痛,其症结在于权力远远没有退出市场,是"看不见的脚"(权力)干扰了"看得见的手"(市场)。[①] 双方的分歧,在于上述"手""足"之争:自由主义批判始终指向那只看不见的"脚",而新左派是落在那只被踩得住的"手"上。

最后,中国现代化的道路如何继续?过去,人们相信西方的民主政治,市场经济、个人主义是好的。到了90年代,这些目标不

[①] 朱学勤:《思想史上的失踪者》,花城出版社2000年版,第238—239页。

仅没有完全兑现，还出现了很多问题，新左派知识分子开始怀疑这条道路是否适合中国。双方围绕着中国的现代化道路应向哪里发展，发生了彻底的分化，"'自由主义'认为出路在于发展和完善市场经济，实行全面彻底的市场化，切实落实私人的财产权，使规则公正，人人遵守，要把权力逐出市场。"[①]"八十年代的'新启蒙'思潮所呼吁的'人的自由和解放'在它设计的道路上成了'少数人的自由'，所以对自由主义所提倡的'自由'和'民主'不以为然，他们更关注的是现代化进程中导致社会不平等和阶级分化的现实，以及中国在全球化资本主义格局中'被殖民'的现实，从而提出反省'市场神话'"[②]。"新左派""普遍认为中国必须在反思西方资本主义的基础上，对我们自身的传统（尤其是社会主义传统）进行重估，中国的出路在于对抗世界经济的现存格局，中国要走超越资本主义和社会主义的新的道路，并认为可以从毛泽东晚期的理论和实践中得到启示。在这种思想的支配下，很多'新左派'学者开始重新强调应该继承毛泽东时代的社会主义遗产和马克思主义脉络上的左翼思想资源。"[③]而自由主义一派其倚重的思想资源主要是西方思想中以哈耶克、柏林、伯克等为主的自由主义思想传统，坚信继续走西方资本主义道路是唯一出路。

90年代末期的"新左派"和"自由主义"的论争可谓是20世纪末中国思想界的知识分子立场又一次分化的突出表征。"虽然这些分裂分歧最主要表现在对中国现实的不同认识与定位层面上，但各自表现的不同的思想观念、价值取向和立场观点，成为他们

[①] 赵黎波：《新时期文学批评的启蒙话语研究》，复旦大学，博士学位论文，2006年。
[②] 同上。
[③] 同上。

进行文学批评时批评话语的思想背景,他们在进行文学批评时往往把自己的价值认同与对文学作品的评价和文学批评所采取的意义立场的选择联系起来。"① 在这个背景上出现的"新左派"批评对文学批评和研究的影响有目共睹。比如,"文学史重写"、对"文革文学"及"十七年文学"的重新评价问题,"讨论热烈的'底层写作'问题,'左翼文学传统的挖掘'问题,以及对九十年代'个人化写作'的批评,'文学第三世界的概念提出'等等,新左派思想作为重要的思想立场及内在理论贯穿其中"②,可以说90年代以来几乎重要的文学文化事件、文坛热点问题的讨论无不与"新左派"有着或隐或显的联系。③

无论是"人文精神大讨论"还是自由主义与"新左派"的论争,以及90年代批评界的各种笔战、冲突都在说明80年代形成的人文知识分子的共识——新启蒙思想价值观已经完全破裂,与自由主义和"新左派"相对应的还有新保守主义。每一派内部,从思想状态与观念上看,可以发现由于学理资源不同,由于价值取向上的侧重点的不同,由于心态上或经历上的区别,存在着温和派与激进派等多种不同的类型,这一切都表明普遍意义的终结和多元价值的出现。

第三节 丰富中的贫困

新时期文学批评从80年代的辉煌轰动走向90年代多元分裂的"众声喧哗",呈现出繁荣丰富、杂语喧哗的景观。90年代以来,

---

① 刘雪松:《文学批评的新景观》,《当代文坛》2012年第5期。
② 刘雪松:《现代性视域下的新左派文学批评》,《山花》2016年第6期。
③ 同上。

文学批评无论从队伍的庞大，还是从作品量、活动量，都达到了历史上前所未有的时期，无论是价值选择、审美选择还是媒介选择，都是较为自由的。批评表达渠道和表达方式可以多种多样，各式各样的批评文章期刊上、报纸上、网络上可谓遍地开花。批评界时兴或被"炒热"过的新名词、新概念、新主义、新派别可谓五花八门、风起云涌，特别是文艺批评所时常制造出的轰动效应常常成为文坛和文化界的热点问题，在社会上引起了很大反响。一些文学批评对90年代当下的社会和文化问题进行了深入的研究，以一种介入的姿态对现实社会的变化做出"回应"，从而扩大了批评的深度和影响的广度。90年代，有那么多的"批评事件"，有那么多的人卷入了文学批评的"事件"当中，从一个侧面说明了批评在这个时期的影响程度。"这一切使得九十年代的文学批评显得十分热闹繁荣。但如果仔细审视会发现，这种繁荣表征下许多都是话语喧嚣的浮沫，繁荣的表层之下是批评的失语与贫困。"[1]

一 批评"在场"的"缺席"

"九十年代以来文学批评一片喧哗，批判家一直不断发言，什么人文精神、终极关怀、自然生态、民间立场、全球化，什么世俗化、狂欢化、后现代主义、后殖民主义什么都谈，从某种意义上说，批评对什么都说三道四唯独没有对'文学'发言，"[2]"相当数量的作家、作品和许多有价值的文学现象、文学问题被忽视，甚至根本就没有能够成为批评对象。批评家关注较多的是那些平庸粗俗一般化的作品，甚或是无原则的炒作吹捧，对那些真正优

---

[1] 刘雪松：《丰富中的贫困——上个世纪90年代以来文学批评现象之一》，《电影评介》2013年第1期。
[2] 同上。

秀的作家作品，却未能及时而有力地予以评价和富有深度地剖析，至于对不良或不那么健康的文学现象，批评也表现一再沉默。"①"比如对于文学创作整体格调的下降，对于'新生代'的浅表化、市场化的写作，特别是对媒体炒作出来的所谓'美女文学''美男文学'以及'下半身写作'，我们的批评没有及时给予评判和引导，没有尽到批评的责任。"② 90 年代我们也涌现了一大批新生代作家，但是除了炒作性的评论，真正以"作家论"的方式对他们进行研究的却很少。尤其是面对卫慧、棉棉这样完全丧失了人文关怀的形而下写作的"后现代"文本，缺少相应的批评和引导。90 年代以来，我国每年的长篇小说都达近千部，这其中有几部得到了认真的研究和评论呢？所以批评时时"在场"却时时"缺席"。这也是 90 年代文学批评屡遭指责和诟病的一个重要原因。

我们无数次看到，在重要的时刻、重要的时间、重要的作品面前批评往往"在场"的"缺席"。余华《兄弟》（上）出版后媒体一片叫好声，但对于作品的虚假描写鲜有批评家说话，是一次典型的集体失语。即使对"更为糟糕"的《兄弟》（下）有一些批评家发言，但评论也是缺乏力量，许多文章语言力度有余，分析不足，只是流于道德评价。这说明批评家内心浮躁未能潜心深读作品，同样是一种缺席。在"韩、白之争"中，当这位青年作家将矛头指向批评家群体，甚至整个文坛，撒泼詈骂"所有的圈都是花圈，所有的坛都是祭坛"，主流批评家们也集体失声了。在所谓"思想界"与"文学界"之争中，面对残雪等作家以坚定"文学信念"为名，拒绝关注现实时，批评家又一次哑声缺席了。"作

---

① 刘雪松：《丰富中的贫困——上个世纪 90 年代以来文学批评现象之一》，《电影评介》2013 年第 1 期。
② 同上。

家残雪现象"是一个在当前中国文学中具有典型症候意义的重要个案,进一步讲,这场"跨界争论"暴露的诸多重要问题,是批评界应当正视的。然而,令人匪夷所思的是,在这场"思想界"与"文学界"之争中,主流批评家却又一次集体意外缺席了。相对于2005年集体炒作《秦腔》的"在场"式"缺席",这一次是隐身式集体噤声了。无论是陈染、林白,还是韩东、朱文,也无论是卫慧、棉棉,还是韩寒、周洁茹……这些作家几乎都是在叫好声中走上文坛的。面对70年代新生代作家创作的自我放逐与失位,过于感性的宣泄,叙事上的无力,只有洪治纲等几位少数批评家进行了认真剖析。

"可能谁都不能否认文学批评从来也没像今天这样活跃,热闹。文学批评它像盐溶于水那样溶化在各种需要出场的地方。只要作家新作出版、作品研讨会总缺不了文学批评;各种大报小报的评论栏目,评论是插科打诨的调料,没有评论版面就不热闹。批评家的身影也从来没有像九十年代这样活跃。在作家作品研讨会上发言的是批评家,选编文学年选的'主编'们大多是批评家,参与评奖、主持'排行榜'的大多又是批评家,在这些文学批评活动中,表现了多少批评家的责任和诚信?在这些文学批评活动中,批评家到底尽了多少批评家的责任?有许多批评家常年像华威先生那样穿梭于各种作品研讨会,根本没有时间认真读作品、写评论,会上发言要么蜻蜓点水式地提到作品,然后就离题万里地'生发开去',"① 要么因为"红包"等各种好处说一些溢美之词,小圈子批评、哥儿们、姐儿们等人情批评腐蚀着批评的求真

---

① 刘雪松:《丰富中的贫困——上个世纪90年代以来文学批评现象之一》,《电影评介》2013年第1期。

精神。

"有人说,九十年代文学批评从来就没有缺席过,文坛的许多'热点'都是它制造的。如对《废都》的热议,对钱钟书《围城》的重新评价、对王朔作品的争鸣、对张承志作品的讨论、'人文精神'的讨论等等。"① 一个话题接着一个话题,批评话题俨然变成"你方唱罢我方登场",煞是热闹。文学批评确实一直在制造批评的话题,制造着批评的繁荣。可是,认真分析会发现,我们不断地从一个话题转移到另一个话题,从一场论争到另一场论争。但没有一个话题被认真消化过,每个话题进入话语循环圈都只是昙花一现。我们俨然进入了一个"消费话题时代",文学批评俨然进入了一个"繁荣"时期。然而正是在这种表面的热闹与喧嚣中,文学批评的苍白无力得到了有效的遮掩。因为这些论争也好,批评也好,有多少有理论上的创建?毋宁说真正的文学批评就是在这些频频"出场"中悄悄流失了。②

谢有顺曾说,就批评对现象的反映而言,它不仅没有缺席,而且还显得相当热闹;但就批评对存在在文学中挺进到了什么程度的表达而言,它的确是缺席了——我指的是,透过现象的背后,批判已远离存在的核心地带,几乎完全被无关痛痒的且与存在的严峻性极不相称的事物所遮蔽。在批评家个人化、私人化、时尚化的写作姿态中,在他们热衷"制造"热门话题中,在"语言狂欢"的表演,"自命经典"或"经典膨胀"的"伪批评"中,没有基本的价值操守,没有基本的价值判断,没有基本的价值尺度;在他们的批评文字中,我们看不到对于现代人的精神本质的揭示,

---

① 刘雪松:《丰富中的贫困——上个世纪90年代以来文学批评现象之一》,《电影评介》2013年第1期。

② 同上。

看不到我们所处的时代表现出来的独特的精神与心灵苦难，看不到批评家自身对生存和艺术的切肤体验，看不到他们清晰的态度，由于从不出示心灵，"批评家已死"，成了不争的事实。所以，一方面文学批评匮乏的声音一直叫个不停，一方面文学批评一直没有中断似乎也是不争的事实。

二 理论的丰富与匮乏同在

回想 80 年代以前的批评，批评理论话语贫乏，"人们只能使用马克思主义批评原理对所有文本进行判断和阐释，翻来覆去使用着诸如'社会主义现实主义''革命浪漫主义''真实地再现了''反映了'这样的陈词滥调，人们的思维也被牢牢地限制在这样的评价标准之上，"[①] 尤其是文学作品的形式研究成果更是及其苍白薄弱。经过 80 年代、90 年代两次西学东渐，西方文学理论资源一波一波地被介绍引进，令人目不暇接。"对于一个文本，不同的理论可以使之'横看成岭侧成峰'，文本从未像今天这样幸运，得到如此众多的阐释角度和挖掘。"[②] 特别是进入 90 年代后，批评的理论资源从来没有像今天这样丰富，叙事学、阐释学、符号学、镜像理论、文化学、后现代、结构主义、解构主义、新历史主义、后殖民等，令人目不暇接，无所适从。它为文学批评多样性的发展提供了可能和令人鼓舞的前景。文艺理论呈现出多种声音、多种取向、多种价值观、多种逻辑起点的极其复杂纷繁的情况。一些新的批评话语也大大丰富了当代中国文学批评的话语体系，对一些作品艺术物质的开掘和分析起着十分精当的作用。但是，仔细

[①] 刘晓南：《第四种批评》，北京大学，博士学位论文，2006 年。
[②] 同上。

审查，我们会发现这种多元丰富的理论大多是西方理论，具有原创性的本土理论却很匮乏。王彬彬说："尽管八十年代后半期，各种理论满天飞，似乎是理论过剩，但其实中国当代文学批评却经受着真正的理论饥荒"①，这一情况也适合于90年代以来的批评界。

新时期文学批评已经走过了三十年，时间不算短。实事求是地说，我们还没有真正建立起一个属于我们自己的完整而成熟的文学理论体系。80年代，有学者曾提出从批评文本中提炼理论的设想，且有上海一刊物专门为此开设过讨论专栏，并将其视为当代诗学建设的一条重要途径，可惜有关该方面问题的探讨半途而废。我们实在缺少像巴赫金那样的批评家，能够直接从陀思妥耶夫斯基小说的研究中发现复调理论，从拉伯雷小说的研究中发现狂欢诗学，构建举世闻名的对话理论；缺少像普罗普那样从俄国一百个民间故事的研究中提炼出三十一种叙事功能，由此而撰著的《民间故事形态学》，对法国结构主义叙事学的兴起，发生了不可估量的影响；缺少像热奈尔热奈特那样通过从鲁斯特《追忆逝水年华》等具体的小说文本中提炼叙事理论，著就《叙事话语，新叙事话语》；缺少像威廉燕卜逊那样从数百个古典诗歌的例证概括出诗歌的语言特点，著就《含混七型》；缺少像海德格尔那样通过对荷尔德林诗歌每句诗句里的关键词梳理与筛选做出定位建立阐释学。我们缺少这种由艺术感知逐渐走向深层理论思考的提升能力。

中国当代作家每年以千部的数量生产长篇小说，但整体上看，对长篇小说的诗学研究却很不够，即使有也仅满足于情节评点和

---

① 王彬彬：《却顾所来径——80年代文学批评》，复旦大学，博士学位论文，1991年。

人物品鉴，系统地深入的现代长篇小说叙事诗学总难形成。从某种意义上说，文学批评是一种发现，众多批评家的独立发现，并把这种发现演绎成富有特色的理论就是构建文学批评理论大厦的基石。比如，美在当代有什么新的形态？当代"晚生代""新生代"的长篇小说、中篇小说、短篇小说中有什么审美范畴的变化、给我们提供了哪些新的审美经验？当代新诗、当代戏剧、当代散文有什么新的因素？这种美的感觉在历史上有否出现？它现在有什么变异？它变异的时代社会原因及其审美心理原因？它与当代人的心理的联系？怎么通过具体的形象分析和意象分析让人感觉到这种美，这种味道，这种意境？这种新和过去的美，弱点在哪里？如何提高？当前的文学环境究竟给作家提供了什么？中国当前的作家是怎样感受和描述这样的环境？这样的文学感受与文学表达有什么特别的意义？这样一些"问题"的解决便形成了我们新的理论设计，而这样的理论设计必然区别于西方，也区别于我们的过去，代表的是我们自己的新的诗学的趣味、诗学的命题。中国许多批评家面对当代文学的创作经常抱怨"创作的贫瘠"、没有好的批评文本，抱怨无米下锅。其实我们有很好的批评文本，就当代来说，我们本可以从余华、贾平凹、苏童、张承志、王安忆、韩少功、王曾琪、池莉、王朔等文本中提炼出富有个性和普遍意义的诗学命题等，可是我们至今没有提炼整理出这些诗学理论。

作家格非在分析张爱玲小说、《红楼梦》中大量的对器物的细节描写、对陈设、服饰的描写时，认为这些描写是很重要的，是"整个时代气息"的体现。他提出中国小说的叙事资源应该建立在中国几千年的文学或哲学传统之上，以自身的文化经验为基础，这应该是很有见地的。我们完全可以提炼出属于我们这个时代的中国文学的文学原则、技巧、策略及审美范畴和诗学命题。我们完全可以确定我们所研究的对象是我们独自拥有的，因此我们的理论也应是唯一的和独创性的。在文学活动中，我们所使用的语言是自己的，所以，用汉语构成的叙事模式将是独特的；在我们的文学活动中，我们有自己哲学文化背景下的独特的人生的体验和创造经验，所以，我们对艺术经验的描述和研究将是特殊的；在我们的文学活动中，我们有自己独特的意识形态，影响着我们对文学的认知与参与方式；在文学活动中，由于传统文化的影响而造成的接受心理也是独特的……所有这些独特的研究，整体上构成了我们自己能够言说的理论，也构成了我们与西方学者对话的基础。这样说并不表明我们的文学批评中不能采用西方理论资源。问题的根本不在于是否引用西方理论，而在于使用这些理论的方式是否得当。或者如何消化吸收为自己的东西，从而产生新的理论。如果我们只会跟在别人（西方）后面跑。如果不能形成属于当代中国文学的文学原则、技巧、策略，只是满足于把当代中国文学当作旁人理论新的演练场。这样下去，从知识增长点来说，能为我们提供什么呢，如果我们总是没有自己的富有创意的理论，拿什么参与世界对话呢？

三　哲学的单一与贫困

新时期经过两次"西学热"，文学批评的理论热潮纷至沓来，从古希腊亚里士多德的诗学，到近代康德、黑格尔，然后是叔本华、尼采、海德格尔、卡西尔，再到俄国形式主义、意识流、英美新批评，以及杰姆逊、伊格尔顿、马尔库塞、法兰克福学派、结构主义、后现代理论等，批评家们表现出前所未有的理论热情，但遗憾的是这些理论都是"各领风骚三五年"。尽管风起云涌、花样翻新，但几年后迅速成为"明日黄花"。为什么会这样？归根结底反映的是哲学上的无所适从。当我们不断地、急不可待地将人家的东西胡乱搬过来的时候恰好暴露出我们的一无所有。当一路追赶着直到把西方批评体验过的都体验了一遍，大家终于发现在把别人说过的话都说过以后，到真的要与别人开始对话的时候其实已经无话可说。说到底，新时期批评表象的繁荣和现在的沉寂只是一枚硬币的两面，它所映照的问题实际上只有一个，即哲学的贫困。1985年的那次方法论讨论可圈可点，但热潮很快消退，就是因为仅停留在方法的简单搬用上，没有进行深层的哲学意识和知识体系的更新。所以，仅仅从方法上讨论批评是不够的，重要的是认识到文学批评与哲学的这种一体化的关系。从方法的角度移植一下批评并不费事，或者，对移植的批评做一点过细的梳理，推究一下它的来源流变，也并不是什么十分费劲的事，关键是将它的背景与它自身做一体化的考虑。没有对文学批评与哲学的这种一体化考虑，移植过来也是枯掉、死掉。新时期批评界将西方批评方法生搬硬套给中国文学现实，在实践中常常导致"解释的错位"，造成方枘圆凿的尴尬，就是对异质文化的地缘文化背景考虑不够所致，橘生淮北则为枳。80、90年代大量引进西方各种理论，表面看起来我们的理论资源很多，但是要想真正变成自己的理论，必须与本土经验与本土文化结合起来，因为西方的理论是在西方的语境中产生的，一旦脱离那个语境，想把它完全抽象起来变成一个普遍的真理，是不可能的，即使作为一个思想资源引进来，也必须在我们自己的语境中重新生产。哲学是主体对世界的解释、对人的生命活动的言说，所以不是随随便便拿过来就能用的，这里面首先是一个价值观的问题，是一个文化的认同问题。如果西方哲学不能在中国生根，作为其派生物的文学理论和文学批评又何以成为可能呢？这一点，似乎可从1986年前后结构主义批评与新潮文学在中国的兴衰见出端倪，也可以从弗洛伊德、萨特、德里达在中国的旋生旋灭略见一斑。而且文学批评如果不是从创作实际和创作问题出发，满足于译介西方理论，这样的理论也就丧失了影响现实的品格，也丧失了依据现实问题反省理论局限的批判精神。

长期以来我们文学批评中的哲学观念相当贫乏。我们在相当长的时期内，文学批评的哲学基础一直是认识论；把作为哲学原理的反映论不加具体规定和改造直接引入文学理论，而无视文学反映自身的性质和特点。对于文学是对生活形象的反映这一点上，认为与哲学、社会科学的反映只有形式上的区别，无视它的审美特点。文学反映中感知和认识、情感和思想、想象和意识、愉悦和评价、意识和无意识、理性和非理性这些丰富的内容都被排除在外，文学对生活的反映仅仅植根于客观再现之中。由此生发出来的批评标准，也主要强调作品所呈现的艺术世界与现实世界的吻合程度。这种标准对于写实性作品的衡量，是无可替代、无法取消的，然而，文学世界是丰富多彩的，对于抒情性作品、表意性作品的衡量，这个标准显然就有点力不从心了。文学作品的价值是多元的而不是单一的，它有文本价值、社会价值、超越价值与审美价值，而以认识论为批评标准的哲学基础，则无法满足文学的丰富性。新时期初期，中国文学批评复兴，各种文学批评观争相登台亮相。从"我所批评的就是我"到"批评即选择"，从"批评是误解"到"批评即交流、即对话"，从"批评是一种介于科学和艺术之间的文化活动"到"批评即判断"……你方唱罢我方登场，但不久，批评便从喧嚣趋于平静。批评在今天的沉寂让人深思批评为何在中国如此容易偃旗息鼓？仔细分析便可看出，各种批评观与现代哲学本体论在思维方式上是脱节的，而且不论这些批评观有何不同，在本质上仍然都是源于哲学上的认识论，貌似多元的哲学观念仍然是一元，所昭示的仍然是中国学者对世界理解的贫困。80年代中期，新潮文学给批评家提出了新的课题，虽然一些批评家也力图站在文学的潮头对新潮文学做出新的阐释，但批评也只是在圈子里面做技术的游戏，并没有实现文学批评深层次的意义建构与价值建构的功能。到90年代，面对市场经济出现的新的文学现象，出现了批评缺席、批评失语的问题，批评话语不得不面对无力解释文学现象的尴尬。批评理论话语的陈旧、哲学意识的僵化、哲学观的简单化庸俗化使文学批评单一、肤浅、苍白无力。这种状况一直到90年代末才有所改变。没有哲学的文学是贫血的，没有哲学的批评同样也要患"贫血症"，所以，有人说批评的繁荣在任何时候都是哲学繁荣之后的事。所以，文学批评要多样化，要有力度和深度，就必须要有健全的"哲学观念"，这种"哲学观念"应该是丰富的，面向现代、面向未来的。当然，文学批评的贫困不止于此，比如在当代文学批评中哲学思辨力的贫困，也是导致批评疲软无力的一个重要原因。

文学批评的繁荣是和文学批评的"多元"联系在一起的，而每一个"元"要想成为"一元"必须有自己的学理支持。学理建构最关键的，其实是学理依据的寻找。这种学理依据实质上就是批评主体理解人类生存和命运的哲学深度及由此引申出的哲学立场，由此辐射演绎出的文学理论观念。没有这个做根基，所谓的"众声喧哗"不过是话语的喧嚣，繁荣之下掩盖的是贫困，是一种虚假繁荣。这就是为什么进入90年代以后，对文学批评现状的评估，出现了两种相反的评价：一种是"繁荣论""学术化""发展论""转型论"等；另一种是"危机论""缺席论""失语论""蜕化论""贫困论""困境论"等。应该说,"繁荣论"者较多看到了文学批评浮华的一面,"贫困论"者较多看到了喧嚣下的理论哲学的贫困与单一。

第二章 文学批评的格局：由三足鼎立走向多元分化

第一节 作协批评的衰微

20世纪80年代，文学批评的格局可以说是作协批评、社科院批评、学院批评同步，由这三个方面形成三足鼎立的局面。这一阶段频频在媒体发表批评文章的批评家，主要来自这三方面：如来自高校的王瑶、蒋孔阳、刘纲纪、董健、童庆炳、曾繁仁、沈敏特、谢冕、黄修己、孙绍振等；文联作协系统和宣传部门，如刘锡诚、周介人、陆梅林等；文学艺术研究机构（科研院所），如何其芳、李泽厚、张炯、阎纲、何西来、滕云、张韧等。但到了90年代就开始分化了。作协、社科院的都开始进入学院，学院批评占据半壁江山，传媒的迅速发展，媒体批评由幕后走向前台，网络批评、作家批评也同时兴起，文学批评进一步分化，形成了多元共存的批评格局。与此同时，作协批评则逐渐走向衰微。

80年代，作协派批评曾经是当代文学批评的主体，拥有话语"霸权"，所谓的文学批评实际上主要是指这类批评。它是一种体制化的批评，过去占有举足轻重的位置。作协批评是一种来自文学系统内部的理论阐释。这种批评直接面对作品、作家和读者，往往能够切中肯綮，深入浅出，对文学的走向、作家的创作、读者的鉴赏产生积极的作用。在批评家与作家的互动方面，作家协会的批评家更为出色。作协批评发挥自己所长，敏捷地跟踪当下的文学创作，以最快的速度对当下创作做出批评，给批评界带来了活力与生机，在作家与读者、作品与整个文学之间有力地发挥了桥梁、纽带的作用，特别在高扬批评的主体性、改变批评的切入视角、增强批评的感性质素等方面，有力改变了新时期文学批评面貌。在当时产生了一大批卓有建树的批评家。像老一代的陈荒煤、冯牧、阎纲，承前启后一代的李子云、雷达、何镇邦、孙武臣、李炳银，新一代的程德培、王干、赵玫、蔡翔、吴亮、贺绍俊、潘凯雄等，老中青三代，形成强大的批评阵容。陈荒煤、冯牧、阎纲等老一代的批评家，他们主要活跃在"文革"后80年代初。在"文革"后，他们对文学批评拨乱反正，恢复现实主义文学传统、批判"左"的意识形态积极呐喊。他们披荆斩棘，对"伤痕文学""反思文学"积极支持，为文艺摆脱政治的束缚，确立自身的独立品格发挥了重要作用。以李子云、雷达、何镇邦、孙武臣、李炳银等为代表的中年一代批评家活跃在80年代中期，他们密切关注创作现实，积极作跟踪批评，新一代的程德培、王干、赵玫、蔡翔、吴亮、贺绍俊、潘凯雄等活跃于80年代末，他们在知识结构、思维视野、理论风格、文化气质等方面，都已不同于他们的前辈，他们将直觉、情绪、主观色彩直接移入批评，体现了作协批评的勃勃生机。这三代批评家活跃在80年代批评的舞台上，制造了一道道文学胜景，蔚成80年代文学批评的半壁江山。

作协批评开辟了许多批评园地，使得文学批评的园地繁花似锦。省一级作家协会创办了数十种文学批评报纸和刊物，如甘肃的《当代文艺思潮》、山西的《批评家》、山东的《文学评论家》、上海的《上海文论》、吉林的《文艺争鸣》、河北的《文论报》、山东的《作家报》、福建的《当代文艺探索》，在当时都是非常有影响的文学批评刊物。而像辽宁的《当代作家评论》、广西的《南方文坛》、四川的《当代文坛》、陕西的《小说评论》、《文学自由谈》等一直持续至今广有影响。作协批评属于专业批评，由各级作协刊物召开的作家和作品研讨会，体现出作协的价值判断，历来为多数作家所重视，对作家创作产生着直接和重要的影响。当时的像《文艺报》其影响力不仅限于文学界，而是整个意识形态领域乃至整个中国的社会生活。1987年陈思和和王晓明组织发起的那场著名的"重写文学史"的论争就是由《上海文论》展开的。围绕这个问题，文坛上进行了长达4年之久的争鸣，除《上海文论》外，《文学评论》《文艺理论与批评》《求是》《文艺研究》《文艺争鸣》《文学评论家》《理论与创作》《花溪文谈》《红岩》《百家》《文艺报》《人民日报》《光明日报》《中国文化报》《文论报》等报刊，以及《华中师范大学学报》《湘潭大学学报》等高校学术刊物纷纷发文参与这场讨论。这是新中国成立以来在文学史研究领域展开得最广泛的一次讨论。这些批评活动可以说为新时期文学立下了汗马功劳。

80年代学院批评也是当时批评界的主流。既有以朱光潜、钱谷融分别代表的1949年以前和"十七年"的那一代知识分子，还有新时期开始活跃的一批中年学者，如蒋孔阳、刘纲纪、董健、童庆炳、曾繁仁、沈敏特、谢冕、黄修己、孙绍振等。新时期最初几年崭露头角的学院派批评家，主要是"十七年"时期从大学毕业的那一代人。经过"文革"十年的压抑，他们已进入中年。虽经过历次政治运动的磨难，依然保持着对艺术的敏悟与执着。这批第四代学院派批评家继承了前辈的人文传统，又没有囿于"文革"的思想牢笼，在新时期纷纭复杂的文学现象面前，他们不仅始终保持着敏锐的艺术嗅觉与开放的艺术视野，而且能够用超越文学的方式来思考文学问题。在新时期最初几年的每一次重大讨论中，都能看到他们活跃的身影，如为文艺正名，重估"十七年"文学，评价朦胧诗的"两个崛起"等。正是因为有他们的加入，才有力地推动了新时期文学从封闭走向开放。更难得的是，80年代中期还涌现了学院派更年轻、影响也更大的一批人，那就是陈骏涛所说的"第五代批评家"。这是一批在"文革"中度过自己的青春岁月，恢复高考后才进入大学的青年，他们是第四代学院派的学生辈。如陈思和、王晓明、黄子平、陈平原、吴亮、季红真、丁帆、王干、费振钟、许子东、李洁非、南帆、李劼、夏中义等。这一批人思想开放，思维活跃，他们比中、老年批评家更注意横向借鉴，特别注意吸取现、当代西方哲学、社会科学、美学和自然科学方面的最新成果。80年代中后期，他们对几乎所有的文学现象都发表过重要意见，对1985年的理论方法热、先锋文学、寻根文学、新写实小说、第三代诗歌等，起到了推波助澜的作用。一些引起重大反响的理论批评范畴，也都出自这一代批评家的手笔，如文学批评的"双向重构""20世纪中国文学""文明与愚昧的冲突""重写文学史"等。如果说在新时期最初几年，主要是他们的师长辈以及文联作协、科研院所的学者在引领批评风潮，那么，从80年代中后期开始，就是第五代批评家在呼风唤雨了。

这一时期社科院的李泽厚、张炯、阎纲、何西来、滕云、张韧等批评家也是颇为引人注目的，李泽厚的"救亡压倒启蒙"论、"告别革命"论简直石破天惊，尤其是"救亡压倒启蒙"论成为80年代文学批评元叙事话语。老一辈的批评家何西来紧跟新时期思想解放的步伐，发表了一系列批判"四人帮"谬论、拨乱反正的论文，同时热心评论和推荐新人新作，成为当代批评家的领军人物之一。在80年代思想解放、张扬个性的语境下，滕云率先提出的"我所评论的就是我"，一时间引起了评论界的诸多呼应。在这三种批评的合力下，文学批评激越向前，随时有震耳发聩的声音和别开生面的局面，文学批评举办的各种讨论会，讲座与沙龙活动层出不穷，关注的问题也吸引了社会各界与校园学生的普遍关注。然而，进入90年代之后，三足鼎立局面逐渐走向进一步多元分化，面对学院批评的强势，作协批评处于一种式微、疲软的状态。

首先是人员流失。"批评队伍的溃散。作协的职业批评家转向从事其他工作，离开了原来的岗位。80年代处于前沿批评界的人都纷纷转向、离场，有的改弦更辙，比如程德培下海经商去了，吴亮等去从事文化批评，不搞当下的批评，还有的一些佼佼者甚至包括一些有成就的作家，纷纷到高校去从事研究和教学了，像雷达这样将批评活动贯穿至90年代的作协批评家已很少。作协批评已面临后继乏人的局面，虽然也有一些年轻的批评家崭露头角，但基本上处于散兵游勇的状态。"①

其次是阵地出让，批评园地缩小。作协、文联所属的批评刊物，整体向大学寻租。20世纪80年代，文学评论刊物如雨后春笋般涌现。90年代中后期，文学期刊和文艺评论期刊全面推向市场，与创作紧密互动的作协派批评，丧失了支持它的话语阵地。由于种种原因——特别是经费短缺的原因，有不少已经关门停刊。如甘肃的《当代文艺思潮》，山西的《批评家》，山东的《文学评论

---

① 刘雪松：《作协批评的衰微与其他诸种批评的兴起》，《牡丹江师范学院学报》（哲学社会科学版）2012年第3期。

家》，上海的《上海文论》，河北的《文论报》，山东的《作家报》，福建的《当代文艺探索》都已消失，勉强支撑下来的为数不多的刊物，为了生存和发展，也不得不和高校合办，一大部分版面已被高校教师和研究生的学术文章占领。现在几乎所有中文核心期刊里面都有大学的"股份"。90年代文化批评的走红，也使得一些刊物开出了文化批评专栏，进一步挤占了纯文学的版面，这一切使得批评阵地越来越小。

最后是批评精神的流失，标准动摇。在时下盛行的"学理"标准的胁迫下，作协批评对文学现象和作品的评估，出现了诸多游移和徘徊的不确定因素。很少能够听到往昔那种振聋发聩的声音，"要么缄默不语，要么改弦更辙，个别偶发些评论，也隔靴搔痒，难以形成气候，从总体上去指导创作和推动创作"[①]；甚至有人发出了质疑，批评到底能不能成为一种职业？回首80年代，作协批评独领风骚，文学批评紧贴文学前沿问题，见解独到，文风犀利，言之有物。但现在的作协派批评，要么迁就人情、温和中庸、说些不痛不痒的话；要么仿效学院派，满纸新理论、新概念，却不能回答、解决文学创作中的任何问题。每年各级作家协会举办的各种作家作品研讨会越来越功利化、市场化，染上了浓重的"关系味"和"铜臭味"，这种种现象背后是批评精神的丧失，所以，近年来作协派批评备受诟病。当然，这其中既有自身的原因，也有环境的因素。段崇轩在《走向"三分天下"的文学批评》中认为，市场经济的冲击、意识形态的制约、人际关系的困扰、超量的阅读与写作、批评资源匮乏、批评的理论化趋势等，使这一

---

① 刘雪松：《作协批评的衰微与其他诸种批评的兴起》，《牡丹江师范学院学报》（哲学社会科学版）2012年第3期。

派的批评雪上加霜,于是,他们不得不说一些大话、空话、假话。还有这类批评家普遍存在着文化修养不足、思想体系薄弱的问题,就难免使他们的批评出现思想匮乏、浅尝辄止、粗制滥造等现象。与此同时,社科院的文学批评伴随着学院批评的崛起也逐渐流失、萎缩,90年代随着大学体制的优厚待遇,作协、社科院的批评家都开始进入学院,文学批评进一步分流分化。

第二节 学院、媒体批评崛起,作家批评和网络批评引人注目

一 学院批评的崛起

20世纪90年代随着整个文学制度和学术制度的变化,"学院"体制迅速繁荣起来。一方面,是国家通过学术体制对知识分子的巧妙调控,不同级别的课题、基金,学科带头人,博导,国家级、部级、省级专家,一级学科、博士点、重点实验室、学科基地,一系列的机构、职称、地位、名誉以及相关利益得失制造了一个足以安顿知识分子的学术体制空间。另一方面,"教授、专家、学者"的象征符号与经济利益的转化也已经被一些聪明的知识人捷足先登,通过与传播媒介的"双赢"合作挖下了他的第一桶金。知识、学术、文化资本、社会资本、经济资本具有显而易见的联系,教授、博导、专家不只意味着皓首穷经、殚思极虑,还可能意味着名利双收、知本经济。学院外的学者式的批评家有的改换门庭成为大学里的专职教授,有的在联合申报学位点的过程中成为大学里的兼职导师。

学院的青年学者逐渐成为批评家中的多数,文学批评有明显"职业化"特征和"学院"风格,夸张点说,批评家差不多清一色

是"学院"出身了。90年代初，由杨匡汉、王宁、南帆等学者批评家提倡、期许的"学院派批评"队伍已初具规模，形成了以陈思和王晓明（包括从国外留学归来的学人）等为代表的最富影响力的中坚力量，以陈晓明、谢有顺为代表的新生力量。1990年后随着学院学术考核得越来越量化，论文数目与职称评定的密切联系让学者们投入了论文写作的大生产。

90年代一些比较活跃且产生较大影响的批评流派可以说也基本都是来自学院批评。如以戴锦华、汪晖、陶东风为代表的"文化研究"类型，以张颐武、陈晓明为代表的"后现代主义"和"后殖民主义"话语类型，以韩毓海、旷新年为代表的新左派批评，以戴锦华为代表的女性主义批评，以陈平原为代表的"新国学派"，以陈思和、王晓明等为代表的人文精神批评以及"第三种批评"和"圆形批评""新意识形态批评"等，都来自学院的批评。这些不同的批评类型有着不同的知识谱系、文化传承，不同的批评思路、对不同问题的关注，形成了不同的批评流派，他们是构成90年代文学批评众声喧哗的重要声音，一些有影响的批评话题都由他们发起，并且至今仍持续着巨大影响。

一些重要的丛书、论文和刊物初步显示了学院派批评的实绩：如陕西人民教育出版社1990年出版由汤学智、杨匡汉、张德祥主编的《新世纪文丛》；时代文艺出版社1993年出版由谢冕、李杨主编的《二十世纪中国文学丛书》；上海三联书店1994年出版的《上海三联文库学术系列》；学林出版社1994—1995年出版由陈思和、王晓明总体策划的《"火凤凰"新批评文丛》；三联书店1997年出版的《三联·哈佛燕京学术丛书》；刊物如《学人》《东方》《思想》《今日先锋》《东方丛刊》《学术思想评论》等。从中都可以看出作者和编者的明显的学院背景。中国当代文学史著，也出现了几种面目一新、颇具特色的新作,如洪子诚的《中国当代文学史》(北京大学出版社 1999 年版)和陈思和的《中国当代文学史教程》(复旦大学出版社 1999 年版),就突破了先前许多集体编著的文学史的套路,虽然还可以作为教科书使用,但已经出现了一些不同于教科书的、体现了"私家治史"的特点,不受流行观点的约束,而提出了一些独具个性特点的概念、范畴和叙述方式,而这些概念、范畴和叙述方式又是对历史本身的还原。如洪子诚运用了一种朴素的、平实的,又很有智慧的叙述方式,一种"中性"的史家笔法,一种"点化"的叙事策略,对当代文学的历史进行还原;陈思和则倾心于构筑以文学作品(而不是以文学运动和创作思潮)为中心的文学史体系,并提出了"民间文化形态""潜在写作""多层面"等一些文学史写作的新概念和新范畴,都是颇有创造性的。这些颇具学术含量的文学研究著作,不但展示了文学批评的成果,凸现出文学批评力量的强大,而且真实地记录 90 年代文学批评研究的历史性踪迹,包括学术问题的艰难积淀、批评理论和批评方法运用的渐趋成熟、健康的批评格局的逐步形成等方面。它能够使我们在估价 90 年代的文学批评状况时,产生一定的信心。尽管在 90 年代文化市场运作机制的刺激下,大量的报刊文学副刊和畅销杂志上出现了越来越多的文学评论随笔和书评,但是"真正引导批评的'趣味'和发展方向的,仍是这些来自学院的批评。一些严肃文学批评的刊物,像《南方文坛》《当代作家评论》《小说评论》《文艺争鸣》《文学评论》,这些杂志所依赖的也主要是这些学院派批评。"①

---

① 刘雪松:《作协批评的衰微与其他诸种批评的兴起》,《牡丹江师范学院学报》(哲学社会科学版)2012 年第 3 期。

论文方面也出现了一批具有学院品格的论文。如洪子诚《关于五十至七十年代的中国文学》一文。在文中作者提出了"50—70年代的"当代文学"并不是'五四'新文学的背离和变异，而是它的发展的合乎逻辑的结果"。这种观点与80年代普遍认同的当代文学"断裂"了五四传统的观点大相径庭，显示了90年代文学批评的进展和作者的自我超越。倡导"重写文学史"的王晓明在《一份杂志和一个"社团"——重评"五四"文学传统》一文中，也对五四文学传统做了"解构神话"式的重读。这篇文章关注五四的角度与一般的文章大不一样，他认为一般的研究只关注"文本"，而不关注"文本以外"的现象，因而他从一份杂志——《新青年》，一个社团——"文学研究会"入手来重新审视五四新文学运动，从而得出五四文学不仅"崇尚个性"，而且"那种轻视文学自身特点和价值的观念，那种文学应该有主流、有中心的观念，那种文学进程是可以设计和制造的观念，那种集体的文学目标高于个人的文学梦想的观念……"都是五四文学传统的"组成部分"。王晓明在此谈到的五四文学的"阴影"部分，也正是40—70年代发挥到极致的文化思路，这无疑是对五四文学研究的一种新的视角，这种扎实探讨也充分体现了学院派批评的作风。陈思和《民间的浮沉——对抗战到文革文学史的一个尝试性解释》《民间的还原——文革后文学史某种走向的解释》，两篇文章同时推出，首尾相接，一气贯通，梳理出从抗战到当前文学发展中的"民间"脉络，打开了一个以往一直被遮蔽在黑暗中的文化空间，为真正突破以往文学史的写作模式打开了一个缺口。黄子平和南帆是两个非常关注西方现代文论的批评家，可以说从形式主义理论（俄国的、美国的）到罗兰·巴尔特和福柯的学说，他们都曾留心过，然而他们从不卖弄，甚至很少直接运用西方的理论模式阐述中国作品而是自觉将这种关注,作为现代学者必要的"强身"活动,目的是为了增强理论活力,添加透析的视角,冲破以往比较单一的阐述模式。黄子平的一系列"革命历史小说"论文则把他长期关注的 20 世纪中国小说的问题,引渡到语言、叙述方式、文体类型、文学传统等层面进行讨论,通过小说文体叙事秩序的变化,揭示现当代小说对历史的承担和承担过程自身所产生的改变。这些系列论文精彩地讲述了革命小说"文本"与现实语境难解的纠缠和不断转化,为中国现当代文学史的编写,提供了一份新的参照。还有郑敏发表在《文学评论》和《诗探索》上以《世纪末的回顾:汉语语言的变革与中国新诗创作》为代表,以新的语言观反思 20 世纪中国诗歌创作的系列论文。她的论文既体现着一个诗人对五四以来诗歌写作的自我反思,又可视为具有双重知识背景的学者的文化反思。

"90 年代的这些学院派批评从文学现象的跟踪、个别作家作品的实际批评,走向一些重要文学现象的反思,提出和敞开一些真正的问题并让人们进一步思考;相比于 80 年代侧重于经验感悟式的批评,这些批评是分析性的,有历史感的学理性的批评,批评有明显'职业化'特征和'学院'风格。"[①] 这些批评家普遍具有较高的理论修养、独特的思考视角、严谨的批评风格、新颖的批评方法。批评的文体也由即兴、随感式的发挥走向庄重、较为缜密的论文。

二 媒体批评走向前台

伴随着学院批评崛起的是媒体批评的兴盛,这在一定程度上体

[①] 刘雪松:《作协批评的衰微与其他诸种批评的兴起》,《牡丹江师范学院学报》(哲学社会科学版) 2012 年第 3 期。

现了90年代批评格局的位移与变化。在20世纪80年代，掌握着话语权的批评家，由从事文艺研究和评论的专业人士主导的，以"文艺批评"的方式通过媒体发表的对文艺作品的批评意见，一直是影响媒体文艺舆论的主要力量。它引导读者阅读和欣赏，确立文艺作品的地位，制定文艺的价值标准。在批评家和媒体的关系中，发言的是专家学者，相对而言，媒体只是工具，传声筒，起着传达学者专家声音的单一作用。而在20世纪90年代以后，媒体文艺舆论的话语权发生位移，明显地从学者专家那里转移到记者、编辑手中，批评方式也由"文艺批评"变成以新闻消息、访谈、专栏文字为样式的媒体批评。①

在这个大众化媒体日渐兴盛的时代，文学批评要借助传媒得到大众有效传播，大众传媒要倚靠文学批评提升自我品位。编辑记者们依靠媒体，获得了话语优势，全面出击，俨然成为批评的主角，左右着批评的舆论导向，于是，就有了热闹非凡的"媒体批评"。文学编辑、文化版记者、作家自身走到批评的前沿，利用手中的各大报章期刊、书籍出版前沿进行文学批评，已经不再仅仅是小试锋芒的问题。放眼20世纪90年代末的全国各大报刊，像《光明日报》的"文学遗产"、《文汇报》的"学术"、《羊城晚报》的"花地"、《长江日报》的"文艺评论"、《新民晚报》的"文学角"、《南方都市报》的副刊等都是媒体批评的重要阵地。《新民晚报》设"新作一瞥"与"我看长篇小说"栏目，都是千字左右的文字，语言通俗又不失典雅，介绍最新文艺创作动态。《羊城晚报》《娱乐世界》的《众议院》，常对不良文艺现象进行针砭，语

---

① 熊唤军：《从文艺批评到媒体批评——对媒体文艺舆论话语权位移的观察》，《新闻前哨》2005年第10期。

言朴实，一针见血，也短小可读。《羊城晚报》很重视文艺评论工作，它除设有《南方文评》《书趣》等专门进行文艺评论的专页外，还在《娱乐世界》《花地》中进行文艺批评工作，特别是它的《娱乐世界》以开展文艺批评见长，引起全国读者的关注。《长江日报》有"文艺评论"专版，就常常组织展开对文艺思潮热点的探讨。1998年，《长江日报》的"文艺评论"就组织了对文学界"现实主义冲击波"的讨论，很有针对性，对认识和指导当前文艺创作起了良好的作用。一些报纸开辟的副刊周报和"周末版"成了文化交流的重要阵地，发表了大量的介绍和评价性的批评短文。所有这些无不是编辑精心策划、操作的结果。文学编辑在编辑文学作品时，针对作品、作家或者某些文学现象的热点所作的判别和评价，主要有编者的话，卷首语，编后记等，或者并不诉诸文章，而是诉诸刊物选题的策划、版面的组织、对作家的择弃等，虽不着一字，却同样从事和开展了批评，而且，较行文立言的传统批评，它对创作的影响其实更直接，创作方面对它的力量也更介意。编辑们在文学批评领地的"入场"，改变了90年代文学批评主体的结构，也丰富了文学批评的可能。

编辑批评虽然早已有之，但是真正形成一种比较独立的批评现象却是20世纪90年代以后的事情。如果说作家需要灵感，编辑则是诉诸直觉。直觉是悟识，是对美的瞬间发现与捕捉，这使得编辑具备了批评家的素质。90年代文学编辑越来越多地从编辑的工作中走出来，越来越直接地参与到批评活动中来。编辑已由过去被动的守株待兔式的变为从后台走上前台，由被动的等待、"发现""鉴别"作家文本变成主动的"创造"作家、文本、流派、风格甚至文学本身。编辑们某种程度上不仅操纵着90年代文学的进程，而且还影响着文学批评的进程。《大家》的李巍、《作家》的宗仁发、《山花》的何锐、《钟山》的徐兆准以及《作家报》的巍绪玉所发起的"联网四重奏"对90年代新生代文学的繁荣起了巨大的作用。《当代作家评论》的林建法、《小说评论》的李星、《南方文坛》的张燕玲、《文艺争鸣》的郭铁城、《文艺评论》的韦健玮等评论家型的主编更是在90年代的文学批评建设中居功至伟。一些批评刊物像《当代作家评论》（辽宁）、《南方文坛》（南宁）、《小说评论》（西安）、《当代文坛》（成都）、《文艺报》（上海）等开辟新栏目、打出新旗号、设置新的焦点、推介本刊物刊载的新作家新作品、对本刊物发表过的作品进行总结和评价等等刊物行为，对文学批评迅速地跟进文学趣味的变动功莫大焉。

编辑们敏感地从创作界发现文学新变的苗头，并预测这种苗头的未来发展方向，从而予以提倡、引导和鼓励，使起于萍水之末的气息演成风云之势。不管这种做法对文学的影响如何，90年代一批新的作家作品，就是通过这种方式进入文坛的，普通读者也是通过这种方式知道有这样一些作家作品存在。此外，那些以报刊杂志为对象的记者、自由撰稿人，他们用综述、访谈、对话等文体，不断地制造着一些文学的热门话题，一些从事当代文学研究的教授、学者们也常常活跃于报纸的读书版面、文化新闻、电视相关栏目和网络论坛上。他们出席作品研讨会，撰写评论，参与媒介选题策划、书刊宣传，接受记者采访；在这些活动中传播批评理念，提供关于当下文学的价值判断，引导读者对文学的消费。媒体批评不以学理见长，甚至有意规避"学究气"，然则不乏敏感性和煽惑力。一般读者更愿意读那些由新闻记者速成的消息或报道而不是批评家苦心孤诣的批评文章。

三 作家批评引人注目

90年代中国文学批评多元格局中,作家批评同样是一个不可忽视的存在。王蒙、王安忆、余华、残雪、格非等一大批作家及海子、骆一禾、翟永明、欧阳江河等众多诗人,在创作之余发表了大量独特而重要的批评文字,他们以"'操千曲而后晓声,观千剑而后识器'的切身创作体验和丰富实践读出职业批评忽略或难以觉察的东西,形成独特的批评特色,构成批评多元格局中有力的'一元'。九十年代作家批评主要体现在小说和诗歌方面。"①

相比于诗歌方面的批评,小说方面更加突出,王蒙、王安忆、余华、残雪、格非等一大批小说家的批评极其引人注目,颇受好评。90年代文学批评普遍受到诟病,批评普遍受冷落的情况下,王蒙、王安忆、余华、残雪、格非、王朔诸人写的批评、随笔,大为走俏。王安忆的《心灵的世界》自从问世便备受好评,残雪的《灵魂的城堡:理解卡夫卡》《读解博尔赫斯》,王朔的《无知者无畏》、王蒙的《行板如歌》、马原的《阅读大师》、格非的《塞壬的歌声》等,印数有的达到几十万册。王蒙的批评活动与其创作活动一样,活跃于整个新时期。新时期一系列重大理论问题和创作现象都在他的视野中,从而构成他丰富多彩、生机勃勃的批评世界。对文学(文化)现象和文学思潮、作家的主体建构、作品的创作、作家作品、古典名著等他都以扫描、漫谈、探微、论争、考究等多种形式展开对批评对象的质疑、驳难、体悟、赞叹、激赏和思考,多有建树,广有影响。他对新生代作家尤其是新生代女作家的推介与批评,对人文精神的讨论的参与以及与王彬彬

---

① 刘雪松:《90年代的作家批评》,《名作欣赏》2011年第7期。

的争论成了90年代引人注目的"批评事件";集小说家与批评家于一身的王安忆在90年代出版了《故事与讲故事》《乘火车旅行》《心灵的世界》《重建象牙塔》等多本与小说批评相关的书籍。她不仅积极参与当代文学批评,并自觉将这种批评意识贯穿到自己的文学创作中去,还紧随批评理论而不断调整自己的创作。在这些理论著述中,她探讨了自己对文学艺术本质规律的理解和把握,为自己的作品构建理论根基;反过来,在理论的不断深化中,进一步开拓出自己的创作领地,促进了创作的成熟和完善。她的《心灵世界》是小说理论当中的另一种风景,其浸透着个人生命体验的表述方式洗去了理论的灰色铅华,是一种回到文学本性的理论言说方式,对今天的文学研究具有独特的启示意义。王朔对金庸和通俗文化的批评以及对老舍、鲁迅的"酷评"虽然引起了很大争议,但是他在90年代批评界所引起的喧闹是任何一个批评家都难以望其项背。"他的批评轻松、机智幽默,可读性极强,在一些看似'经不起推敲'的惊人之语中颇有一些个人的发现。"[1] 刘恪对90年代先锋文学的关注,对"跨体写作"等先锋文学理论的探讨,不仅显示了他对先锋文学的执着,而且也显示了他与众不同的理论素养;马原对新时期先锋文学的回顾性评价,角度奇特,在90年代的文学批评中可谓自成一家,他的《阅读大师》是献给文学爱好者和文学欣赏者们的一部好看易懂的"小说艺术面面观"。1998年余华推出了《我能否相信自己》批评随笔集,他从读者和听者的角度对大师们的经典作品进行独特的解读,既痴迷、激越,又保持冷静的思索。他以"同情""体贴"的态度进入大师的写作,像他的小说创作一样张扬了鲜明的个性特征。残雪对小

---

[1] 刘雪松:《90年代的作家批评》,《名作欣赏》2011年第7期。

说文本的敏感让人惊讶。她写博尔赫斯、卡夫卡，也写鲁迅、余华，笔下色彩飞扬，且有哲思，冲击力之大，不亚于她的小说。格非的《小说叙事研究》《塞壬的歌声》等论著开拓了我们的文学视野，揭示出文学内部构造的意义。他精辟入微地阐述了他作为一个作家，对小说写作的奥妙、细节、方向等方面的独特感悟。他对卡夫卡、托尔斯泰、福楼拜等世界著名文学大师及其代表作品的精彩解读令人耳目一新。他所写下的关于音乐艺术和电影艺术的精美散文，则显示了一个小说家丰富而高雅的艺术趣味和对顶尖艺术的非凡颖悟。陈村的批评不关注当代作家作品，但对于当代批评的热门话题，他往往都要发表自己的看法，且都有高论，并且从一种意想不到的角度提供了自己的独到见解。此外，90年代新生代及70年代出生的"断裂"作家群中，一些年轻作家从感性的认知方面梳理当今的一些文学现象，盖过了批评家的声音。如李大卫、韩东等人的文章，号召力较大，在他们周围，有许多热情的追随者。他们的口号或许不成熟，文章也有可推敲的地方，但他们的声音，比学院派和专业批评家要响亮得多。

王安忆和余华是这些人中值得注意的。中国的当代作家大都是凭借生活的直接经验在写作，而对于文学批评的参与意识相对来说是比较弱的。但王安忆对文学批评比较关注，更是积极参与其中。新时期以来，王安忆在各个不同时期，都对文学创作，特别是创作理论做出过自己的回答，这是一位紧随批评理论而不断调整自己创作的作家，她的一些创作有时可以与当代批评思潮对照起来阅读，如弗洛伊德理论盛行时，王安忆创作了"三恋"；文化寻根及魔幻现实主义盛行时，王安忆创作了《小鲍庄》；叙述学被批评界一度看好时，王安忆有《纪实与虚构》；90年代人们注重对文化传统资源进行价值重估时，王安忆则有了《长恨歌》这样抒写上海历史的作品。

余华的文学批评体现了一个作家批评的特色。"作家批评能够以'行家的眼光'和不同于职业批评家的视角,给文学研究带来了新的活力。作家具备丰富的创作实践经验,熟谙个中甘苦,能够以同情、体贴的态度进入作家的创作,天然地与批评保持着某种联系,他们的批评可以称得上是一种体贴的批评。"[①] 在余华的《我能否相信自己》中,他的文学批评视角始终是以他作为一位作家最个人化的体验与领悟、困惑与期待紧紧追随"叙述"这个视角。这里"叙述"不是一个冷漠、严峻的审视者、局外人来观察作者怎样叙述,而是同样作为一个作家、一个叙述的局内人追索另一个作家最原始的写作过程;与另一个作家一起经历写作的探险,以此来打开作品的灵魂,穿透作家的写作生命,理解现实与写作的关系、剖析作家与人物的纠缠,探究形式甚至是页码以及文学世界中一切要素之间复杂而微妙,即透明又模糊的关系。余华在《内心之死》中写道:"一个由来已久的难题——什么是心理描写?这个存在于教科书、文学词典以及各类写作和评论中的专业术语,其实是一个错误的路标,只会将叙述者引向没有尽头的和不知所措的地方。让叙述者远离内心,而不是接近。"这样的困惑只有一个对"叙述"敏感而关注的作家才深有感触。在对福克纳的小说《沃许》的评述中,这样写道:"然后,叙述的困难开始了,或者说有关心理描写的绝望开始了。"只有一个在写作中经历过叙述的绝望的作家才会发出这样的感叹,才可以触摸到福克纳叙述的绝望。"……一个刚刚杀了人的内心,如何去描写,……这似乎是叙述史上最大的难题。我个人的写作曾经被它困扰了很久,

---

① 刘雪松:《90年代的作家批评》,《名作欣赏》2011年第7期。

是福克纳解放了我。""沃许砍死塞德潘之后，福克纳的叙述似乎进入了某种休息中的状态。叙述和沃许共同经历了前期的紧张之后，……两者又共同进入了不可思议的安静之中。""福克纳……是让叙述中的沃许的心脏停止跳动，而让沃许的眼睛睁开，让他去看；同时也让他的嘴巴张开，让他去说。"余华又一次以自身敏锐的艺术感觉，抓住了福克纳"内心之死"式的心理描写的精到之处，解放了自己，同时展示了福克纳及其作品的魅力。这样一种精彩绝伦的带着心跳与窒息的批评文字不会诞生于理论概念的游戏之中。

在余华的"叙述"视角之下的批评文字中，我们还发现了他的另一惊异之处：一系列精彩的评论文章中都给予"叙述"中的页码以极大的关注。如在《内心之死》中这样写道："没有一个作家能够像陀思妥耶夫斯基那样，让叙述的高潮遍布在六百页以上的书中，几乎每一行的叙述都是倾尽全力……"，"陀思妥耶夫斯基有力量拿出二十页的篇幅来表达他当时惊心动魄的状态……"这种对页码的敏感与关注，应该来源于余华在自己一页一页的叙述过程中的强烈心理感受。所以他能体验到将六百页的书遍布高潮是何等的一种努力、激情和不易，所以他知道那是一个作家"倾尽全力"的生命投入。这种对页码的在意，显示了一位有经验的小说家对结构的理解，他从叙述人的角度解读了作品的结构。同时，这样做是把"写作"本身作为观察对象。作品的人物、事件和情绪的每一次推进都呈现着写作过程的节奏。还有什么比在写作中理解、亲近文学本身更自然、更生动的呢？只有作家才能真正理解作家的写作。当然，"作家的评论会更加侧重于写作本身，这样的批评紧紧围绕创作也许不够高屋建瓴和'形而上'，但读起来却更有'感觉'，更撼动体验、震动心魄，在他们的字里行间中我们已真切地感觉到了批评家思想的紧张、感情的律动？在越来越多的批评读完'没感觉'的今天，这样的批评就显得难能可贵。"①

一般来说，学者批评善于从大处着眼，倾向于对作品高屋建瓴的理解；作家的批评往往会带着作家的创作兴趣来阅读，在细处徘徊，他们几乎都选择了走"形式批评"的蹊径，从小处入手，注目于作品的写作特点，试图通过还原作品的创作过程来发现作品的写作风格。"细节"是作家批评最关注的地方。格非在对学生讲解《安娜·卡列尼娜》时，每次都要向学生提出这样的问题：托尔斯泰的绝大多数作品都不喜欢在章节之间用小标题，这是作者的写作习惯所致。《安娜·卡列尼娜》似乎也不例外，但有趣的是作者在这部作品中却出人意料地使用了一个标题，这个小标题是什么呢？没有学生能回答这个问题，而格非认为"这个在文体上的形式上的反常之举实不应该被忽略的"（这个小标题就是"死"）。显而易见，这些问题往往不可能是埋头于文学理论研究的学者所关注的问题，也不太可能是埋头于文学史料研究的学者所关心的问题，更不会是文化批评学者们感兴趣的问题。

格非不止一次地提到他的第一篇小说《追忆乌攸先生》是在长达14个小时的火车旅行中完成的。在一位同行的音乐女教师的哼唱以及之后漫长的沉默中，他简直是如同神启地"第一次意识到了生命、记忆以及写作所构成的那种神秘的关系"。在写作小说《青黄》时，格非被记忆中的两组画面缠绕着："一支漂泊在河道中的妓女船队，我和祖父离开村庄很远的一个地方看望一个隐居的老人。"他说："我们并不知道这两组画面存在着怎样的联系，

---

① 刘雪松：《90年代的作家批评》，《名作欣赏》2011年第7期。

或者说，我不知道自己如何要去描述它们。后来，我曾这样设想：这两组画面至少在一点上有着相似的性质，那就是一种慵懒的寂寞。"创作中无法用理性解释的感性与直觉，显然使他们在分析和评价文学作品时，为文本的感觉层面留下了余地。格非在分析托尔斯泰的《安娜·卡列尼娜》的时候，有理性的技术分析，也有无须分析的接近于直觉的判断："列夫·托尔斯泰并不是一个出色的文体家，但他的文体的精美与和谐无与伦比，这并非来自作者对小说修辞、技巧、叙述方式的刻意追求，而仅仅源于艺术上的直觉。"①"这种来自于直觉的判断更具有洞穿力，对艺术的体验更直接，更生气灌注。在科学主义盛行的今天，作家批评给直觉留下了很重要的位置。"②

　　90年代以来，文化批评可谓一统天下。罗兰·巴特一句话"作品一旦产生，作者就死了"，小说批评便被包围在"大文化批评"的理论眩晕中：小说批评的重心已不再是研究"怎么写"，批评家们似乎更沉醉于"怎么读"。但作家批评没有迷失在"大文化批评"的喧嚣中，而是独辟蹊径地走了一条文本批评的道路。作家的批评往往比学者们的批评更在意艺术形式和技巧手段。他们所使用的并不是社会历史批评、精神分析批评、读者反映批评、现象学批评等从外部理论介入的批评方式，而是以一种"行家"的眼光，对作品所运用的内部艺术手法进行琢磨与品味。"王安忆对《巴黎圣母院》中外部建筑描写与作品人物和氛围关系的精细体察和不惜文字地长篇分析。这些恐怕即使是'新批评'的'细读'或其他流派各异的职业批评家们也望尘莫及的。"③

---

① 刘晓南：《第四种批评》，北京大学，博士学位论文，2006年。
② 刘雪松：《90年代的作家批评》，《名作欣赏》2011年第7期。
③ 同上。

在诗歌方面，出现了一批"诗人批评家"，例如海子、骆一禾、翟永明、欧阳江河、西川、王家新、萧开愚、臧棣等。正是他们的诗歌批评实践对诗歌理论的阐释，使得诗歌批评摆脱了一种社会学式的理解，而进入到对诗歌的语言肌质和深层精神探索的阐发。他们的这种批评，无疑是诗歌批评中的重要部分和一种发展方向。此外，作为诗人、翻译家、学者的郑敏一直没有停止诗歌创作和文学研究，她对新诗的发生的理性把握，充分显示出作为一个资深的理论家与实践家的功力。总的来看，作家评论更为老到、真切、感人，这也是90年代在出版界不景气的情况下，他们的批评文本一经出版便大为走俏的原因。

四 网络批评雨后春笋

90年代末期，网络批评如雨后春笋，得到了迅猛发展，从而成为区别于学院批评和媒体批评的第三种势力。在20世纪末的一次北京市文联研究部在天津举办"网络批评、媒体批评与主流批评研讨会"上，提出了网络批评、媒体批评和主流批评（学院批评）三分天下的看法，网络批评的概念正式提了出来并从媒体批评中分离出来，并被认为是继报纸、广播、电视媒体批评之后的"第四媒体"批评。

网络文学批评有两个层面：一是网民对网络文学作品的直接评论，如网络文学网站上设的"评论"专栏，多为一般读者在看完该作品之后的感受，评论是不加修饰，或者三言两语，或者长篇大论的把自己的所思所想随心所欲地写下来。产生了许多知名的网络"板砖手"，像王小山、吴过、子非鱼等，但更多的是不知名的普通民众。二是网络写手、文学批评家通过网络媒介上的文字，对于网络作品、网络写手以及网络文学现象的分析、判断与评价。

批评主体是受过专业训练的资深批评家,多为传统批评家。

网络文学的出现一开始并没有引起学界足够的重视,作为传统的纸质文学评论主体的批评家、学者、作家呈现出明显的"失语症",他们对这一新生的文学现象持十分谨慎、保守的态度。而与之相对的则是网络文学写手们的"话语"激情与狂欢,他们一方面在属于自己的虚构网络空间中肆意宣泄着自己的激情,"自娱自乐";另一方面,又以自己的言说方式"守望"着一方属于自己的精神家园,掌握着批评话语权。在学界还处于"沉默"与"缺席"状态时,这一时期已出现了易维·Bandy、元辰和吴过等几位著名的网络文学的批评家。这一时期的文学批评主体是以评点的批评方式介入批评活动的,对网络文学的评论尚处于表面化和局部化的层面,而缺乏深刻化和系统化的阐释。90年代末以后进入"众声喧哗"时期。其标志性事件被认为是1998年中国台湾网络文学写手蔡智恒的《第一次亲密接触》的发表,不仅在创作上出现了"网络文学热",而且也打破了学界对于网络文学的"沉默",曾经一度对网络文学持观望、怀疑态度的传统文学的评论者开始以理性的方式来观照和审视网络文学创作及其发展。在这一时期,"传统的纸质文学评论家、高校教师、纸质文学作家以及网络文学写手构成了批评主体,代表人物有葛红兵、李洁非、李敖、白烨、欧阳有权、杨新敏、王蒙、莫言、张抗抗、蔡智恒、李寻欢、吴过等人,这些人围绕网络文学从不同的角度参与批评。"[①]

网络文学批评的阵地不同于学院批评、媒体批评。网络文学批评一直是栖身于网络文学网站上的"评论"专栏,附属于网络文学网站。网络文学批评的阵地大多分布在以下几个地方:一是关

---

① 周秋红:《网络文学批评:现状及其走向》,江西师范大学,学位论文,2007年。

于网络文学的各种 BBS 论坛和社区，如红袖论坛、文学艺术—QQ论坛、小说阅读网、BBS 新浪读书论坛、百度小说吧、读书社区—搜狐、玄幻之源—西陆社区、舞文弄墨—天涯社区、莲蓬鬼话—天涯社区等；二是专业的文学批评网站，如文化研究网；三是个人文学主页，是指少数的网络文学评论者制作的个人主页，榕树下设有"状元坊"。聚集在这里的，有作家、学者、教授，也有传统的媒体从业者以及依附于媒体而身份暧昧的自由撰稿人，更多的还是具有各种身份的网络写作爱好者。恐怕目前，这里是批评居民最多的地方。网络文学批评是一种新的文学批评现象。20世纪90年代初，大众传播以其巨大的能量进驻文学批评的空间，形成文学批评的新格局，网络文学批评已成为一种不可忽视的存在。网络文学批评的兴起有其自身的原因。这主要表现为网络文学批评的特质。

  网络文学批评有自己鲜明的特色。首先是它的自由随意性深受网民欢迎。这种自由随意性表现在批评主体的自由参与性。在网络上，所有人都可以自由地写作、评论，任何人都可以成为批评家，文学批评的门槛消失了，网络本身的便捷性、开放性、虚拟性、隐身性使得每一位网民都有自由发言权，而没有等级之分，加之网络文学批评的产生不必经过中间严格的"把关"环节，作品无须经过编辑和出版商的严格遴选，所以，网络文学批评没有对批评主体的特定要求，任何人都可以对自己喜欢或不喜欢的作家、作品及各类文学现象发表评论，只要他能上网，并且愿意在网上发布，那他就是批评者；而匿名的注册方式则使网络写手们大大减少了社会约束，非功利的自由倾向使网络真正成为"畅所欲言"的空间，成为狂欢节上的广场。批评内容也自由随意。无论是世界名著也好，是网络文学也罢，我们都可以拿来"指点江山，激扬文字"，"粪土当年名作家"。在网络上，无所谓经典、权威，任何作家（作者）、作品都可以纳入到网络批评的实力范围之内。其次，"网络批评文章一般极具民间的率真，富于生活气息却闪烁着智慧的灵光，它能把古老庄严的文学批评变得鲜活生猛；把安详稳重变成锋芒毕露，常常在剑走偏锋之中不乏吉光片羽式的真知灼见"[1]，这也是受欢迎的原因之一。网络批评虽然研究沈从文、鲁迅、张爱玲这样的经典作家，但主要还是集中在武侠、言情、悬疑之类的通俗文学，比如对金庸、古龙、王朔等人及作品的评论。而像痞子蔡、安妮宝贝、李寻欢、九丹、卫慧、棉棉等人的作品获得了最大量的评论。网络批评扩大了文学批评的范围，像《第一次亲密接触》《告别薇安》《悟空传》《水煮三国》或武侠类的作品，在以往的批评中历来都是不登大雅之堂的边缘性的东西，但网络批评把这类属于边缘性的东西，置于其文学批评的中心。

随着网络批评的繁荣，"现在已经出现了一批比较出色的网络文学批评家，例如白发公子的武侠评论，我爱常波波的当代作家评论，天才混蛋、酒香香的网络作家评论，老枫新枝对海子及其他先锋诗人的评论等都产生了一定的影响。参与网络文学批评的人数范围也越来越多，传统的纸质文学评论家、高校教师、纸质文学作家以及网络文学写手构成了批评主体，葛红兵、李洁非、李敖、白烨、欧阳有权、王蒙、莫言、张抗抗、蔡智恒、李寻欢、吴过等人都是网络批评红人。"[2] 网上一些很锐利的、很泼辣的新秀（王晓渔等），正在成为批评的后继队伍。而且，90年代末期以来，对文学批评产生很大影响的某种程度上可以说是网络上的批

---

[1] 刘雪松：《作协批评的衰微与其他诸种批评的兴起》，《牡丹江师范学院学报》2012年第3期。

[2] 同上。

评，包括对70年代作家的评论，而纯粹的批评家队伍并没有起到多大影响，不管是正面的、还是负面的，除了意识形态之外，网络批评起到了很强烈的作用，网上的言论常常是非常有冲击力的，在批评家们还想四平八稳地去找优劣、找比例，网上早就有了冲击力很强的评论，像王晓渔等一些新秀的批评很锐利、很泼辣，已经产生了很大的影响。

第三节 建立多元互补的批评格局

媒体批评走向兴盛后，成为影响文艺舆论的强大力量。来自学院和学术机构的批评家以及作家、艺术家，对此新出现的批评方式感到陌生和难以接受，在这一强势力量挤压下，失去了面对公众发言的位置，产生拒斥的态度和焦虑心理，纷纷发出质疑、批评以至声讨的声音。在世纪之交"媒体批评"成为一些研讨会上的关键词，专家学者列举的有关媒体批评的"罪端"有炒作、酷评、庸俗、肤浅、娱乐化、浮躁、夸饰、武断、霸道、不讲职业道德、不负责任等，不一而足。媒体批评和学院批评、媒体从业者和专家学者之间似乎存在一种紧张、对立的关系。业内人士李静曾说过这样一件事。她曾听到一些壮志在胸的记者同行在嚷嚷："要用媒体批评取代学院批评！"问他们为什么，他们说："你没发现吗？学院批评假深沉，不说人话，老百姓谁能看得懂啊？看不懂，就没有存在价值！"最近她又听到一拨学院派批评家朋友在发牢骚："现在的读者啊，简直不知道什么是好，什么是坏！没人愿意静下心来好好看看真正的批评家文章，以明白点学理，得到点知识，熏陶些思想，只知为传媒视听！……以鄙人之见媒体批评可以休矣！"而作家批评更是几乎全盘否定文学批评家存在的合法性。作家朱文说："最好的文学批评都是作家写的。批评家这个行当很特殊，容易让人变态，或者说，变态的家伙容易选择这个行当。"作家韩东则宣称："当代文学评论并不存在。有的只是一伙面目猥琐的食腐肉者。他们一向以年轻作家的血肉为生，为了掩盖这个事实他们攻击自己的衣食父母。另外，他们的艺术直觉普遍为负数。"朱文与韩东代表了绝大多数作家对批评家的漠视乃至敌视的态度，表明了相当一部分作家并不认可批评家的批评。上述这些颇有代表性的观点，表明各种文学批评方式之间的抵触、冲突已经到了难以调和的地步。

其实，谁也不必灭了谁。任何一种批评只能阐释批评的一个维度，不能穷尽批评的全部内涵与外延，任何视角在引发洞见的同时，都意味着将会遮蔽其他的视角，也正因为如此，才为另外的文学批评的诞生提供了生存空间和合理条件。在这种意义上，任何一种文学批评方式的存在都有其合理性和必要性。如果无视自身的这种相对性和有限性，就会将一种特定的批评的有效性无限扩大，自视为普遍的原则和公理雄霸其他批评之上，那么，这种文学批评就会遮蔽文学的整体存在形态和价值面貌，而且也将势必与其他的文学阐释方法及价值取向产生抵触冲突。成功的文学批评往往是在有限的前提下展示出文学的无限的可能性，而不是对这种无限的可能性的削弱甚至剥夺。这似乎说明，文学批评的真正含义，其实不在于建立一种大家都能认可的文学批评，而在于建立一些可供大家选择的文学批评"世界"。同时也不必因为一种批评自身的局限而求全责备，每一种批评的局限可以通过其他批评种类的长处去弥补。比如，学院派批评比较注重宏观研究，讲究学术规范和理论体系的建构，具有开阔的理论视野和深思熟虑的特点，是一种较高层次的批评。但如果只有学院派批评，批评的面貌就会过于"庄重"显得沉闷，媒体作为一种大众传播方式，可以对学院派的"茕茕孑立"起到很好的补充作用。媒体批评鲜活轻灵的文体风格能给批评带来了活力与生气。90年代，那些以报纸杂志为对象的记者、编辑、自由撰稿人，不断地制造着一些文学的热门话题，把90年代的中国文坛搞得风生水起，给文坛平添了许多鲜活的气息。相对于学院批评的"曲高和寡"，媒体批评充当了普通读者的文学"收视指南"和"阅读向导"。但媒体批评的商业性在给批评带来生气与活力的同时，也带有很大的"广告""宣传""炒作"的味道，缺乏严肃的学理性，有时难免误导作家和读者。同样，作协派批评敏捷地跟踪当下的文学创作，在批评家与作家的互动方面，作家协会的批评家更为出色。但作协派的批评过度在跟踪批评方面下功夫，与学院批评相比较，相对忽视对学术理论的建树；与媒体批评相比，则缺乏一些锐气锋芒。作家批评比较老到、真切、感人，文字通俗，有趣，少学理，能够以行家的眼光一眼就能看出"出彩"的地方，点穴也比较准，而且能够读出职业批评忽略或难以觉察的东西。如果说学院中的批评主导方向愈来愈倾向于批评理论本身的自足性而对文学作品和文学创作采取一种疏离态度，那么，作家批评在推进文学鉴赏、作品分析以及创作阐释的深入方面起到重要的作用。但他们对于文学创作的过程进行理论上的解释相对薄弱，他们的批评代表了自己的一种经验，缺乏体系性。网络文学批评一般极具民间的率真，它的幽默风趣的"搞笑"语言给学院批评偏重理论化所造成的僵硬、无味吹入一股清风，它的草根性给文学批评增加了民主性、自由性。但在"人人都是批评家"的狂欢下，网络文学批评也是良莠不齐、鱼龙混杂甚至是藏污纳垢的所在。可见，每一种批评都各有所长各有所短，任何一种批评都不能包打天下。在西方，学院的文学批评不必和作家圈的评价保持一致，学者和作家也不必在意媒体的批评反应，各有各的一套，不混在一起，这有利于批评生态系统保持健康平衡的态势。我们现在也需要建立一个多视角多层面的文学批评平台，职业不同的批评家明确自己的位置和批评层面，充分意识到自己工作的限度，各司其职。

那么，如何才能建立这种多元共存的局面？多元格局是建立在多个"元"基础上的，也就是说，学院批评要坚持学院批评的个性，媒体批评要坚持媒体批评的特点，作协批评应保持作协的风格。正是它们都能坚持自己的个性，形成"自己的一元"，这些多个"一元"才能构成最后的多元；而更为重要的是，其中的每一个"元"必须是自身获得充分发展的，具有充分的自足性内涵丰富的"一元"，这些"元"彼此之间才能形成有破度的一元，才能形成价值观的碰撞、交流、博弈。而为了使每一"元"达到具有充分自足性的"一元"，每一种批评都应该有所坚持也要有所放弃。坚持它自己的特色，放弃它超载的东西。比如，媒体批评不是指导文艺批评学科的建设，也不是承担筚路蓝缕的文化积累任务，媒体批评需要的是指导文艺消费，所以就要充分发挥它的这一特点。例如媒体批评中"报纸的批评"，其特点是短小、灵活、直接、明快，它一般针对最新的文学作品文学现象，表达最鲜活的感受，不求学术上的高深，也无意于理论上的圆满，甚至不惮于攻其或赞其一点儿不及其余，只力求在所攻所赞中，有着某种洞见，只要能达到这一点就发挥了它自身的长处，非要媒体批评去承担学院批评的职能，也是不现实的。学院批评也是如此，如果是学院的专家学者，就应该与市场运作保持必要的距离，潜心于自己的学术研究，坚持学理性和专业文学批评的原则，在提高批评本身的素质、理论水平，建立、完善我们的批评学科体系和促进艺术理论的发展方面发挥作用，在某种程度上可以放弃影响作家和公众的目的。有人曾把作协派批评比作战场上的前沿阵地，学院派批评是运筹帷幄的参谋部。可见，它们各有各的功能，各有各的角色特点，硬要学院派批评贴近当下文学，就失去了学院派批评的功能和作用。然而，现在，媒体和学界指责学院批评过于专业化、学究气，躲进学术象牙之塔而"脱离群众""读不懂"；先天的"反应迟钝""滞后"，不能指导创作，等等。并强调读者对学理化的批评文字不愿读，作家也不愿读。甚至说，既然读者看不懂也就没有存在的价值，这显然过于简单粗暴。

关于学院批评，法国著名批评家蒂博代在《六说文学批评》中曾把职业的批评（相当于我们所说的学院派批评）列为"属于19世纪文学中最坚实、最可尊敬的那个部分"，"组成了一条延续最长的山脉和一块最为坚固的高原"。他指出这种批评的主要特征，一方面是优势，体现出批评者良好的专业眼光、系统化的理论知识、开阔的视野以及持论平和等特征，另一方面则是不足，如比较中规中矩、沉闷的学究气、缺乏敏锐的艺术感觉等。这似乎告诉我们，学院批评的个性同时也是它的局限性，它的长处同时就是它的短处。但学院批评如果因此试图把自己剪裁成适合所有的人，那学院批评也就剪掉了自己。从某种意义上说，学院批评要想保有自己的特色，必须坚持它"贵族式的骄傲"，保持"孤芳自赏"的姿态。也只有坚持这一点才能和大众传媒批评所代表的娱乐性的、休闲的、日常消费的文化批评区分开来。学院批评中的一些术语确实"专业化""晦涩难懂"，但假如学院批评因此为了趋迎读者而在专业方面退让，那么，学院批评则将丧失自己的学科属性和学科意义。台湾作家龙应台曾经针对报纸副刊的定位表达过这样的观点：在一个多元的社会里，应该会有各种风貌的副刊——雅的俗的、软的硬的、俏皮的严肃的。唯一不可能有的是"雅俗共赏"的副刊。雅与俗各有理直气壮的生存权利，但若是为了获得最大量的读者而将雅俗掺杂，只能使一个副刊非驴非马，个性尽失，要吓走不是雅就是俗的读者，这个道理同样适合于文学批评的"世界"。

一般来说学院批评的运思过程常常是迂回曲折的，人们看到分析、归纳、检验、证伪、辩驳，诸如此类的论述策略可能会让人觉得烦琐、枯燥，但这正是缜密的学术话语必不可少的。在达到预定论述目标之前，学术话语总是步履艰难，左顾右盼，瞻前顾后，这不是一种多余。对于学术话语说来，追求的不只是一个结论的洞见，同时还要追求它的无懈可击。也正是在这一点上与率尔雄断的随意化的感悟式批评形成了鲜明的对比，至于先天的"反应迟钝""滞后"等，也经常是为了追求理论性、体系性、宏大性，是为了使批评者保持更加冷静超然的立场，或者说，对于学院批评家而言，面对新的批评现象，他们更喜欢经过沉淀后再作研究，因此，"反应迟钝""滞后"，这是必然的。

我们这样强调学院批评应该充分发展自己的个性，但并不意味着提倡它在某一端上偏执地发展下去，如果这样只能使其日益陷入逼仄的窘境，最后"把自己关在一个网眼细密的精致的笼子里，由于没有异质的介入与冲击，而日渐在原先巨大传统惯性的轴心上自行精致化。常常因为缺乏'精神上的连接'，有时还'缺乏滋养人们精神与心智的字句'。由于过于穷形尽相，便不免润饰藻绘，我们从他们身上所看到的，往往是一个既深邃又萎靡的精神世界，就像一块经过反复雕琢的石头，镂空凿孔，由于过分的精巧，倒变得不堪碰撞"（克罗齐语），最终导致批评的学术活力和思想力量的丧失。90年代学院批评备受诟病的症结正在于此——

自我封闭和面目陈腐。

　　以上，我们重点讨论了学院派批评，对于其他批评也应循同此理。只有每一种批评自身都获得了充分的发展，具有丰富自足性的内涵的一"元"，才能真正形成文学批评多元共存的格局。这些批评一直在为自己的权力和价值争吵不休，甚至想吞并对方称王称霸，而这正是文学批评良性生长和活泼生命的体现。蒂博带曾告诉我们，各种批评类型，都有自己的"地域""气候""物产"和"居民"，他们构成了批评的整个生态环境。这些批评可以各行其道，也可以偶尔交叉穿越，还可以多边会谈甚至论争、交锋。虽然这些批评各有局限和缺失，发展尚不理想，但它们在多元互动的竞争、渗透、差异、交融中，在相互取长补短中，一定会使自己自强自立起来。批评的建构发展需要的是思想的支撑和话语的增值，而这些又能在对话和交流中完成。正是在对话和交流中，各种思想交锋、碰撞，产生火花，照亮话语，各种观念砥砺、磨合，向着话语生成，这正是文学批评的张力所在，也是文学批评的希望所在。

第三章　文学批评的模式：由感性批评走向理性批评

第一节　从感性的张扬到理性的呼唤

20世纪80年代的批评整体上基本属于经验型批评，90年代以后，随着学院批评的崛起，文学批评从激情言说的感性批评走向深沉理性的学理批评。文学批评逐渐脱离经验型批评的层面，向学术和知识层面转移。面对具体的批评对象，批评家主要不是以情感和审美为基础，而是以思辨的方式，在一定理论框架的规约下，运用一套理论范畴对文学作品加以分析。

回顾80年代，那是个很崇尚"感觉"的时代，说一个批评家有感觉，基本上就是说此人是个有才情、好的批评家。所以，文学批评中，主观印象式的批评占据着大部分评论版面。这种批评以自身对创作文本内容的体验为基础，注重个人情感感悟和情感体验，注重美学分析和艺术判断。这种主体性批评所彰显的个性意识在个性长期缺席的中国当代文学时空中，展示了勃勃生机和活力。黄子平的《"沉思的老树的精灵"——林斤澜近年小说初探》、吴亮的《自然历史人——评张承志晚近的小说》、季红真的《宇宙自然生命人——阿城笔下的"故事"》、曾镇南的《南方的生力与南方的孤独——李杭育的小说片论》等都是当时非常有名的批评文章，这些文章的共同特点是具有鲜明的主体性，批判者在批评的过程中注重自身的人生感悟、情感想象和思辨；对于他们来说，文学作品是向自己敞开的审美对象和意义对象，而不是有待去探索求证的知识对象。那时候学院的方式还不太得到重视，理论还没有像现在取得这么重要的地位。在当时，法朗士的名言"批评是灵魂在杰作里的冒险"流行一时。[①] 在当时，"六经注我"是一个骄傲的声明，突出的是批评家的"主体性"、个人的审美感觉、主观印象。

80年代盛行经验感悟式批评，这既有传统的原因也有现实的因素。中国传统的文学批评主要是体验感悟式批评，强调批评家的直觉、体验，批评家感受的诗意传达，在大量的诗话、词话，以及后来的小说评点中，中国古代文学批评的经验性、非体系性特征十分突出。从20世纪以降，在西方文化的影响下，打破了传统的印象感悟式批评的格局，文学批评开始追求理论化、明晰化、系统化，在批评文体上形成了重理性、逻辑、分析和严密的理论论证的特征。50年代以后，随着文学批评日益成为政治的工具，批评的个体体验性被严重扼杀，批评的主体性完全丧失。到了新时期，随着思想解放，文学领域主体性的高扬，恢复了批评的感性素质。"文学回归自身"是当时著名的口号。"文学是人学"观念一时深入人心。"人学"的弘扬使得文学创作和文学批评不仅关注人的情感，也关注人的直觉心理以及人的潜意识欲望等领域。在当时批评界有名的几次论争，无论是"朦胧诗"的讨论、"文学

[①] 郑国庆：《让灵魂继续在杰作中的冒险——对学院派批评的批评》，《中华读书报》2003年8月1日第2版。

的表现与再现"的思辨还是"主体性"问题的论争,都是对文学"自我表现""主体性"的肯定和以人为本的弘扬,人本主义文学思潮形成了潮涌之势。以往被压抑的人的情感、直觉之类的感性因素在文学活动中得以表达,与伦理、道德等富有理性特征不同的欲望与潜意识等人的内在力量得以释放和挖掘,人不再只是伦理、道德、阶级单一维度的人。引人注目的"三个崛起"在为朦胧诗这种新的文学创作辩护的同时,肯定文学由非我向自我、非人向人的回归趋势;在对传统的客观再现说发起挑战的同时,肯定新诗潮对人的情感、人的精神、人的心灵的抒发,更成为新的美学原则崛起的宣言。1985年刘再复的《论文学的主体性》《文学研究应以人为思维中心》等一系列的文章,把人本主义文学思潮推向高潮。他在这些文章中,集中阐明了他的文学主体性思想。其核心观点是:"文学活动(包括文学创作、接受和批评)是人的自我实现的一种方式,具体来说,就是人的精神力量诸如理想、智慧、道德、意志、情感、认识等等的实现方式。就是要尊重人的主体价值,发挥人的主体力量,在文学活动的各个环节中,恢复人的主体地位,以人为中心,为目的。"[①] 与此同时,一些批评家借用俄国形式主义、符号学批评、英美新批评、神话原型批评、接受美学等理论形成了另一股文本主义文学思潮。这些人标榜形式、语言至上,认为语言与形式才是文学之所以为文学的本质所在,语言、形式应是文学创作追求的目标所在,把文学文本视为一个与外部世界绝缘的独立封闭的结构,抛弃了文学与社会、历史、人生的联系,从而以审美的形式化为特征把人的感性力量推向极致,这两股思潮合力不断地确认着人的感性力量。

[①] 刘再复:《论文学的主体性》,《文学评论》1985年第6期。

在这两种文学思潮冲击下，人的感性力量由最初的得到确认、倡扬，到最终的走向彻底的泛滥。许多人都认可文学活动以生命为本的论断。彭富春、扬子江就提出，"纯粹的生命意识，才是真正的超越意识，是真正的艺术意识。"

"生存就是生命。所以，不管理性也好，还是非理性也好，你是肯定生命的，那你就是有意义的，你是否定生命的，那你就是无意义的。所以，理性与非理性之争后面还隐藏着一个巨大的东西，即生命本体。"① 陈宏认为"文学在'人学'的意义上，是人的生命活动的自由表现"，……"它的本质体现为这种自由的生命活动之无限展开的过程，也即文学自律运转的过程"。② 林兴宅认为，"艺术本体与人的生命是同构的，文艺活动的过程和文艺的本体存在都只能在人的生命活动中寻求解释。……"③ 正如有人指出的，这些观点在批判反映论的机械性缺憾时，把它的正确部分，即"立足于现实生活"的核心思想也一起作为糟粕抛弃了。在鼓吹生命本体的同时，有些批评家直接将人的生命中感性力量作为文学活动本体大力倡导，从而导致理论导向上的感性泛滥。王一川就曾经指出"人直接就是'感性存在物'，他只有凭借自身的感性才能在对象世界中确证、占有并享受自己。"又说"艺术的形式是真正感性的形式、生命的形式、人性的形式"，"对于现代人来说，艺术意味着感性的复归，感性的解放"。在这里，王一川完全把感性作为艺术活动的本体。孙文宪甚至认为，"作家创作活动的深层动机原本就来自生命需要的本能冲动。""人的需要具有内在的必然性，它是人的生命活动的内驱力，而人的需要就是人的本

---

① 彭富春、扬子江：《文艺本位与人类本体》，《当代文艺思潮》1987年第1期。
② 陈宏：《我们的思考与追求》，《文学评论》1987年第2期。
③ 林兴宅：《出路，生命自由意识的觉醒》，《福建文学》1988年第12期。

性。……当主体的这种生命本能的冲动尚在理性的视野之外时，理论永远不能夸口它完全认识了文学。"① 陈剑晖对1984年以后的"探索小说"进行评价时，也是将"体验"作为文学生命之本、文学之本来对"探索小说""先锋小说"加以肯定的。他说："探索小说令人感受到一种对生命个体的勇敢探索以及复归自然的生命体验"，"在那里，人们打破了一切禁忌，他们不受理性的约束，只是任凭自由律令的驱动，他们放纵本能，追求自由，复归原始。于是，在酒神精神驱使下，他们获得了与世界本体融合的最高欢乐"。② 这样的观点公然反对理性约束，推崇本能与自由律令，把创作视为本能的驱使，确实与弗洛伊德鼓吹的艺术是人的潜意识欲望的实现方式的论断如出一辙。吴亮从"批评即选择"到80年代末在这种非理性主义潮流影响下，标举"达达批评"，完成了"非理性主体"的转变，视文学批评完全随心所欲，按个人的方式去估价文学现象、作家或作品。总之，随着思想解放，文学领域主体性的高扬，批评家的主体感受、个人灵性被唤醒，重新恢复文学的主体性地位从而确立了批评自身的主体意识，重新开始把实际的阅读和个性的鉴赏作为批评的基础，使批评意识获得到了新的解放。理性的解放使感性的热情和生命重新活跃在文学批评中。因此，新时期彰显个性的主体性批评受到批评家和读者的欢迎。

这一切使得新时期文学批评相当偏爱经验论，即偏于相信人的直接经验的正当与合理。法朗士的"优秀的批评家就是这样一个人，他把自己的灵魂在许多杰出的作品中的探险活动加以叙述"，③

---

① 孙文宪等：《我们的思考与追求》，《文学评论》1987年第2期。
② 陈剑晖：《文学本体：反思、追寻与建构》，《阜阳师范学院学报》1988年第4期。
③ 伍蠡甫主编：《西方文论选》（下），上海译文出版社1979年版，第267页。

"批评家应该说,'先生们,关于莎士比亚,关于拉辛,我所讲的就是我自己'"①一时成为名言。一些青年批评家纷纷打出了这样一些旗帜:"我评论的就是我",②"批评即选择","深刻的片面","批评中的独特风格,必然植根于独特的审美体验","我们的批评现在应该特别强调'感觉',强调个人的艺术感受和感性印象,强调经验和实证的意义;如果缺乏批评家个人的审美体验因素的参与,批评就必然是僵硬干燥的"。批评不妨追求"好玩性""游戏性",批评不妨成为"智力游戏",等等。诸如此类的批评观,否定了批评应该是有所遵循的,否定了批评按照某种方法进行的合理和必要,否定了批评的方法化和科学性。不断地提倡主观批评理论,要求批评家有更多的主体意识投入批评活动,并在此过程中发现自己,确定自己的价值,因而批评虽要阐释创作和作品,而更重要的,是说明批评主体。批评的功能就是使主体获得一种知识、一种艺术领域的人生体验、情感表现或智慧的自我实现。批评家不过是在借他人酒杯,浇自己块垒。总之,这些说法在本质上都标举批评的主体性、主观性和创造性,而对理论方法、概念范畴表现出不屑和不信任。

80年代,一位批评家在文章中这样写道"倘若批评家只习惯于以干燥的理性模式去规范去分解艺术,只习惯于分析、提炼、概括和条理化,那与其说是思维能力强,不如说是印象与感觉能力在走向迟钝、走向麻木。"③"少年时的我也曾有过捧着《战争与和平》第二卷脸颊滚烫和读着《热爱生命》肌肉紧张的时候,可现在接触作品越来越不易激动了。所以越注意所谓视角、情节、

---

① 滕云:《我评论的就是我》,《当代作家评论》1985年第3期。
② 鲁枢元:《我所评论的就是我》,《文学自由谈》1985年第1期。
③ 许子东:《当代文学印象》,生活·读书·新知三联书店1987年版,第3页。

焦点和抒情方式——这就是理性成熟？这就是批评家？我为之惶然。"① 也是在1985年，另一位批评家写下过同样意思的话："一些朋友诉苦说，读过几本'文学原理'之后，再也享受不到随心所欲地欣赏文学作品的乐趣。理性的分析挥之不去，主题如何，人物如何，结构如何……其实，放下架子，复归到一个无知而好奇的顽童的心态，可能并不困难。"一位批评家说自己虽也写过一些"有提纲分章节"的学术性强的文章，但自己却并不认为这样的文章一定就比那种"散漫杂乱凭兴趣引路即兴录下或匆匆赶出的批评文字"更有意思。相反，他倒更偏爱后者。抽象的理论概念，损害了对文学作品进行直观感悟的能力，发现这一点，使中国批评家惶恐不安，怅憾不已。他们觉得这是得不偿失，是为了一种是否有用还值得怀疑的东西而丢失了最宝贵的东西，这几乎是中国当代批评家中一种具有普遍性的心态。

在这种风气影响下，一些批评家片面强调主体心灵的感知、直觉能力，突出主体的印象和情绪，"把批评描述为批评家面对作品所产生的一种印象式感受、联想式思考和主观化感悟，认为批评家只需在作品面前保持自己微妙的感受性，如实说出自己的内心感觉和潜在印象，就等于完成了自己的使命。至于是否符合客观实际，真实完整地理解了作品，则无须深究。"② 于是，文学批评在很大程度上沦为批评家随心所欲、任意发挥的工具，结果产生一些荒诞不经的结论。这种无视文学文本的客观实际以主观代替客观，有时会达到令人瞠目结舌的地步。例如把"思君如明烛"

---

① 王彬彬：《却顾所来径——80年代文学批评》，复旦大学，博士学位论文，1991年，第23页。

② 周国清：《文学评论中的主观批评和随意性批评的批评》，《湖湘论坛》1994年第5期。

和"蜡炬成灰泪始干"中的蜡烛意象解释称男性象征,把《桃花源记》中对世外桃源的描绘说成是表明了人类回归子宫的欲望,这样的随意发挥简直到了信口开河的地步。极端化的主观性到了无视文本和作者的客观实际而任意发挥、联想的地步,已经完全违背了意义阐释的合理性和有效性,成为不合理的和无效的批评。

这种现象也使文学批评走向一种误区,以为批评只要跟着自己的感觉走,随意挥洒,就可以进入到真正的批评。这种错觉造成了一种轻视理性思索,轻视扎实、严谨的学术研究,只靠一闪而过的灵感从事批评的现象,这种现象不仅影响到一些批评家自身素质的提高,而且影响到整个文学批评素质的提高。

当时就有人指出"对于整个批评界来说,科学与理性的稀薄已成为一个刺目的缺陷","精确的材料、深入的辨析与逻辑的力量仅是凤毛麟角,我们见到的大量是随意的感想、心血来潮的看法、浮夸的言辞与不负责任的倡导","科学精神的回归应当是批评下一步发展的第一层阶梯"。[①] 批评家孟繁华指出,当代文学批评最需要反省的就是当代文学批评知识性的匮乏。在更多的批评中,我们常见的是批评者的态度和立场、心情和印象,没有多少人能在文学本体论的范畴内展开论述,这与论者对文本构成理论和"文学世界"所知甚少有关。在这样的背景下,1989年北京的一些学者开始倡导建立一种学院派批评,以此来强化中国文学批评的科学化品格,使文学批评"有章可循""有法可依"。学院派的批评就是针对不要理论、排斥规范分析的直观感悟式批评而倡导的一种科学性的批评。王宁在《论学院派批评》一文中对这些批评的特点作了如下构想:"必须把以科学实证为主体的学术研究

---

① 南帆:《文学批评:科学主义与个性主义》,《文艺理论研究》1989年第2期。

同以本文阅读、感受和阐释为主题的文学批评结合起来，最终既超越一般的文学学研究，也超越现有的批评成规。它并不排斥对文学作品所抱有的个人感受和主观性判断；但这样的感受和判断必须建立在对作品的仔细阅读和详尽的实证分析之基础上，而不能仅凭个人的好恶来判定一部作品的价值。"后来，王宁又在《走向一种学院式的批评》一文中再次作了阐释："学院派批评不是传统的'学究式'批评或'考据式'批评，而是集阐释、评价、研究于一体的学术批评。"[①]谭桂林则将学院派批评归纳为四个基本特征：自主性、学理性、规范性和优雅性。从倡导者的表述中我们可以看出，建立这种科学精神极强、理论含量极高，融合了现代批评理论最新成果的批评，完全是对流行批评模式的一种反拨。这种批评主张提出后，得到很多学者和批评家的热情支持，产生了较为广泛的学术影响。

90年代学院一批年青的批评家登场，某种程度改变了80年代这种感受式、印象式批评因对理论的轻慢而带来的粗糙分析简单判断和随心所欲的批评心态，扭转了仅凭"惊鸿一瞥"式浅尝辄止从事批评的现象。所以，学院派批评的崛起，多多少少是为了纠正80年代感受式、印象主义式批评对于理论的轻慢，使文学批评学术性理论性得到进一步强化，理论在文学研究、批评中的重要性逐渐地被突出。这些批评家大量吸收西方一些批评理论来装备自己，叙事学、语言学、修辞学、系谱学、文化学、解构理论、镜像说、本文结构等"知识"性的理论在不同的批评家那里得到了程度不一的调用，增强了批评的学术性、理论性。批评家们开始注重强调自己批评话语的理论背景。所有在90年代文坛颇为活

---

① 王宁：《走向一种学院式的批评》，《文学评论家》1992年第3期。

跃的批评家的文章，他们的理论知识背景都相当突出。"传统"的、按照某种审美主义或经验主义等观点对作品进行解读的文章几乎不能产生多大的影响。而只有那些对自己的理论背景有充分的自觉，并根据某种新的理论视野对文学及文学现象做出"新"的阐释的文章才能"独树一帜"，才能在众多的声音中突出出来。而跟踪式的、短平快式的作家作品论在减少，一向在这方面有突出表现的批评家也开始寻找自己的研究领域，开始重视"长线"课题的研究；即便是作品论，也不同以往的感悟式的批评，批评家在阐释作品时通常都鲜明地表达了自己的理论背景与立场。批评中批评家也主要不是以情感和审美为基础，而是以思辨的方式，在一定理论框架的规约下，运用一套理论范畴对文学作品加以分析。与此同时，试图对文学现象和文学史个案进行理论阐释的论文在增多。这一现象表明一些批评家对以往文学批评学术含量有所质疑。同时，90年代具有较高学术价值和产生重要影响的也是一批学理性强的论文，如洪子诚的《关于五十至七十年代的中国文学》、王晓明的《一份杂志和一个"社团"——重评"五四"文学传统》、陈思和的《民间的浮沉——对抗战到文革文学史的一个尝试性解释》等，这些文章，批评文体已由即兴、随感式的发挥走向庄重、较为缜密的论文。在文学批评界，讲究学理背景、学术积累、知识传统、学术规范等逐渐成为90年代批评界的共识。批评逐渐脱离经验型批评的层面，向学术和知识层面转移。当然，我们说80年代批评基本上是一种经验批评，也只是相对意义上而言，80年代文学批评也不是完全没有学理背景的。文学是人学、新批评、精神分析都是当时批评的理论背景，它获得巨大的认同以致成为一种经验性的东西。

总之，学院批评的崛起，学理性的强化扭转了80年代批评的混乱和信口开河，将激情的批判纳入到理性的知识批判轨道上来。相比于80年代流于激情的宣泄而不耐艰苦的理论思考的批评状况来说，90年代文学批评的学理性强化无疑是一个可喜的进步。90年代文学批评这种学术化、学理性的趋势，不仅改变80年代批评实践中感性批评所带来的批评随意化倾向，而且，对于加强文艺理论学科的体系性建构，都具有重要意义。文学批评在这一时期已发展为一个独立的学科，不再仅仅面对文学，还从知识意义上建构自己。文学批评所关注的重心不再是一些具体的文本，而是文学批评本身的性质、目的、对象和研究方法等一些基本理论问题，即使面对具体的批判对象，也不再是"就事论事"，而是在某种理论预设下演绎推导而成。同时特别强调科学方法论的运用，语言学、心理学、人类学、社会学等新的批评方法被大量引入，批评就此得到学术性、科学性的强化。文学批评的学理化也使文学批评与文学作品的关系也发生了变化，文学批评已日益摆脱它作为文学作品附庸的地位，可以独立存在于文本与读者之外，在批评活动中成为一种自足的写作。文学批评凭借理论优势，在分析和阐释中生产出一个新的文本，批评既诠释意义，也生产意义，批评不仅是"理解"，更是"发现"，批评也是一种创造——凝聚着批评家自己审美个性的"创作"。批评不仅对批判对象发言，也对本身进行反思，批评意识开始觉醒。许多批评家在关注文学创作本身的同时，对包括自己批评活动在内的批评投注以反省反思反观的目光，从而写下了一批可以命名为"批评学"的论著，如，陈晋的《文学的批评世界》，傅修延、黄展人主编的《文艺批评学》《文学批评思维学》，潘凯雄、蒋原伦、贺绍俊的《文学批评学》、邱运华的《文学批评方法与案例》等，对批评学给予了积极的系统建构和各具特色的阐述，试图在理论上有所开拓、有所建树。总之，90年代学院批评的崛起，文学批评越来越遵循一定的学术规范，更加讲究学理背景与知识传统，西方各种理论和方法的介入，也开阔了文学批评自身的学术视镜，提升了文学批评的品格。

第二节 批评的知识化、理论化

80年代盛行的经验批评在其发展过程中，批评心态的过分感性化带来的批评实践的随意性的弊端逐渐暴露出来，在此情况下，90年代初一些学者倡导学院式批评，试图对感悟式批评的这种倾向予以反拨与纠偏，但学理性的批评在其发展中又走向了另一个极端，那就是文学批评特别是学院批评过于理论化、知识化，很多文学批评与作品太"隔"，批评中频频出现的陌生而难涩的新术语、新概念、新方法让人不能接受乃至排斥，文学批评再一次呼唤感性的回归。

90年代一批学院派青年批评家登场，他们以新的理论视点、新的理论内容和新的思维方法为文学批评带来了新气象、新面貌，但同时也使批评界形成了一股热衷于理论演绎的批评热潮。随着这种趋势的发展，文学批评愈益学术化、理论化。理论的庞大身影笼罩了批评，重理论轻文本，重逻辑推演轻艺术感知的倾向越来越严重。尤其是学院中的批评主导方向愈来愈倾向于批评理论本身的自足性而对文学作品和文学创作采取一种疏离态度。文学批评实践中，理论往往轻而易举地取代文学创作从而成为批评的本身，批评成为理论的自我诠释和佐证，批评被理论所支配。特别是在对具体作家作品的处理上，批评主体对理论述说的渴望远远超出了对批评本体的承担，探知理论真相的激情，覆盖、压制了批评家内心的真实体会。在从事文学批评或文学理论研究的人中，艺术感觉迟钝、美感闭塞、艺术修养不高的人不在少数。他们中的有些人一入道就直奔理论，以为有了理论就能解决一切。他们直接沉入理论，不再经过艺术感受和审美体验的重新过滤，①这样，"久而久之必然会造就一批奇怪的人：他们的职业是用极概括的语言在理论高度上向人们说明艺术，而实际上他们并不懂艺术"。② 朱向前不止一次地批评过此类现象，他说：有的人恐怕压根儿就没有艺术感受，进入不了作家的状态，更何谈把握作品。在一部作品有定评之前，他简直无法表态，他靠的是方法吃饭，满脑子装着各种"方法""尺度""框架"，只要作品叫了好，就赶紧拿过来一套，套上了那就算逮着了，洋洋洒洒，下笔万言，公式林立，逻辑森严，高深莫测，空话连篇。③ 所以流传着这样一句话："文笔不行扯理论，感觉迟钝谈知识。"也有些人深知艺术感觉和艺术把握的重要，但经不住急功近利的时风诱惑，也急不可待地汇入理论中心主义的批评之列。更有这样一批人，他们的理论素养和艺术修养本来都挺好，但在 80 年代中期以来的理论狂潮的冲击下，也不自觉地玩命般地追赶花样翻新、层出不穷的理论潮流，思维渐渐地习惯了抽象思辨和理论推演，而以往那种游荡于作品之中的艺术情思、审美感悟被越来越生硬的理论挤走了。④ 比起理论来，"诗艺"的确是高难度的问题，面对这个普遍感到棘手的问题，一些学院批评觉得与其迎难而上，不如采取绕

---

① 王达敏：《论批评的艺术化——对新时期文学批评的批评》，《安徽大学学报》1995 年第 4 期。
② 余秋雨：《文明的碎片》，春风文艺出版社 1994 年版，第 299 页。
③ 朱向前：《心灵的咏叹》，华艺出版社 1993 年版，第 282 页。
④ 王达敏：《论批评的艺术化——对新时期文学批评的批评》，《安徽大学学报》1995 年第 4 期。

开、另去开辟一片天地的办法。于是，文学批评越来越理论化，越来越从判断走向阐释，从审美走向知识。在这种风气下，我们看到很多文学批评往往"先洋洋洒洒地铺陈一大通理论，然后蜻蜓点水式地从作品中抽取一点例证，就把整部作品往自己掌握的理论中生拉硬套。"① 读者阅读时甚至不知是在看理论介绍还是看作品分析，严谨的读者如果把作品和评论进行对照更会吃惊不小，因为它们压根儿就不是一回事。许多名噪一时的批评家在玩起概念游戏的时候得心应手，各种理论作为武器被他们操作得游刃有余。然而，在种种理直气壮的高谈阔论之中，常常感到他们一种本质上的匮缺。当他们对各种文学现象做出洋洋洒洒的分析和判断时，我们除了获得一种强硬的理性逻辑框架外，却几乎感受不到艺术感受力的存在。著名学者钱谷融先生也认为，由于我们过于重视理论批评而轻视了感受和鉴赏，我们的批评因而缺乏亲和力。不从感受出发，没有心灵的参与，远离作品本身的批评不仅不被一般读者喜欢，而且也与作家有了隔膜。

1997 年 3 月 15 日，《文艺报》报道了文学刊物的编辑集合起来紧急出击，向批评家说"不"的消息。一向很少发表激烈看法的文学编辑也向批评发出了挑战！六家文学刊物的编辑在《广西文学》第二期上著文指责批评家面对小说创作采取逃亡的策略。他们针对批评界用现成的观念去套作品，不屑于分析作品一类的弊端提出了自己尖锐的批评，指出许多批评文章只是"热衷于概括和综汇，短短几千字的小文章，可以横扫十几部小说"，他们"懒于细读作品，净说大话、空话、套话"，……这样的批评家虽然"仍然在从事批评，却表现得言不由衷或者语无伦次，不知所

---

① 刘起林：《论 90 年代文学批评的非学理化倾向》，《东方文坛》2002 年第 6 期。

云，或者隔靴搔痒，避实就虚。"文学编辑们以"联合出击"这种十分激烈的态度表明了自己对批评的忍无可忍。文学批评可以说是陷入了一场前所未有的尴尬之中。

不可否认，语言哲学、符号学、精神分析、人类文化学的倡导，打开了对文学艺术这个文化结晶体的多个层面的认识。一大批新的文学理论、新的批评话语不仅丰富和扩大了文学批评的语汇，呈现了文学批评新的可能性，也使得对文学的观照横看成岭侧成峰，使人耳目一新。但理论的运用必须是像盐溶于水那样化用到具体的文本分析中，必须与批评对象契合才显得自然、更有说服力。反观一些学院批评文章，进行语言游戏和名词术语轰炸的批评文字随处可见。后殖民、第三世界话语、全球化与现代性等，不仅离文学实际很遥远，而且理论本身也常常是模棱两可、不知所云。相对于80年代习于激情的宣泄而不耐于艰苦的理论思考的批评状况来说，文学批评的理论化无疑是一个可喜的进步。但是，很多学院批评文章却让人越来越读完"没感觉"。在众多词汇繁复而似曾相识的批评里，我们看到了"能指""所指""俄狄浦斯""镜像""后现代""后殖民"，看到了德里达、福柯、本雅明、杰姆逊、萨义德，但是读完少有撼动体验、震动心魄的感觉，感觉不到批评家思想的紧张、感情的律动。80年代批评家那种常有的念兹在兹、萦怀于心的问题感没有了，理论原本是为了让人更好地展开思想，对感觉进行理性的剖析，解释其由来，使臻于广大与精微，现在成了理论对感觉的绝对霸权，甚至就是唯名论，唯学术，貌似深刻的专业形式之下是贫血的内容与对艺术与现实感觉的极度匮乏。为了论文"看起来像论文"，凡是感觉在现有的理论模式不好安置的，就把它压缩，简化，甚至视而不见，为了理论的完整性，不惜牺牲感觉的不对头、不和谐，更甚者，完全就是理论的空转，从知识到知识，理论到理论，批评与感觉彻底分家，沦为"纯粹"的体制化知识生产。[①] 钱谷融先生也认为，由于我们过于重视理论批评而轻视了感受和鉴赏，我们的批评因而缺乏亲和力。不从感受出发，没有心灵的参与，远离作品本身的批评不仅不被一般读者喜欢，而且也与作家有了隔膜。

正如有人指出的：90年代有一个奇怪的现象，不是批评家从文学实践中总结和发现了新的理论，而常常是拿着先验的理论的帽子去套文本，甚至找文本。事情仿佛颠倒了过来，我们的批评家对一大批文本熟视无睹，却拿着理论"等米下锅"。这也使得有些批评文章虽然在评论某一个文本，但他的那些先验的理论话语不但不能有效地阐释文本，反而使文本变得更不好理解了。这正如有人嘲讽的，不读批评还好，一读反而更糊涂了。一个批评家可能需有多方面的能力，但对文本的感悟力、判断力、阐释力永远应是第一位的。然而，理论的狂热似乎恰恰导致的就是批评的真正"失语"，亦即批评家文学感受力、文学阐释力的衰退。在这里，我们遭遇了一个巨大的悖论：一方面是新的文学批评话语、新的名词术语的铺天盖地、花样翻新；一方面是真正"有效"的批评语言的极度匮乏。他们在将当代批评学者化、科学化的同时，同时也将文学研究完全转变为一种形式研究，从而加大了与一般读者的距离。作家们自称从来不看，而读者们声言不知所云，学院批评陷入了"自说自话"的尴尬境地。特别是过度的理性使所谓一些学院派的批评家，把韦勒克、佛克马、杰姆逊、福柯、拉康、德里达的理论奉为圭臬，而不能很好地加以辨别，

[①] 郑国庆：《让灵魂继续在杰作中的冒险》，《中国文化报》2016年1月30日第2版。

这样就使文学批评成为创造一种新理论的手段，而不是阅读文本的工具，最后文学批评向一种所谓的理论投降了。其后果是文学批评更多讲究学理背景、学术积累、知识传统、学术规范等，而将各种知识背景融合在一起，深入到文本的批评家是越来越少了。

80年代的作协批评或称作专业批评多侧重于文本，注重文本细读，文学批评比较鲜活灵动。但是，随着大学的扩张，很多大学在申请博士点过程中作协批评家被聘到了大学里，而大学的批评因其自身的特点反过来制约和影响着专业批评。大学的学术体制并不认可专业批评那种感性的、尖锐的、简短的批评，而要求进入大学的专业批评家必须遵守传统的严肃规范。批评文章有八股文式的模式和字数的要求，一般3000字以上才能算作学术成果。于是，我们看到，那些本来锋芒毕露的批评家，当进入大学以后，就开始运用理论小心发言。原来那些充满感性色彩的批评文章，变成一种充满理论和引述的长篇大论。本来学院派批评的崛起，是为了纠正80年代感受式、印象主义式批评对于理论的轻慢。但随着学院学术体制的规范化，学院派批评逐渐蜕变，批评话语的生产呈现出越来越偏于专业化和学术化的趋势，个人的感悟、沉思或者激情言说，已经不再是文学批评的有效方式；知识考证和思想演绎，引经据典和言必注释，似乎正在成为批评界的共识。而且，新的学院式的"八股"文体越演越烈，僵硬的、模式化的文风使这个本应充满了生气的学科被书写得陈旧而衰老。许多学者写的批评文章规模宏大、方正有序，但却与心灵无关、与才情无关。

学院派批评比较注重宏观研究，讲究理论和体系的建构，但理论必须建立在扎实的文本细读基础上，否则理论就是沙上建塔，空中楼阁。陈思和曾说过，我们现在回过头来看，发现20世纪80年代研究现代文学的学者几乎都是从系统阅读一个作家的作品开始起步，他们的第一本论著，多半是具体的作家研究和作品论。比如，后来提出"20世纪中国文学"和"重写文学史"的一代学者，正是都是在阅读大量的文学原著以后才提倡和进行宏观研究的。然而，1985年以后情况发生了改变，一来是学术风气强化了宏观研究的必要性，二来是西方理论学说的不断引进，导致了学术界盛行新方法和新理念，对文学史的理论研究逐渐取代了具体的作家作品研究，文本细读逐渐不被人们所重视。到现在，20年过去了，一届届的研究生都被笼罩在宏观的体系的理论阴影里，虽然在理论上也能自圆其说，但心里总也是虚的，没有充分地阅读文学原著，理论底气很难会充足。导致结果：文学批评渐渐成为一种技术性、工具性的僵固模式。在这一理论套路的操练下，文学作品的文学性、审美性被遮蔽和淹没了。由此，我们看到，文学研究越来越追求抽象的理论追问，热衷于理论演绎，距离文学本身越来越远。但理论家们始料不及的是，批评话语繁殖得越多，批评话语离阐释的对象越来越远，阐释的目的逐渐被消解在阐释过程之中。每一套批评理论都建立在对其他理论的描述和阐释上产生出一套新的阐释理论，而这种阐释理论又在增加新的概念和话语来阐释前人理论，在这种重重包裹中，人们如堕迷雾：越阐释越痴迷于阐释本身，最后竟忘了要解决的问题。90年代的批评实际上就陷入了这样一种尴尬的循环之中。在如此情况下，当代批评甚至被一些人讥为"不务正业"和"自说自话"。20世纪90年代初，"批评的缺席"受到了强烈的指责，文学批评不得不再一次呼唤感性的回归。

第三节　让思想穿上美丽的外衣

　　文学批评是让思想穿上美丽的外衣。所以，文学批评不能是哲学，更不能是散文。但很多批评家却偏爱走两个极端，要么把文章写得过于散文化，缺乏理论的纬度（唯感觉）；要么就大量堆砌时髦理论（唯理论），与文学现实无关。回顾20世纪90年代，文学批评最为人诟病的就是批评文本与批评对象之间的错位及割裂。"或者无视文学文本的客观实际以主观代替客观，或者排斥主观因素对文本进行'纯学术''纯客观'的阐释。其结果不言而喻是从不同的方面以不同的方式造成了对文本意义的误读和遮蔽：前者将文本当作主观意念的注脚和例证而任意曲解作品（我注六经）；后者排列堆砌大量资料、'实证'（六经注我），虽连篇累牍却言不及义（意义）、不知所云。"[1]批评是主客体之间的对话交流，舍弃哪一方都将损伤意义阐释的合理性和有效性。

　　从宏观上看，文学批评活动可分为重要的两极：批评主体和批评客体。批评主体即批评家；批评客体即一切文学作品和文学现象。在具体的批评实践过程中，我们有时以批评客体为重，一切从对象出发，通过对文学作品或文学现象错综复杂关系的细致剖析，探求某种纯然客观的原则或真理。有时我们又以批评主体为重，重视批评主体在批评活动中的主观感受，强调批评主体的主动性、创造性和批评方法的独特性、艺术性，批评不是为了寻求永恒的文学真理，而是批评家创造能力的充分体现和主观情感的自然流露。以批评客体为批评实践的出发点的批评方法我们称之

---

[1]　刘思谦：《意义阐释的合理性与有效性问题》，《河南大学学报》2001年第6期。

为"客观批评",而以批评主体为出发点的批评方法我们称之为"主观批评"。

  与客观批评相比,主观批评抓住了文学的美学特性,防止了批评的理性至上和技术迷信,发挥了批评家的创造性,这符合艺术自身的规律和特点。这种批评主要凭借批评家精细的艺术感觉,写好了,是思辨的批评所鞭长莫及的。相比于那种割裂对象作切片分析的批评,这种批评更能揭示文学作品的整体韵味。文学创作是生气灌注的过程,文学作品也是血脉贯通的生命整体。批评家如果不充分调动自己的人生经验、发挥自己的主观才情,去感受作品流动的脉脉生机和生命律动,而是将之切分为条条块块进行条分缕析的细密研究,对作品的言外之意和整体情蕴麻木不仁,或者在烦琐枯燥的论证下,将作家创造的充满热情和灵性的生命整体肢解成一堆堆陈尸腐肉,其批评必然会味同嚼蜡。主观批评充分发挥批评主体的主观能动性,使批评主体对批评对象始终保持敏锐的感觉,使文学批评充满活力。这种主观感受的敏锐、深入、细致程度直接决定了对批评对象把握的准确性与深刻性。可以说,这种感觉印象是批评家进行批评活动的基础和前提,任何批评活动,都离不开批评家对批评对象的具体感受。文学作品的美具有飘忽、朦胧的特点,它决定了读者审美体验和意义阐释的不确定性。批评家只有用直觉领悟和心理体验的艺术思维方式才能进入艺术,也只有用空灵蕴藉的语言才能传达作品的审美蕴涵。文学是人学,读者发现文学作品所表现的人类精神生活的秘密、所达到的人性深度,都离不开含英咀华的情感体验和心理体验。审美批评追求批评的趣味和文采的诗化倾向,避免了纯客观理性的逻辑分析带来的凝固和僵化,在对作品的浑融解读和整体把握中透露出灵活、机智和才情。因此,是有其合理性的。

但一些人对此作了过度夸张和脱离实际的宣传,片面强调主体心灵的感知、直觉能力,突出主体的印象和情绪,"把批评描述为批评家面对作品所产生的一种印象式感受、联想式思考和主观化感悟,认为批评家只需在作品面前保持自己微妙的感受性,如实说出自己的内心感觉和潜在印象,就等于完成了自己的使命。至于是否符合客观实际,真实完整地理解了作品,则无须深究。"[①]这样,文学批评沦为批评家随心所欲、任意发挥的工具,将文本当作主观意念的注脚和例证而任意曲解作品,结果产生一些荒诞不经的结论。90年代主观文学批评中,造成文本与创作文本之间的错位及割裂的现象就源于此。这种无视文学文本的客观实际以主观代替客观,有时会达到令人瞠目结舌的地步。比如,有的批评者,抓住杨绛散文《第一次下乡》中的一个戏谑式细节(50年代一些第一次下乡劳动锻炼的知识分子们将一位又高又瘦的农民戏称为堂吉诃德,将一位漂亮的农村姑娘戏称为蒙娜丽莎)而突发奇想,认为是"一种中国文化的'殖民'痕迹,是'空间的西方式''看'的视点和'启蒙式的独断的权威性''来自西方的知识的命名权力'",[②]极端化的主观性到了无视文本和作者的客观实际而任意发挥、联想的地步。

"客观批评"以批评客体为批评实践的出发点。客观批评也可称为科学批评。所谓科学主义的梦想,是为了文学批评"有章可循""有法可依"。兰色姆说:"文艺批评的第一条准则就是一定要客观,一定要举出客体的性质,而不是客体对主体的效果。"[③] 文

[①] 周国清:《文学评论中的主观批评和随意性批评的批评》,《湖湘论坛》1994年第5期。
[②] 刘思谦:《意义阐释的合理性与有效性问题》,《河南大学学报》2001年第6期。
[③] 戴维·洛奇编:《二十世纪文学评论》,上海译文出版社1987年版。

学批评的科学性体现在：一是以逻辑思维和理性判断的方式来掌握一定文学现象的，充满知性和智性特征的活动。"文学评论的基本活动方式是：对文学作品和文学现象由形象感知与情感体验上升到理性认识，进行符合生活与艺术逻辑的理论上的概括、综合、分析、论证、判断、运用概念、揭示规律、特征，从具体中把握普遍性。因此，逻辑的严密性、理论的准确性、概念的普遍性、理解的深刻性，是一切优秀的文学批评的共同特征。"① 文学批评的客观性还体现在对文学作品的客观价值的认识、发现和揭示上。文学批评不是主观随意和个人趣味的任意挥洒，其判断、评价必须符合作品本身的实际，及代表客观的社会价值与审美价值。这就是文学批评的客观性。而客观性正是科学活动一个重要的特征。客观批评对于扭转80年代文学批评的随意化使得文学批评"有章可循""有法可依"确实具有建设性意义。但90年代，文学批评为人诟病的另一种表现就是追求一种"纯客观"的批评。文学批评排斥主观因素对文本的介入以所谓"纯学术""纯客观"的姿态阐释文本，把创作文本当作批评理论的操作对象。

　　文学批评是一种科学活动，但又是一种特殊的科学活动。文学批评的逻辑思维和理性判断既是建立在对具体文学作品形象感知、情感、审美体验基础上，同时又将此贯穿始终。"一般的科学思维虽然也要以感性认识为基础，但在上升到理性认识阶段后，前者便转化为抽象概念，而文学批评则不然。它既然是对文学作品的评论，就自始至终不能脱离作品本身所呈现的具体生活形象、人物形象、情感形象。真正优秀的批评家对文学作品的剖析、判断、

---

① 黄书泉：《文学批评是一种特殊的科学活动——关于文学批评性质、功能与标准的再思考》，《安徽大学学报》1997年第6期。

评价，是在对这一切有足够的感知、体验和描绘能力基础上自然而然生发、引申出来的，而不是仅仅进行抽象的文学观念的推理、演绎、组合、判断。文学批评对作品和文学现象的判断，是一种感性化的理性判断，即其思维方式是逻辑的，但其内在机制、动力、变化方向却受作品的感性形态制约。"①

所谓纯主观与纯客观的批评，是都不具备合理性与有效性的批评，其原因就在于二者以不同的方式割裂了批评活动中作者、文本与批评者之间的内在联系。"美国后现代主义文化理论学者杰姆逊曾表达过这样的思想，他认为对文本的接受是分三个不同的层面的。第一个层面是描述的层面，即在经验、感知上把握对象，感受它带给写作者的快乐，第二个层面是分析的层面，即在知识的层面上说明对象的来龙去脉和内在构造，这个层面要靠技巧、理论和方法打开；第三个层面是价值判断的层面，回答的是作品的好与坏、有意义与无意义、激进还是保守。"② 这三个层面缺一不可，而且不能游离。离开艺术感受和审美体验，只会导致批评的空洞。艺术感受和审美体验是批评与作品的中介环节，没有这个中介环节，理论与作品难以沟通。而没有理论参与批评，批评容易停留在印象感悟的层次上就事论事，难以把具体的作家作品置于广阔悠远的哲学、美学、历史和文化背景上进行考察，做出理论的升华与提炼。而反之，批评游离作品或脱离作品而直扑理论，理论则变成空中楼阁，结果造成了理论的"空悬"或理论话语的"空洞"。文学批评理论对作品的有效性通常在两种情况下发生，一是借助艺术感觉和审美体验的导引，自然地进入文本，理

---

① 黄书泉：《文学批评是一种特殊的科学活动——关于文学批评性质、功能与标准的再思考》，《安徽大学学报》1997 年第 6 期。

② 张旭东：《詹明信再解读》，《读书》2002 年第 12 期。

论与艺术感受、艺术把握同时发挥作用。这样的批评其间既贯注着批评家的艺术直觉和主观感受,又不失细密的论证和科学地分析。二是在艺术感受和艺术把握的基础上腾飞,对文学作品做出理论的升华与提炼。而没有具体的文本分析的文学批评可能导致这样的效果:"它或者使结论显得主观、陡峭,或者会让阐释落入纯粹的形而上的思辨之中;二者也许都不乏某种深刻的意味,但是对于被批评的文本和期望从批评中有所收获的人来说,也可能无关痛痒甚至不着边际。"① 90 年代文学批评最为人诟病的批评文本与创作文本之间的错位及割裂其原因就在于没有把上述三者很好地结合起来,而是各执一端在一个维度上展开。

所以,理想的文学批评,应该是感性批评与理性批评、科学批评与审美批评的有机结合。将科学批评与审美批评、主观批评与客观批评、感性批评与理性批评有机地结合起来,就能使理论与艺术感受、艺术把握契合而产生一种合力,这种合力产生的功效决非单个作用所能比。其间既贯注着经验批评的艺术直觉和主观感受,又不失科学批评细密的论证和科学的分析,使科学研究的规范性、明晰性与文学研究的感性风格达成完美的和谐,从而在文体上更具有亲和力。那些好的文学批评都是将批评内在的科学化、理论化融入了优美的形式之中,显示出艺术化的魅力。

谢有顺、陈晓明等的文学批评令人刮目相看,就是因为他们把中国传统的感悟的灵动的描绘与西方科学的实证的分析结合起来,使得批评文字既生动形象又深刻细腻,既有科学性的严谨性又有审美的艺术性。孙绍振曾这样评价谢有顺:"他那种行云流

---

① 黄书泉:《文学批评是一种特殊的科学活动——关于文学批评性质、功能与标准的再思考》,《安徽大学学报》1997 年第 6 期。

水的气势,他纷纭的思绪,像不择而出的奔流,绝不随物赋形,而是充满浩然之气,横空出世,天马行空,行于所当行,止于所不得不止,来不及做学院式的引经据典,好像他自己汹涌的思路已经流布了他整个篇幅,舍不得把有限的空间再让给那些已经死去的了的权威哲人。每当我读他的文章,一种心灵的宴饮和精神洗礼之感,使我忘却了学院式的规范。"[1] "提起陈晓明的《无边挑战》,可能最不能让我们忘怀的就是他对先锋小说解读得情采并茂。"[2] "先锋小说从它诞生之日起几乎是晦涩的代名词,需要有新的文学理论基础和较高的艺术颖悟力才能交流和解读的,但是陈晓明由于有着丰厚的理论背景,所以在他的阐释中能够全方位调动理论去击穿文本,而最令人赞叹的是他的艺术触觉能捕捉到任何轻微的艺术脉动,充满了对批评文本丰盈、饱满的感受细节,这些细节在书中像缤纷的花雨,无边地飘下,灵气四溢、韵味横生,他让我们感到文学批评也可以是一种创造性的'文学'写作"[3]。

"90年代以来,文化批评可谓一统天下。文化批评日益盛行,审美批评逐渐淡出。文学批评越过文学与审美的边界线,从诗性的家园中出走,直奔无边无际的泛文化领地而去。文学批评的重心已不再是研究'怎么写',批评家们似乎更沉醉于'怎么读'。文学意义上的文本从批评中消失了,文本往往被充当种种文化理念的载体,或是对文学进行整体把握时,仅仅作为'抽样分析'的材料。导致文学批评审美判断的缺失,审美话语的荒芜。"[4] 但

---

[1] 刘雪松:《90年代新锐批评家的现代性转向》,《学术交流》2012年第6期。
[2] 同上。
[3] 同上。
[4] 同上。

以陈晓明、谢有顺为代表的一批新锐批评家"没有迷失于这种'大文化批评'的理论眩晕中，而是守望文本、守望技术，注重作家作品的个案研究、注重文本细读。"① "九十年代的新潮文本几乎都被他们解读过，几乎所有的新潮作家、作品都有他们专门的评论。在当今人们不愿意或不屑作跟踪批评的时候，这批批评家却扎实地作着这种评论写作。当苏童写《敌人》时，便有《心狱中的幻境与真实》；洪峰写《东八时区》，便有《对生命的两种阐释》；余华写《呼喊与细雨》，便有《切碎了的生命故事》等跟踪批评出现。还有一些批评家对某个作家进行长期跟踪批评，如吴义勤、张学昕对苏童的跟踪批评，李敬泽对70年代个别作家的长线研究。正是通过他们的这些文本细读和技术分析，为我们呈现了中国小说叙事从'写什么'到'怎么写'的巨大转变，让我们看到了当代文学形式探索以及'技术'上的日臻成熟，也让我们看到了'个人话语'在新一代小说家中如何得到了前所未有的强调。"② "在批评界'宏达观念''巨型话语'流行的今天，他们执着于文本，在批评家和作家的心灵感悟中传达出审美感悟，将文学批评重新带回语言和心灵的身旁，体现了批评的美丽与诗性。这些青年批评家大多出生于20世纪六七十年代，显然有着和他们的批评前辈不同的言语方式和发言立场，他们的感性因素在加大，也不像父兄辈批评家那种具有意识形态代言的身份色彩，他们更关注精神性的生存样态和文学之为文学的'文学性'，更喜欢以主体性与个体化的语言书写。"③ 学院批评一般严谨有余而生气不足，许多文学批评往往和心灵无关，和直觉才情无关。但这些年轻批

---

① 刘雪松：《90年代新锐批评家的现代性转向》，《学术交流》2012年第6期。
② 同上。
③ 同上。

评家没有受这种批评话语的影响。

因此，好的文学批评家是一个诗人兼理论家。在他的行文中即充满文学的想象力又有理性哲思的观照，从而使批评文章既有逻辑思辨的学理性，又有意兴盎然的艺术性，批评中观点的产生是个人的生命体验与文学本体化学反应的结果，在活生生的、浑然一体的生命律动中，对文学本质及存在价值提供一种形而上的终极思考。由"诗"而抵达"思"。这源于他细致入微的感悟力和洞察力，尤其是冷静深刻的理性思考和不盲从、独抒己见的勇气；源于他对批评理论和方法的悉心追求。使批评能够与自己的批评对象拉开适当的心理距离，从而从容地锤炼自己的理性思维，而不至于那样情绪化、感觉化。即使是才情的挥洒也是在深厚的理论素养和扎实的学术功底基础上，灵动而不浅薄，宁静而致远。

目前我们面临的现实是，批评家或是缺乏对生命的真切体验，或是意识不到这种体验对批评的重要，他们总是自觉或不自觉地投入到理论、观念和方法的怀抱。然而，艰深的理论却是掩盖不了心灵的苍白。当批评变得仅对一外来观念或方法感兴趣时，批评的体验性就丧失了，批评不再是一项创造性的活动，也不再需要敏锐的思维和智性了。相反，批评变成了一种技术性的职业，它仅仅只是一项技能。这样下去，我们的批评家都成了匠人，而不会成为艺术家。好的批评应该像波德莱尔说的，是那种既诗意又有趣的批评，不是那种冷冰冰的、代数式的批评，不是那种以解析一切为名，既没有恨，也没有爱，故意把所有的感情，都剥离干净的批评。同时，好的批评应该表现出丰富的活力和精神创造力，这就是批评家独特的个性。批评家应该充分利用理论提供给他的一切方法来展现自己的个性。对于文学批评来说，理论与感觉都不可或缺，而不是要么唯感觉，对感觉的狭窄与浅薄缺乏反思，要么唯理论，对理论的抽象与简化丧失警惕，只有始终保持感觉与理论的互相检验与纠正。庶几，我们的文学批评才有可能达到一个新的境界。

第四章　文学批评的视角：由审美批评的内视角走向文化批评的外视角

第一节　文化批评登场、审美批评淡出

80年代初期，文学批评形态由"文革"时期的政治历史批评形态转型为现实主义批评形态，1985年以后，随着整个文学向自身的回归，"纯文学"观念的确立，文学批评政治意识形态色彩逐渐淡化，注重文本形式研究的审美批评逐渐突出。在文学批评领域，像心理批评、神话原型批评、形式主义批评、结构主义批评等西方文学批评的理论与方法得到广泛应用。"这些批评形态在文学观念上认定文学是一个可以超越于社会历史层面而独立自主的体系，在价值观上则强调文学的文本、文学文本的内部规律的探讨，在批评方法上采用信息论、控制论、结构论、语言学、人类学等科学领域的方法，重在对文本内部结构和规律进行探讨，提出了一系列新范畴：主体建构、文学性、审美场、复调结构、情绪模式等。中国文论界对于它们的译介改变了以往文学观念和社会学、政治学批评方法一统天下的状况，为文学批评由功利性走向审美

性的转型作了知识储备工作。"①

  这一时期的文学创作实践也有较大突破。80年代中期以来，文学创作主体意识不断强化，在创作中出现了与以往现实主义倾向迥异的先锋文学，这些小说深度模式的拆除、叙事圈套的设置、对幻觉与暴力的迷恋、意义的缺席等诸多特征迥异于以往的传统小说，他们标举"形式至上"，对小说艺术形式、技巧等方面做了前所未有的探索，像孙甘露的《信使之函》，整个小说就是五十个叙述句，完全颠覆了人们对小说人物、情节、环境描写的传统认识。面对这种新的文学创作和审美经验，以往传统的现实主义体系难以适用，很难想象，用"真实地反映了再现了"和"文学为社会变革服务"等文学观念可以把先锋文学的创作观念和价值取向阐释清楚。这时期先锋文学和一些实验探索小说在一定意义上已经是现代主义和后现代主义文本，用传统社会历史批评解读只能是错位的。这就迫使这一时期的文学批评在文学观念和方法上要革新以适应新的文学创作实践。由于有理论推动和创作牵引，文学批评终于在社会和自身运动的作用力的驱使下摆脱了政治意识形态的束缚，回归到自身独立的位置和自由品格，批评的审美的内涵得以重新确立。文学批评不再为政治思想、文艺政策充当鼓吹手，从而进入了一个文化审美背景下的自律。就文本和文体而言，则是引进西方的"文本"观念，俄国形式主义、法国结构主义、英美新批评等诸种注重文本结构和文学内部规律探讨的批评理论成为新宠。在文体上，注重作品的文体批评，如对作品语体的描述，对语言风格、叙述策略、结构方法的探讨等。在方法

---

① 宁媛：《从功利走向审美——谈新时期文学批评的基本格局和走向》，《景德镇高专学报》2002年第3期。

上改变了过去只有社会学政治学批评方法的单一局面,而是大量借鉴西方的心理分析、原型批评、形式结构分析、接受美学等方法,使得文学文本的内部研究得到了充分的展开。"在话语上,它剥去了以往披在文学批评术语身上的政治哲学色彩,如生活、意识、人民性、革命性、形式为内容服务等,而进入文学批评自身的领域。"[1] 这种审美的转向,从热衷于文学的审美特性的研究,到热衷于主体性的研究,随后又开始热衷于文学语言的研究,"自律"的研究成为时尚。这种审美转向完全不同于以往社会历史批评的外指向性。总之,"八十年代中期以来的文学批评的变革与发展,是从批评方法的多元化、审美化探索为契机,推进到文学观念的多元化、审美化变化,再由此带动批评方法和话语的进一步走向审美化转变,这样,形成了文学批评从观念、方法、范式、话语等方面发生全新的审美化倾向的变革。"[2]

80年代的审美批评,纠正了中国当代文学理论研究与文学批评长期忽视文学内部规律、忽视对文本的细读。这种研究方法对挖掘文学作品的审美内涵,提炼文学的形式意义,明晰文学的内在构成具有很重要的作用。但它们也存在明显的缺陷,即把文学看作一个封闭自足的系统,以隔绝的眼光关注文本自身,就艺术谈艺术,就形式谈形式,完全脱离社会与现实,完全把它与读者隔绝开来了。这种所谓的"深刻的片面",由于过于强调把语言的本质看成文学的本质,甚至热衷于在一个封闭的、纯粹的语言系统内建立起一套精密的、严谨的、自足的文学理论体系,使文学研究陷入僵化和狭小逼仄的境地。一些文学研究者重新认识到文

---

[1] 宁媛:《从功利走向审美——谈新时期文学批评的基本格局和走向》,《景德镇高专学报》2002年第3期。

[2] 同上。

学研究如果只局限于文学"内部研究"只能是路越走越窄，因为并不存在脱离社会历史的真正意义上的"纯文学"。文学艺术总是处于某种文化关系中，文学艺术作品不论如何"独立"，都不可能与社会文化毫无关系。90年代后，西方文化批评的引入恰逢其时。文学批评的视角开始由注重文学内部研究的审美批评转向注重文学外部语境研究的文化批评，文化批评成为90年代文学批评的强势话语。文学批评中的文化批评避免了把研究视野局限于文学文本的不足，从社会历史文化这一大视野内观照文学，认为文学作品中有丰厚的文化意义，文学艺术作品就是一定意义的文化的载体。文化本身所固有的广度和深度，使批评家获得了较为广阔的人文视野，把文学研究推向了一个更高的境界。文化批评跨学科的视角更是将文学从"纯文学"和"文学性"的幽闭中拯救出来，赋予了文学批评更厚重的内涵和更现实的意义。随着文化批评的兴起，审美批评逐渐淡出，文学批评呈现出由注重内部研究转向注重外部研究的趋势。具有这一标志性的批评实践是，1991年，以苏童的《米》、余华的《呼喊与细雨》为开端，先锋派放弃了形式至上的追求，中止了价值漫游，开始重视故事情节，关注人物命运和终极意义，以较为平实的语言格调和对人文精神的关注，完成了从形式实验向历史和价值的回归。文学批评也敏锐地察觉到了"先锋小说"的这一转型，以至于批评中"终结""回归""重构""还原"等词语不绝于耳。这一切表明文学批评全然以审美/形式为合理性前提和批评对象的时代已经逝去了，批评和创作从历史和价值出走，现在又回到了历史和价值。尽管仍有一些批评家提出要"保卫先锋"（比如王干），然而更多的批评家开始用传统标准对"先锋小说"的内在危机进行反思。

　　文学批评这种关注视角的变化，也有一个原因是中国当代文学批评一直擅长的是政治批评和社会批评，而政治、社会意识形态自身就内含着浓厚的文化意蕴。因此，文学批评在社会思想意识的变动中，稍加修改调整，就很近便、自然、轻松地跨入文化批评的领域。新时期以来我国的文学批评，主要是对西方各种批评模式的学习和借鉴。然而，西方自1979年以来，文学研究的兴趣中心已发生大规模的转移：从对文学作修辞学式的"内部"研究，转为研究文学的"外部"联系，这与当时我国文学批评的方向显然是逆向的，注定了20世纪90年代以后我国文学批评的重新"向外转"。因此，解构主义、新历史主义、后殖民主义、女性主义、新马克思主义等具有很强文化色彩的批评理论纷纷登陆我国，我国的文学批评自然也合乎逻辑地向泛文化研究的广阔领域奔去。一位文学研究者曾这样描述目前的批评状况："我们发现传统的批评方法、基本概念、关键词语，业已渐次被废除退场，不仅传统批评的形象、形式、风格、浪漫主义、现实主义、史诗等概念早已被悬置，即便是八十年代流行于中国文坛的新批评、结构主义、文化或心理批评等也成了明日黄花。代之而起的是文化批评的骤然升温。在更多的文章中，我们常见的概念是全球化、现代性、后现代、后殖民、新儒家、新国学、差异性、颠覆、解构等。经典的文学理论家的名字也逐渐为杰姆逊、德里达、福柯、拉康、亨廷顿、福山、丹尼尔·贝尔等取代。八十年代曾作为文学革命表征的文学批评，在不到十年的时间里就变成了灰姑娘而退居边缘。"[1] 这样的描述"文学批评"的改变或许带有夸张的成分，但是那种审美的文学批评确实少见了。90年代文学批评的这一变化，是和90年代特定的语境与历史动因密切相关的。

---

[1] 孟繁华：《文学批评与文化批评》，《作家报》1997年10月16日第4版。

首先，创作上的新特点成为文化批评产生的具体诱因，使得批评视域上由局限于文学文本转为将整个文化场域纳入观照范围。

从90年代的文学作品来看，大都是以一种文化文本的面目出现的。作为文学作品，它无疑仍然是作家生命体验的一次倾吐，诗性智慧的一次闪现，但是作为文化文本，它却很可能是对某种文化时尚和趣味相符合，对文化市场商业召唤的一次响应。因此，90年代的总体文化语境中，一方面是作家个体意识的进一步增强（如个人化写作），一方面却是作为文化文本生产者；一方面是追求文学体验的古典意蕴，一方面又乞求文化体验的现代灵感。所有这一切，都使得许多作家的产品成了一个文化读本。而当文学作品不同程度地变成一种文化文本，当作品中的"文化性"有余"文学性"不足的时候，批评家大概只有动用文化批评的武器才能与他的批评对象相称。90年代最为流行的文化读本首当其冲的是以余秋雨为代表的"文化散文"，这类散文在取材和行文上表现出鲜明的文化意识和理性思考色彩，对其进行的文学批评只能从泛文化的角度出发方可切中要旨。继先锋小说和新写实小说之后，晚生代小说创作成为文坛的主力。这些晚生代作家基本是站在后现代主义立场上进行创作的。这批作家在创作之前就有了自己的文化理念，在他们的创作文本中都不同程度地借用了解构主义、女性主义、后现代主义的写作观念、写作策略和写作技巧，所以晚生代的文本无疑给人带来一种新的文学经验、文化经验和阅读经验，面对这样的文本，批评家的审美判断机制肯定无法启动。因为，当他们试图动用审美批评的时候，他们发现其实那是无美可审的，而这些文本与外部文化场域联系紧密，他们独特的体验方式和表达体验的方式带有文化层面上的特征和印记，他们的演练揭示了中国当代文化演进中城市个体的精神感受在从注重外向观察到习惯内向冥思的裂变过程。在这个过程中，他们的感知和理解触及到了当代文化裂变进程中某些难以回避的东西，诸如人文精神的崩溃、传统意识形态的失势、一元文化价值观的解体、世俗英雄的得宠、精英分子的没落，都在他们那儿有着较多地反映。而且他们的书写冲击到了一些在中国文化现实层面上驻存已久甚至是许多代人文知识分子都难于问津和打破的东西，他们的"出场"和"在场"在某种意义上标示着一种新的生活图景和文化图景，形式主义批评的内部研究特质显然已无法适应阐述这些文本的要求。这也可以解释为什么90年代新思想出来后，80年代过来的一些批评家沉默了。并不是他们不写文章，而是不少人写出来的东西好像有些错位，跟90年代的现实有些隔膜，依然在用80年代的标准要求90年代，必然造成解释的错位，当文学作品已经不同程度地向文化文本转化时候，批评家只有将文本置于一个更大的文化空间中，动用文化批评的武器对之进行解剖与分析，才能与他的批评对象相称，如果仍局限在文学的狭隘领域中，就无异于以管窥天，陷入一种井底之蛙的尴尬之中。面对90年代文化性的语境，文化批评做出了有力的回应。

其次，批评对象自身存在方式的变化——文学化入了文化。文学批评走向文化研究与90年代以来文学的生存状态密切相关。90年代以来文学的生存状态发生了巨大的变化：一方面，作为一个艺术门类的文学迅速边缘化，文学衰落说，文学消亡论一直不绝于耳；另一方面，文学向着文化甚至是社会生活的各个方面全面渗透，影视艺术少不了文学脚本；广告、流行歌曲每每与文学合谋，将其精致化的同时将其肤浅化，充分开掘其灵活性的同时将其煽情力发挥到极致；媒体也十分青睐各种文学叙事技巧，借以将新闻演绎成传奇；消费在很大程度上与文学接受相差无几，人们消费的与其说是商品的原料价值与劳动价值之和毋宁说是广告所营造的文学价值；甚至思想学术也文学化了。文学的这种状况正如有的学者所言："文学的魂灵从文学中消失了，但在其他的文化类型中显灵，文学给自身留下了一副皮囊，却成了幽灵，附着于各种新生的文化样式中。"有人说 90 年代不是一个生产文学经典的时代，而是主要生产文化读本的时代。它需要的不是在经典文本基础上形成的文学理论的支持，而是更需要如何解读非经典时代的文化现象的文化理论。文学批评主要处理的是文字文本，而在 90 年代的社会现实中，批判者会感觉到文学文本的极大局限，很多事情在文字文本的范围内无法进行有效的探讨和说得清楚。于是文本的范围不得不扩大了，乃至于有时候把整个社会现实都当成一个文本来解读和分析。这似乎也说明，局限于文字文本的批评和囿于传统学院体制的研究方式，常常不能产生出这种有效性。毫无疑问，批判应该寻求和实现对自身局限的有效突破。

再次，新的批评机制使然。所谓批评机制即"推动批评活动开展的驱动力，也包括推动批评家进行批评活动的动力机制和批评物态化产物——批评文本生产与消费的动力机制"。与批评的自律、他律双重特性相对应，批评也兼具内外双重机制。内在机制要求批评尊重文学艺术自身的规律以及批评的思维特征、学术规范；外部机制则决定了批评与社会有着千丝万缕的联系，包括与政治、经济、道德、历史、文化、哲学等经济基础和上层建筑，尤其是意识形态各因素的联系。新时期以来，批评的外部机制发生了重要变化，各级政府的文化管理部门不再将长官意志强加给批评家，不再简单粗暴地以行政命令对批评横加干涉。政府也不再供养职业批评家了。"断奶"后，除了作家型的批评家，批评家主体大致是兵分两路：一路依托高校，一路依托媒体。而无论哪一路的批评家，其成果都要通过物态化的方式发表出来。至此，批评的物质性受到了批评家的关注和思考。他们发现，批评不仅仅是一种精神性的存在，同时，它也具有物质性的一面，其物态化形式需附着于一定的物质载体。批评的主要物质载体是各种文艺性的刊物，这些刊物是批评家们发表成果的重要阵地，自新中国成立后，政府实施文化管理政策以来，它们就可以得到各级文化管理部门的拨款。而随着市场经济体制的逐步建立，文化管理部门也对它们"断奶"了，将其推入了市场。因此，对于批评的写作与接受的分析也需参照一般产品的生产和消费机制。这样，批评家也需要研究市场和消费者，也需按照文化市场、艺术市场、媒体市场的供求关系来运作。大众文化兴起，大众期待着批评的声音，不少刊物都开出了文化批评专栏，如《视界》《上海文学》《读书》等。有一些刊物还在扩大文化批评的版面，这样也就形成了文化批评的市场。1999年，是中国文学在市场面前学会了调整自己的一年。"文艺类书籍越来越难作"成了市场流行语。这种状况进一步延伸而影响到众多的文学刊物的命运。随着《漓江》《小说》等大型文学期刊因难以维持而停刊，《人民文学》宣布新世纪将"断奶"——自负盈亏，众多刊物发行难以生存，纯文学刊物面临的问题更加扑朔迷离。于是，文学类刊物只能走出单一文学模式，进入广义的文化文学领域：《小说家》不再将文学作品的发表作为刊物核心，而是更关注文学史学和文化史学，注重审理20世纪的文学问题，张扬"为20世纪中国文学结账"的办刊意向。其后，《黄河》《芙蓉》《青年文学》《山花》等刊物也将文化空间和文化问题作为办刊的新思维，更多地关注文化现象和跨国性文化研究问题。于是，文学开始"淡出"，而文化"凸显"。

最后，满足批评家参与现实的愿望。中国"文化研究"的兴起与知识分子的重新定位，重新思考自己的文化身份，重新调整自己的知识结构也不无关系。中国"文化研究"者几乎全部是来自文艺学特别是大学文学理论研究界的专家教授，他们不约而同地关注"文化研究"，除了说明他们敏锐地学术洞察力，同时与他们重新反思80年代的文艺学，重新面对当下复杂多变的社会文化现实有密切的关系，知识分子的社会责任意识与参与意识重新突显。中国自古以来知识分子就有兼济天下的传统使命感。在多灾多难的中国，做学问一直崇尚"为人生"。文学家总是从思想文化的意义上去创作、去批评。80年代初，关于"中国封建社会为什么延续了2000多年"的大讨论在史学界和理论界展开。与之相呼应，文学界再次将"改造国民性"作为新启蒙的话题，为了反思民族传统，重铸民族灵魂，批评家们不断加强文化批判意识，其中起主导作用的是带有文化英雄色彩的精英思想。"80年代末，一些知识分子的政治热情相对冷漠，有意疏离了社会现实。文学批评曾一度热衷于形式批评、语言批评，社会批判意识明显淡化。90年代以后，市场经济迅速崛起，许多意想不到的弊病随之暴露，面对社会公正、贪污腐败、国企改革、工人下岗、农民打工等成堆的社会问题，知识分子再度燃起了强烈的政治关切与参与热情。"[①]"文学批评不再满足于形式分析，要求突破狭窄的视域，关注社会现实，不甘心被边缘化、被关进书斋成为与社会隔离的'纯学者'，而是要努力构架起理论与现实的'公共空间'，努力恢复对文化现实的言说能力，成为中国的'有机知识分子'，而文化批评的现实性、批判性、开放性恰好能满足批评家参与现实的愿望。"[②]

[①] 刘雪松：《90年代文化批评的历史性登场》，《文学教育》2013年第2期。
[②] 同上。

当然，90年代文化批评的兴起，其实远不止于上述几个方面，比如读者也是其中一个重要因素。目前全社会对文化研究、文化反思的兴趣远远超过对文学的兴趣，曾热衷于文学的读者纷纷转向了思想、学术、文化的阅读和思考。思想学术界思想文化问题论争日益尖锐而复杂，无论是各种"主义"之争还是历史掌故与奇闻轶事的搜寻，都吸引着读者的好奇心，使它们产生出远比纯文学所有的更为强大的诱惑力，因而淡化纯文学而强化文化批评似乎有了充足的理由。另一方面，在转型期中，新的社会和文化现象层出不穷，价值观念的冲突也随处可见，有许多思想文化问题摆在人们面前。生存的困惑、思想的困惑、文化的困惑显得如此的直接而迫切。人们已经很难借助虚幻的、隐喻的文学来获得自己精神的满足或解决自己的精神难题，人们需要思想，需要对各种问题的真实深刻直接地解答。因此读者对这类文章比较感兴趣，读者希望读这类文章，试图找到某种答案。所以，90年代，更多的读者宁愿读那种鲜活泼辣的思想文化类文章而对那种死样活气的小说诗歌报以冷漠。一些文学刊物大幅度向思想文化倾斜，以吸引读者。这一切使得文化批评大受欢迎，正如陶东风所说："90年代中国批评界一个引人注目的走势或许就是从文学批评到文化批评。"在短短几年内文化批评迅速占领了批评的主流位置，几乎已成为批评的主导型范式。

第二节　文化批评拓展了文学批评阐释空间，从更高意义上回到外部研究

一　大文化的观照眼光

与80年代的审美批评相比，90年代的文化批评具有大文化批

评眼光。这种大文化眼光在文学批评实践中不再把文学作品看成是一个自我封闭的孤立现象，不再孤立地分析研究一个作家。而是把作家、作品与其产生的社会历史背景联系起来，不仅关注作品本身，也关注作品产生的外在语境。一位批评家曾说过，"我曾想对卫慧、棉棉的创作作一次单刀直入的批评。但是当我依照传统的价值标准把一些否定性品格一一派给它们时，我突然感到批评语言的简陋，同时发觉可能有一种潜在的批评对象要在我的笔下漏掉，大大削减批评的厚度。"① 是的，简单地给卫慧、棉棉的文本作一下品格定位，并不困难。然而这样的批评解决不了读者心中的疑惑，即为什么轻易就可以看透的如此低俗的创作会成为当前文化的热点？卫慧们不会向人们说她们是因丑而炫丑；为她们炒作的批评家及媒体也不会承认他们是因为丑而推销丑。支持他们进行同谋写作的肯定是一种被包装成美的文化观念。因此要能把卫慧、棉棉的问题说明白、说得富于深度，就必须把她们的文本及支撑她们文本的流行于社会的文化观念一起作为批评的研究对象。

"《上海宝贝》其实是营造、提供了人们审视、观察现今中国社会的一种社会场合，一种后现代思想的社会场合、文化观念。比如彻底的感性解放思想"，② 正如作者所宣称："我们的生活哲学由此而得以实现，那就是简简单单的物质消费，无拘无束的精神游戏。任何时候都相信内心的冲动，服从灵魂深处的燃烧，对即兴的疯狂不作抵抗，对各种欲望顶礼膜拜，尽情地交流各种生命狂喜包括性高潮的奥秘，同时对媚俗肤浅、小市民、地痞作风敬而远之。"③

---

① 张景超：《卫慧、棉棉与当下文化的偏斜》，《文艺报》2000年5月23日。
② 同上。
③ 卫慧：《像卫慧那样疯狂》，珠海出版社1999年版，第252页。

"她们的名言是'我感觉故我在'。在她们看来，人生就像一次盛大的宴饮，追求快感、及时行乐，充分品尝到现世生活的乐趣与欢愉。……这些小说中的人物，他们是'派对动物''艳情部落'。这群人在夜晚闪闪发亮……像吃着夜晚生存的虫子……正是这群人点缀着现代城市生活时髦、前卫、浮躁、无根的一个层面。放逐本能，寻求刺激、亵渎神圣、蔑视规则，这些都是典型的后现代和'痞'的精神表征而这正迎合了消费社会人们追求各种世俗享乐、各种欲望满足的社会心理。"[1] 这是她们作品走红的重要原因之一。卫慧、棉棉的作品中的人物失去了所有的社会维度和精神维度，只剩下了光秃秃的自我及自我的肉身感知，看到的就是一群行尸走肉、醉生梦死之徒的挣扎和表演，完全踏破了所有的道德规范和人伦规范，看不到一点形而上的人文关怀，是典型的后现代文本。另外，从她们作品的生产看，它充分进行了推销、宣传与包装。号称半自传体，封面为作者本人，大众传媒的蓄意炒作等。可以说，对这一切的解读，如果撇开 90 年代大众文化的背景特点是难以说清楚的。文化批评由于不只局限于文学的内部研究，还将对文学文化场域的外部考察和分析纳入自己的研究范围，所以，能满足大众的追逐文本背后深刻性的需要。

文化研究使它在对文学进行考察时，把文学置于社会生活的整体结构中做出阐释，也就是说，它不仅研究文本，还要研究文本产生的语境。比如新历史主义就相当注重探索"文学本文周围的社会存在和文学本文中的社会存在"的关系，在对作家作品的考察时并非独立进行，而是放在生产、出版、发行、接受、传播、批评等整个文学活动中。如洪子诚的《当代文学史》，"他对作家作

---

[1] 张景超：《卫慧、棉棉与当下文化的偏斜》，《文艺报》2000 年 5 月 23 日。

品的考察并非独立进行,而是放在生产、出版、发行、接受、传播、批评等整个文学活动中。"① 他在对《红岩》的"组织生产"这种特殊的文学写作方式的描述基础上,指出当时文学创作的一个显著特征就是"创作动机是充分政治化的。小说作者从权威著作、从掌握意识形态的其他人那里,获取对原始材料的提炼、加工的依据,放弃个人的经验,而代之以新的理解。因而,从某种意义上说,《红岩》的作者是一群为着同一意识形态目的而写作的书写者们的组合"。这种文学的"组织生产"方式在"文革"期间几乎成为每一部重要作品的生产方式。这就从另外一个角度展示当代文学与政治的特殊关系,透视出国家意志统治下的文学特殊运行机制。而洪子诚对作品出版次数、发行量、传播速度的翔实统计,更以史料的真实与充分再现着当代文学史的流变历程,这就以最大的力度增加了"靠近""历史"的可能性。同时,也使文学研究的视野不再局限于"文学"本身。

文化批评把文学、审美、政治、意识形态、社会、历史等诸多因素贯穿起来,从多个方面关注文学本身,看清文学的方方面面。如文化批评对文学生产的机制、特性、功能、符号、意义进行分析。在文化批评家看来,文化批评的对象不再局限于"文本"文化,而是关心文学作为一种文化形态从生产、传播到消费的整个文化生产过程,比如要批评王朔,人们关注的主要不是作家王朔或作为艺术创作的王朔小说,而是王朔作品如何进入当代文化生产,特别是如何进入电影和电视制作过程的。研究"美女文学"就结合文坛与市场、体制内与体制外、文化管理与文化殖民等多重因素,这样将其所蕴含的女性解放与商业媚俗、边缘探索与主

---

① 刘雪松:《世纪之交的文学批评新潮》,吉林大学,博士学位论文,2009年。

流认同、青春叛逆与秩序臣服等复杂意蕴揭示出来。这种将社会文本化的做法导致了与文学——文化分析密切相关的学科，如历史学、心理学、人类学、宗教学、社会学等，进入到了文化批评。这种对文学的整体观照，有利于对文学的全面深入理解。鲜明跨学科的特点，使文学批评在无比广阔的语境中左右逢源地吸取、运用所需要素。这些理论无形地组成了一个开阔的理论视野，规引人们多方位切入社会文化，从而为文学批评创造更广阔的空间。总之，文化批评批评方法、批评视阈、观照对象的大文化眼光，更大的跨学科运作的施展空间等，都使得文学批评获得了更大的阐释空间和阐释能力。

二 文化批评使文学批评从更高的意义上回到外部研究

文化批评对文学的关注并不仅限于其审美性，更多关注与其相关的社会、文化因素。所以，文化批评一经兴起，批评之声不绝于耳。比较普遍的一种看法是，认定文化批评是一种与探讨文学的"内在规律无关"的外部研究，甚至是传统文学社会学或庸俗社会学的回溯（比如《南方文坛》1999 年第 4 期发表了对于数量众多的学者与批评家的长篇访谈）。不错，文化批评是一种社会学批评，注重文学批评的外部研究，"但它已不是传统意义上的社会历史批评，他实现了对社会历史批评、审美批评、意识形态批评等多种批评的超越，是对传统社会历史批评的一种深化与提升，是从更高意义上回到了外部研究。"[①]

首先，它不等同于传统的社会历史批评或简单的"外部研究"，更不是传统文学社会学或庸俗社会学的回溯。文化批评屏弃

---

① 刘雪松：《世纪之交的文学批评新潮》，吉林大学，博士学位论文，2009 年。

了庸俗社会学的哲学基础，即物质、文化二元论与机械决定论。传统的文学社会学存在严重的机械决定论、实证主义、进化论倾向，忽视文学艺术的自身规律，特别是马克思主义的文学社会学在苏联文论界被极大地庸俗化简单化，在过去对我国文论界产生着决定性的影响，文学几乎被等同于社会学、历史学、政治学。而产生于西方20世纪60年代，流行于70、90年代影响到我国的文化批评，则是在反思传统文学社会学的缺陷（特别是机械决定论与经济主义）的基础上产生的，也是在广泛吸收20世纪语言论转向的成果以后产生的。文化批评固然是对于文本中心主义的反拨，它要重建文学与社会的关系。但这是一种否定之否定，它充分吸收了语言论转向的成果。正因为这样，这种重建就绝不是简单地回到机械的还原论与决定论。其次，文化批评摒弃了机械的阶级还原论。庸俗社会学的另一个重要特点是以宏大的阶级叙事出现的庸俗的阶级还原论。它把人物的多重性、复杂性，还原为单一的阶级身份，把人的社会关系简单为阶级关系，并将作者与作品对号入座。这是传统的文学社会学之所以显得庸俗的重要原因。文化研究则力图对社会权力关系做更复杂、更细微的分析与辨认，在对作家与作品的分析中避免机械的阶级论取向，更关注比阶级关系更加复杂细微的社会关系与权力关系，比如性别关系、种族关系等。文化批评具有深切的政治关怀的批评，但并不等于原先的庸俗社会学批评。因此，90年代真正的文化批评是对传统意识形态批评和文本批评的反驳与纠偏，使文学批评从更高的意义上回到外部研究。

比如，90年代的文化批评超越了传统政治批评。一些批评家运用文化批评方法对中国当代文学与政治的关系进行重新审视，取得了新的突破，比如孟繁华的《传媒与文化领导权》就具有代表性。"长期以来,关于中国当代文学与政治和意识形态的关系,学术界曾进行过各种各样的探讨,但一般都流于肤浅和武断,《传媒与文化领导权》运用葛兰西的'文化领导权'理论回答了政治意识形态如何影响文学及这种影响的必然性和它的发生机制等根本性的问题。"[①] 在本书中,"孟繁华结合葛兰西的文化领导权理论,澄清了在此问题上的许多误解,并使人们对此问题有了一个新的认识。作者指出,新中国成立后,社会主义文化领导权的建构过程是一个复杂而艰巨的过程,并不是简单的'革命'或'权力'意识形态强制就可以完成的,在这个过程中,'文学'和传媒都是建构'文化领导权'的重要手段。这是一个双重的塑造过程,一方面'文学'以其道德和情感的力量,为社会主义'文化领导权'的实现贡献了巨大的力量,另一方面,在'文学'注定成为社会主义文化领导权这一符号体系的重要组成部分时,其自身的形象也得到了重新'塑造',中国当代文学的'形象'、内涵甚至历史也由此得到了确立。在孟繁华看来,中国当代文学和当代文化发生、发展、演变的'动力'就掩藏在这一双重'塑造'过程中。"[②] 对这一过程的研究,不仅能整体性地解释和还原中国当代文学和文化的发生史,而且还能揭示这种"发生史"的必然性和内在规律,"从而有效避免了以往那种因政治和意识形态的原因而把中国当代文学分割成孤立的段落的做法,既整体性地建构了中国当代文学和文化的'形象',又从理论的层面解答了中国当代文学和文化为什么会是这种'形象'的问题,"[③] 为中国当代文

[①] 刘雪松:《世纪之交的文学批评新潮》,吉林大学,博士学位论文,2009年。
[②] 吴义勤:《文化批评与"中国当代文学形象"——评孟繁华新著〈传媒与文化领导权〉》,《当代作家评论》2004年第6期。
[③] 同上。

学评论界提供了有益的启示。与传统意识形态批评更为深层的区别还在于认为政治意识形态虽然"先于文本而存在,但在文本虚构过程中被解构与重组,有的在文本中变异地存在,有的未被明确表达,有的罅漏了,从而形成了零散化的文本意识形态。这种文本内在的矛盾冲突使得文本中出现了大量的'空白''沉默'和'不在场'"。[1] 传统的意识形态批评主要看文学作品说了什么,新的意识形态批评则看它没有说出什么,为什么没有说,"关注其沉默处,使沉默处'说话',说出作品中'根本没有表现出来的东西,它所没有说过的东西',它所缺少的东西。因为在这种'间隙'与'空白'中正是意识形态的真正存在。"[2] 这显然要比传统的意识形态批评视野更开阔,开掘的也更深刻。

文化批评也并不是无关语言形式纯粹政治批评。杰姆逊在《晚期资本主义的文化逻辑》中提出:"我历来主张从政治社会、历史的角度阅读艺术作品,但我决不认为这是着手点。相反,人们应从审美开始,关注纯粹的美学的、形式的问题,然后在这些分析的终点与政治相遇。……我却更愿意穿越种种形式的、美学的问题而最后达致某种政治的判断。"[3] "也就是说以意识形态批判为目标,在面对文学作品的时候,也尊重文学想象世界的方式,先从语言和形式入手,而不是直奔意识形态结论。陈晓明《无边的挑战——中国先锋文学的后现代性》就是'穿越种种形式的、美学的问题而最后达致某种政治的判断'。他在运用德里达、福柯等的解构理论来分析八十年代出现的'先锋小说'时,在理论化

---

[1] 董学文等:《试析意识形态转型理论对文艺批评的影响》,《广东社会科学》2001年第3期。
[2] 同上。
[3] 王逢振:《詹姆逊的基本思想及发展》,载《快感:文化与政治》,中国社会科学出版社1998年版,第1页。

地展示历史文化的整体图景的同时,描述出了先锋小说的意义和位置,但他的政治立场是从小说的形式和叙述内容两方面的互渗中读出'文化溃败时代的馈赠'的。在陈晓明的阐释里,先锋作家的那些游戏,那些修辞快感,在一股'颓败'的精神气象的笼罩下,它们都带有一种难以言传的悲怆。陈晓明揭示出那些游戏和快感背后隐藏不住的空洞、虚无和一种内在的伤痛,传达出对存在性丧失、缺乏生活的历史起源的'文化溃败时代'的气息。"[1]他是在关注美学的、形式的问题之后在这些分析的终点与政治相遇。李杨则在《抗争宿命之路——"社会主义现实主义"(1942—1976)研究》中表示,"以福科的知识考古学与话语权力理论,卢卡契、伊格尔顿、杰姆逊等人提出的'形式的意识形态'理论为主要依据,对中国文学史上从延安文学到'文革'文学这一时段中,文学由'叙事'转向'抒情'进而转向'象征'的表达形式的变化做了详细考辨。"[2]他在对这一段时间的文学做出新的理论阐释的同时,试图从社会权力和意识形态如何对文本与形式的影响来进行研究,即指出它在特定的历史情境中发生发展的原因。在形式与意识形态二者关系中,作者没有将二者割裂,而是在"意识形态"中分析"形式",在"形式"中"反观意识形态"。"'红色经典'文本中的'历史'从时间观、性、英雄传奇、宗教乃至疾病等角度破译了革命与小说之间的密码。他探讨'革命历史小说'中的宗教修辞,分析了政治上的'革命/反革命'如何借助宗教的'神/魔''正/邪'得到表达,从而创造了在民众中阅读与理解的条件。在叙事时空的安排处理、人物救赎的历练设计、

---

[1] 刘雪松:《世纪之交的文学批评新潮》,吉林大学,博士学位论文,2009年。
[2] 同上。

人间苦难的政治解决等方面，铺展出对'历史''命运''人生''死亡'等的一整套讲述规范。从而考察当代意识形态与传统信仰文化之间的复杂关系。为'革命叙事'提供了多方位的研究视角。"① 很明显用了结构主义的理论。"这些批评吸收了形式主义批评的诸多手法，拒绝了一般性文化批评的空洞浮泛之弊，又补救了形式主义批评为了文本而放逐历史的偏颇，使得文学批评在'形式——文化'的张力中运作，扩大了批评的阐释空间。"②

文化语言学家帕默尔说："获得一种语言就意味着接受某一套概念和价值。"一种语言的使用意味着某种文化的承诺，文学语言是一种文化的意义载体，对文学语言的研究分析不能只局限在纯审美的领域，而应该触及人类文化的深层结构。文化的价值属性，有助于匡正和弥补文学批评的过于艺术化，从而走向虚无的倾向。但也不是因此与"内在规律无关"的外部研究。在文学的审美转向和形式的自律的努力之后，文化批评已不简单等同于社会历史批评，在兼顾内容的同时也非常重视文学的形式因素、文学的自律文化意味。形式主义表面上维持文本的"内在完整性"，而实际上却严重忽视了这一完整性得以存在的外部语境的倾向。文化批评正是对此的有力反驳，但又不是无视文学的内在规律，审美特点。文化批评扬弃而非抛弃了形式主义的批评方法，因而提倡从形式层面而非内容层面回归社会历史批评。

总之，在结构主义语言学转向与解构主义的话语理论的先后交替影响下，当代学界走过了先向内转再向外转的历程：语言学转向使得人们注重内部研究，强调了文学的自律性，话语理论则使

---

① 黄子平：《"灰阑"中的叙述》，上海文艺出版社2001年版。
② 刘雪松：《世纪之交的文学批评新潮》，吉林大学，博士学位论文，2009年。

人们再次瞩目于外部研究,重申了文学的他律性;然而,这并不意味着文学理论批评转了一圈后又回到了起点,这不是简单的回归,或许我们不妨将其视为一种螺旋式的上升、波浪式的前进——在经受了语言学转向和话语理论的交替洗礼后,文艺研究界开始注重内部研究与外部研究、自律性与他律性的统一与和谐,强调基于自律性的他律性研究与由内部研究自然生发出的外部研究。

第三节　周边话语的繁复与本体话语的荒芜

90年代的文化批评使文学批评获得了观照文学大的视域,开拓了批评的疆域,文学批评向着周边领域富有成效的延伸推进是有目共睹的,但同样有目共睹的是:周边话语的繁复与本体话语的荒芜同在,其结果导致审美判断的缺失,审美话语的荒芜,因此,文化批评在受到欢迎的同时也受到了诟病。

80年代以前,在我国批评界占主流位置的是社会学批评,传统的社会学批评关注文学的外部研究,比较注重社会、政治等他律因素,而相对忽视对文学自身特殊规律的深入研究和把握。80年代中期后,为纠正中国当代文学理论研究与文学批评长期忽视文学内部规律、忽视对文本的细读,受英美新批评和俄国形式主义的影响,文学研究与文学批评越来越注重对文学本身的研究,也就是关注文学本体、文学语言、文学技巧、文学修辞等。但它们也存在明显的缺陷,即把文学看作一个封闭自足的系统,完全把它与社会、读者隔绝开来了。这种所谓的"片面的深刻",使文学研究陷入僵化和封闭的境地。到了20世纪90年代,对文学的"内部研究"和美学批评让不少学者感觉到道路越走越窄,而此时文化研究的兴起,无疑起到了纠偏作用。小溪干涸了,那就得寻找大江大河，亦自然之理也。文化批评极大地拓展着批评的疆界，文学批评向着哲学、经济学、文化人类学、心理学、两性社会学等领域富有成效的延伸推进是有目共睹的，但同样有目共睹的是：周边话语的繁复与本体话语的荒芜同在。

"90年代的文化批评在内涵可疑、所指含混的文化旗号的掩护下，什么都可以评，什么都可以批。神话学、社会学、历史学、政治学、人类学、宗教学、教育学等都是其老生常谈。人文精神、终极关怀、自然生态、民间立场、地球村、全球化等都是其日常话题。世俗化、狂欢化、后现代主义、后殖民主义等也成为这一时期文学批评的话语兴奋点。大众文化、现代传媒、影视体育、居家服饰、性爱饮食等也成为这一时期文学批评的常见术语。宽广得无边无际的批评对象和批评范围，使这一时期的文学批评表现为鲜明而强烈的泛文化批评特征，体现出无边无际的多元价值取向。"[1] 文学与审美价值取向的漫无边际，反而显得黯然无色，甚至缺席、退场，常常只是一种点缀而已，难怪有人叹息："即便是面对单个的文学作品，文学批评也很难保持它在80年代中后期的自信、从容和纯粹，文学批评因其作者的文化态度和文化选择，因为那里面所渗透、携带和折射出来的不同文化信息而变得紊乱、急促、窘迫、苍白了。"[2] 文学批评主体的失语成为不可避免，批评者在漫天狂舞的文化风雪中立场暧昧、观念混乱、规范无序、语言含糊，情绪化的自言自语说现象顿成一道惹人注目的风景。批评者在众声喧哗的狂欢中失语，在无所不在的"在场"中缺席，在"自言自语"的自恋中迷失了自己。文学批评在茫茫苍苍的泛

---

[1] 徐靖焱、王悦：《文化批评对文学批评走向的影响》，《大众文艺》2008年第9期。
[2] 赵勇：《文化批评——为何存在和如何存在》，《当代文坛》1999年第2期。

文化大森林中四处游荡，辛勤狩猎，一切什物都尽入囊中，努力让自己庞大而丰满。然而，这种庞大是缺少文学血液的浮肿，这种丰满更是缺少审美骨髓的病态。"文学批评已越过文学与审美的边界线，从诗性的家园中出走，直奔无边无际的泛文化领地而去，在贪大求全的欲望中自我放纵、自我膨胀、在越位与泛化的狂欢中编织理论、制造泡沫，日益陷入丰富的贫困之中。"[①]

对于这一点，王德胜曾指出：早在80年代初中期，中国美学界也曾出现过某种相当普遍的学科"扩张"现象，就像现在把什么都贴上"文化"的标签一样，许多人把美学的一些最基本的理论观念运用于整个文化和生活领域，于是出现了各种各样的"美学"：小说美学、戏剧美学、电影美学、伦理美学、教育美学，乃至于服装美学、烹饪美学、美容美学等等。整个80年代中国的"美学热"，实际就是这种学科普遍"泛化""扩张"努力的直接结果；而到了90年代初期，整个美学界在一种相对冷寂的研究状态中，开始从学科建构层面上对这种"泛化"现象展开许多的反思。复旦大学的蒋孔阳先生也曾专门批评过美学的"泛化"。他说，美学的泛化和文学理论、文学批评的泛化是不是有某种相似性？我不是说它们之间是一回事，而是想说明，在它们之间，至少在学科建构的某种外在形式上，是有一定可比性的。从美学方面来说，当十多年过去之后，我们再回过头来看一看，就会发现，其实在20世纪80年代初中期，人们对这种"泛化"是欢迎的，似乎这是一种"美学的胜利"，只是到了80年代末期，在美学已经变得不像"美学"的时候，人们才猛然发现，美学本身的确定性内涵反倒成了被质疑的东西，"美学究竟是什么"成了一个让搞

[①] 朱斌：《中国当代文学批评：反思与前瞻》，四川师范大学，学位论文，2002年。

美学的人自己糊涂的问题,搞美学的人开始不知道美学是干什么的了。"历史规律已经证明,当某种批评泛化到异己阶段的时候(如泛政治化的演化),同时也标志着这种批评走向'异化'的消亡之路。"①

文学批评会不会最后也碰上这样的尴尬?还不好说,但近年来学界的一种景观却不能不令人警觉。温儒敏先生曾在《思想史取替文学史?——关于现代文学研究的二三随想》(北大中文论坛)一文中谈到,现代文学研究中有越来越往思想史靠拢的倾向。许多学者做现代文学研究,做着做着,就做到思想史方向去了。看看每年的博士论文,许多做文学思潮、社团、流派和作家的,自觉不自觉也都往思想史方面靠,有的已很少谈文学,即使有一点文学也往往成了思想史的材料。

温儒敏敏锐地指出,不同学科的融合交汇,所谓科际整合,似乎是一种世界性的趋势。过去的学科分工过细的做法确实存有弊端。就现代文学而言,本来与政治、社会变革联系就紧密,所以研究文学史有时要介入思想史也顺理成章。而且从实际效果看,思想史的研究的确也拓展了文学史研究的层面、角度与内涵,或者说,在思想史研究的背景中获得对文学史内涵的新的理解,这都已经而且还将丰富着现代文学研究的视阈。问题是是跨学科的"占领"还是"被占领",是"拿将过来"还是"投靠过去"。由此引发且值得考虑的问题是,思想史能否取代文学史?文学的审美诉求在现代文学史研究中还有地位吗?

他进一步指出,以往的文学研究过分受到主流意识形态的

---

① 刘雪松:《周边话语的繁富与本体话语的荒芜》,《福州大学学报》(哲学社会科学版)2011年第1期。

"重视",其"负担"太过沉重了。现在的情形如何呢?这些年来思想文化界许多重大命题的讨论,现代文学方面的学者几乎都是其中的担纲角色。对于现代文学学科而言,领地拓展了,本属"自己的园地"会不会反而荒废了呢?我们虽然提倡拓宽知识结构,打通不同的专业,但作为学术研究,还是应当有"本业"作为基点,学科整合应立足于自己的基点去整合。

多年以前,雷·韦勒克曾经忧心忡忡地说过,"许多研究文学,尤其是研究比较文学的著名学者并非真正对文学感兴趣,他们感兴趣的是公众舆论史、旅游报告、民族性格的看法等等——简单说,他们的兴趣在于一般文化史,他们从根本上扩大了文学研究的范围,使它几乎等同于整个人类史。"[①] 他进一步断言,这种不务正业的研究"在方法上不会取得任何进展"。时至今日,尽管有不少韦勒克的拥护者在坚决捍卫着文学批评的自身特征,但是毕竟已经无力挡住文化批评呼啸而来的强大冲击波,身份、性别、种族、阶级、意识形态等文化批评的主体仿佛一夜之间就代替文本、意象、修辞、典型等,成了文学批评的宠儿。不少学者认为,"新批评""结构主义"代表的审美批评已经成了保守的"新古典",走进了历史的死胡同,唯有文化批评才是引导当代文学批评走出危机和困境的救星。于是在我们的具体文学批评实践上,我们运用心理分析,分析的笔力倾注在文本的潜意识乃至性意识,运用文化批评学时,批评家的愿望只是为了在作品中寻找某种文化观念的形象注释,运用女权主义文学批评方法时,似乎作家的创作就是为了表现同男性世界的抗衡,忽视了女性主义批评应该首先是文学批评,然后才是"女权主义"的。那些竭力宣扬"后

[①] [美]雷·韦勒克:《批评的概念》,中国美术学院出版社1999年版。

现代主义"文学批评的批评家,真心看好的也并非"后现代主义"文学,而是弥漫在后现代语境里的那些文化思潮,其他什么"后殖民主义"文学批评、"新历史主义"文学批评等等热衷于意识形态的分辨、文本隐藏的文化—权力关系的阐释,根本意图不再文本的"文学性","文学性"备受冷落。不否认上述批评对文本做出的分析的意义,某种程度上确实揭示出作品的深层内涵,但它与作品文本的审美价值毫无瓜葛,与作家的内在生命、情感完全绝缘,甚至作品本身的优劣也变得无足轻重,而得出的只是心理学、文化学、人类学、哲学的某种论点,文学自身的审美特点却语焉不详。"这逐渐导致了文学批评审美判断的缺失,审美话语的荒芜。文学批评由美学主导型变成了文化价值主导型。在批评领域,文学意义上的文本(包括作家、作品、思潮、社团等)无形中消失了,而是成为种种文化理念的载体。"[1]

文学意义上的文本从批评中消失了以后。"传统文论中的语言、叙述、结构、叙述技巧、人物塑造等要素,淡出了批评的视野。文本往往不再被当作文学形态的存在看待,而是成为种种文化理念的载体。"[2]"具象文本不再被视作个体性的生命存在,于是无须再深入其内部,去体验它的体验,去感悟它的感悟,更不再将它作为一个美学对象,关心它的语言、它的表达、它的结构,它的人物形象塑造和叙事技巧,而是要么将它置入某个大文化命题的表述脉络中,以此来对它进行描述和定位,要么就是从中抽象出某个文化价值命题,然后在逻辑层面自足地展开分析。"[3] 在

---

[1] 刘雪松:《周边话语的繁富与本体话语的荒芜》,《福州大学学报》(哲学社会科学版)2011年第1期。
[2] 同上。
[3] 同上。

这种状况中，文学性文本遭到了空前未有的冷落，它即使被某些有心的批评家提起，也往往是用来作某个文化理论点的资证。事实上，"在90年代的批评思想中，文本不言而喻地正是被视作一个载体，可以承载大量与文学无关的文化潜意识，甚至到被视作一个工具，其存在价值由其在对多大程度上能为某个文化理论作论证来决定。文学批评的这种嬗变带来了一系列的问题。"①

这种文化价值论批评所导致的后果之一是，作品消失了，剩下的只有附加于文本之上的文化标记；作家消失了，他仅仅作为一个文化符号进入批评家的话语链。——试问热衷于谈论"二张"的批评家，有多少是把他们作为一个个体性的小说家来研读的？有多少在他们的散文随笔之外还认真阅读过他们的小说？有多少个批评家曾从美学角度对他们的作品进行过令人信服的分析？同样，"对晚生代创作的分析也是如此。在这类批评文本中，评论者关注较多的是晚生代创作中的'虚无主义''相对主义''个体性'，作家的身份标签、写作姿态、价值取向、精神向度、立场信仰等文化问题，而新生代作家在文学的表现手段方面是否有了新的发展，是否为文学创造了新的表现方式，是否丰富了文学的表现能力，是否为人们提供了新的审美经验，具体来说，在小说的技术方面的探讨有哪些突破？语言上有什么变化？这方面的分析相对于对文本的文化意蕴的提炼实在太少了。"② 对这些创作的研究，"虽然许多批评家将叙事学理论运用到了自己的批评实践活动中，但'叙事学'本质上是指对文本的叙述者、叙事视角、时间、空间、语调、形式结构、文体技巧等纯粹艺术层面的研究，而现

---

① 刘雪松：《周边话语的繁富与本体话语的荒芜》，《福州大学学报》（哲学社会科学版）2011年第1期。
② 同上。

在的许多学者在研究'新生代'时将'叙事学'的内涵和外延加以扩大化,把原本不属于'叙事学'范畴的创作主题、人物形象、思想内涵等都纳入'叙事学'理论中,所以,如果从这个角度看,对新生代的创作批评属于审美的批评就更少了。"①

这样,文化价值批评便催生出一个奇怪现象:一个作家之被批评家们谈论,往往并非是他的创作个体风格,而是他的宣言,他的文化姿态与立场;一部作品之被批评家看好,往往不是因其艺术特色,而是因为从中批评家可以演绎出他们所感兴趣的文化话题。这样,文本的美学价值让位给了文化价值的挖掘。诸如"第三世界文学"的批评、"女性主义"批评等莫不如此。这样,作品的相对独立性丧失了,它一诞生就顺理成章地被批评家视为是他们所关心的文化价值话题的注解或文本;而作品的美学努力则变得可有可无,只要它能提供出批评家所感兴趣的文化价值话题,即使是一部在美学上明显粗糙的作品,也照样能够获得足够的喝彩。最典型的例子就是对《狼图腾》的评价。"《狼图腾》被称为史诗般的小说、旷世奇书。但它其实只是一部文化读本(狼文化),而不是文学读本。但由于它的强烈的文化意蕴,却受到了极大关注,并引起了轰动,许多批评家都给予了高规格的评价。"②"众多评论者们对这部书感兴趣也是因为能从这部书中剥离出文化命题。至于这部小说创作中艺术上的明显不足,诸如明显给人一种'主题先行'的感觉;整个小说的构建情节的安排和人物的塑造都是为了阐释'狼图腾'理论,在小说结尾干脆把主人公当成自己的直接传声筒,整页整页地大谈其'狼性民族'与'羊性民

---

① 刘雪松:《周边话语的繁富与本体话语的荒芜》,《福州大学学报》(哲学社会科学版)2011年第1期。

② 同上。

第四章　文学批评的视角：由审美批评的内视角走向文化批评的外视角　　123

族'的历史观，明显理念化说教倾向；叙事上明显有简单化、公式化的倾向；人物塑造概念化、简单化等等，这些在一些批评家那里都可以忽略不计。"①"从相当一部分批评家对小说的高度评价中，令人不禁产生这样一个困惑：如果一篇小说仅仅因其表达了强烈的文化主题（姑且不论它是如何切入这一主题的），即使在艺术上呈现出某种相当明显的拙劣水平，也能成为批评界的宠儿，那么，一部文学作品成功的要素究竟是什么？"②

　　90 年代发生了许多文学论争，但很多不是从审美的角度展开的，不仅"晚生代"小说的争论如此，从"现实主义冲击波"的讨论来看，虽然在批评家那里的遭遇不同，然而，引人注目的是，他们所遵循的逻辑却是一致的。其标准都是远离审美标准的。正像有人指出的那样：在一部分批评家那里，对"晚生代"的价值否定是出于对他们小说的文化价值主题的极端不满，而对"冲击波"小说的明确肯定，便恰恰是出于对这些小说文化价值主题的认同与赏识，对这些文本美学特色的歧视性冷漠则是不约而同的。由此造成的后果是，前者对某种独异的美学成就视而不见；后者则是对绝大部分"冲击波"小说的粗糙美学艺术采取一种保护性的故意忽略。对"新写实"小说的讨论评价也是如此，许多褒奖者看重它对生活的原生态复现，肯定世俗欲望的正当性，却不去追究其与自然主义有何区别。而一些批评者指责其主体性的萎缩、无精神超越，无理想，走向价值的平面化，两者都属于非文学性的批评。从审美角度考察，"新写实"小说文本充塞着大量的当下现实生活原生态的材料，或许可以成为分析时代症候的依据，却缺乏充分的艺术转换，追求审美

---

　　① 刘雪松：《周边话语的繁富与本体话语的荒芜》，《福州大学学报》（哲学社会科学版）2011 年第 1 期。
　　② 同上。

品格的意识十分淡薄,社会历史价值远远大于作为文学的意义,但这些方面在某些批评家眼里都视而不见。由于背离了审美感受这一立足点,因而它对创作的影响便不是积极的,而是消极的。这种消极影响的直接体现便是大部分作家在审美追求上的懈怠,以及对用文学的形式表现文化价值主题的热衷。以"现实主义冲击波"而言,这个小说流派的一些代表性作家之所以会持续不断地炮制出越来越趋于道德说教的文本,并因此放弃了原先创作中仅有的一些审美努力,不能不说是与一部分批评家的暗示与诱导有关。

文学固然是一种文化性的存在,而且文学是文化这个大系统中的一个子系统;但是,文学又有文化难以替代的特殊性和独立性,这就是情感化个性化的审美特征。离开真挚的情感,离开对世界个性化的审美感知,便不成其为文学。文学对社会历史生活的理性认知、揭示与洞察,都必须通过个性化情感化的艺术审美表现来实现。文化与文学最根本的差异就在于前者不一定具有审美性,而后者必须具有审美性。在审美性的大前提之下,参与到文学之中的文化已经融会到了文学内部,只是化为一种精神指向,一种思想内涵,也就是说文化的理智思索已经凝聚和积淀在文学的情感世界中,变成了"文学"的形象世界的一部分,转化成了文学性的存在。而不在以赤裸裸纯理性的文化本来面目示人了。所以,文学批评必须牢牢抓住文学这种文化存在形式的特殊性——个性化情感化的审美特征。[1] 文学批评不论走得多远,其出发点是文学,落脚点也应该是文学,只是经过了文化批评的阐释之后,这种循环不再是简单的回归本位,而是一种螺旋式本体超越,得出的结论将大大超过原来的出发点,进入到一个更高的层次,使文学获得一种独特的

---

[1] 侯顺:《泛文化时代的文学批评》,《探索与争鸣》2003年第11期。

哲学涵摄力和深厚的历史意识。从这个意义上说文学批评离开了文化这一维度的观照，批评话语就会失去分量，但文化批评必须真正地成为一种"属于文学"的文化批评，或者说文化批评仅仅成为构成文学批评的背景视野和深层基础，而不能代替文学批评。[①] 否则，文学批评就会从一个误区走向另一个误区。80年代，我国当代文学批评因走失于语言学的迷宫而落入形式主义的牢笼，正是文化批评的兴起给人以启示，使人们意识到执迷于语言与形式的文学批评是没有出路的。于是人们开始将目光投向文学的内容，即尝试把文学作为一种文化的存在形态来考察，这就使得文学批评的视野开阔了。文学批评中政治、经济、历史、社会、文化等视角的引入，也将文学从"纯文学"和"文学性"的幽闭中拯救出来，赋予了文学批评更厚重的内涵和更现实的意义，文学重新由小溪汇入了大海。但90年代的文学批评已经过于失衡。文学的语境研究已经完全代替了对文学本身的研究。文化批评对文学批评的挤占和侵蚀已经到了近乎取消后者的地步。文学作品被挤出了批评的核心位置，沦为边缘的、仅为理论的佐证存在。诺思洛普·弗莱在《批评的途径》中指出，批评有两个方面：一方面关注文学的内在结构，另一方面关注构成文学社会环境的文化现象。二者之间要相互平衡，任何一方排斥另一方，批评的视野就会出现偏差。如果能保持批评处于恰当的平衡中，批评家从作品评析发展到更大的社会问题的讨论，理论的过程就会更加富于智慧。而当下我们批评界的症结就在于没能够把持住这种文学批评同文化批评之间的相互平衡，前者正以内心的凄凉与寂寞装点着后者的繁华和喧嚣。

　　造成文学批评与文化批评的失衡局面，原因固然种种，但根本

[①] 侯顺：《泛文化时代的文学批评》，《探索与争鸣》2003年第11期。

原因是没有弄清文化批评与文化研究的区别。

　　文学批评可以从文化的角度将文学放在社会文化大背景下，揭示文学对人类生活的意义。这种从文化角度作的文学批评的起点是文学内部，是在文学内部从文化的角度来考察文学现象、综合研究文学的文化性质，终点也是文学，要揭示文学的意义，其研究思路是文学——文化——文学，在这个研究链上，文化可以被置换，可以从文化的角度也可以从其他的角度，但是研究始终围绕着文学。如果从这样的视角出发观照文学，就不会出现文学批评越位而自身话语荒芜的现象。而文化研究是不同的。文化研究的中心当然是文化，它从各种现象中挖掘文化内涵。其研究思路是文化——文学文本——文化，最后是回到文化而不是文学。因此，我们可以看到，在这个研究链上，作为桥梁的文本是不确定的，可以是文学，也可以是广告、电影、美术等等，文学只是成了一种可以随时替换的工具，而不是研究的中心了。90年代文化批评的症结正在这里：文化批评在不知不觉中被转化成了文化研究，而文化研究的宽泛性，使得文学批评越过文学与审美的边界线，[①]从诗性的家园中出走，直奔无边无际的泛文化领地而去。

　　90年代文化批评和文化研究的区别往往为人们所忽视，所模糊，是因为文学批评中的文化批评转向文化研究，这个转向过程是隐秘而不易察觉的：首先，文学本身就蕴含着丰富的文化性，有可以深挖文化内涵的前提；其次，从外部看，文学、文化是两种学科，通过"文化"可起到跨学科与破除学科狭隘疆界的作用，开拓了学科视野；再次，通过"文化"这个桥梁，让文学重新连接与外部世界的联系；最后，可以消解过度向内转的传统的文学本体论，顾及向

[①] 侯顺：《泛文化时代的文学批评》，《探索与争鸣》2003年第11期。

外转的需要，以开放的姿态出现。它带来的不易察觉的后果却是，文学批评与文学批评家的"退场"正在无形之中被认同，甚至被合理化、习惯化，最终只谈文化不谈文学，所以，我们有必要在进行文学批评时对文化批评和文化研究的模糊、混同保持清醒和警觉。

"文化学批评"说白了就是从文化的视野去观照文学，或者从文学的内部去反观文化。文化是一个庞大的母系统，而文学是其中的一个子系统，他们之间有一种天然的联系、必然的联系，从文化的视角逼近文学，自然是一条宽阔而自由的通道，有利于我们更本质地去把握和解读文学，他肯定比我们从政治的、社会的角度，或者单纯地从文学教条的角度去阐释文学，视野要开阔得多、方法要先进得多。但是，文化是一个大而无当的东西，批评家要具有深广的文化修养，谈何容易？而文学中的文化优势看不见摸不着的一种很虚的东西，你要把握它、弄清它，也是十分困难的。因此，要真正建构自己的"文化学批评"方法，实在不是一朝一夕、三年五载的事情，但它确实是我们应当努力学习的一种批评思想和批评方法。

最后的问题是，文化批评还是不是文学批评？对此，我们一方面可以不放弃原有的对象系统，不拒绝文本分析等一系列既定工作方法，另一方面，在立场上、思路上、侧重点上，又致力于开拓更广阔的视野和阐释空间，寻求更具弹性、容纳力和变通精神的诠释策略。所以，似乎不必过于拘泥和固守学科限制，而要勇于跨越学术壁垒，顺应当代综合研究的总体趋势。文化批评的悖论和困境在于，它既不能超越置身其中的历史——文化语境，又必须批判产生它的历史文化条件。这就要求它不仅要批判对象，也要随时审视自己的立足点，承认自己的局限性，在文学中理解文化，在文化中理解文学，同时清理自己的知识系统，反省自身的精神状况。这样，才能不断探索新的可能，开拓新的意义世界。

第五章 文学批评的理论话语：由"弘扬现代性"走向"反思现代性"

第一节 新启蒙主义思潮与启蒙主义的式微

一 新启蒙主义思潮下的文学批评

一般来说，启蒙思想指向的是现代性，启蒙的向度就是反传统与追求现代性。所以，新时期文化界基本把新启蒙的指涉等同于追求现代性与反传统。"在80年代前半期，文化界的启蒙主义、人道主义思潮，虽然不可能形成像'五四'那样绝对的强势话语，但已颇有上升为'准共名'的趋势。"① 在启蒙主义旗帜下聚集起来的知识分子可以说是引领了80年代的精神走向，在这种时代大潮的影响下，新时期初期文学和批评体现出较为明显的启蒙现代性的价值取向。

文学的敏感性不可能不受当时思想解放大潮的影响，因此，80年代的新启蒙运动也成为文学批评的思想资源。对此有学者这样描述："70年代末，中国当代最具影响力的现代化意识形态—新启

---

① 陈思和：《中国当代文学史教程》，复旦大学出版社1999年版，第294页。

蒙主义，出现在民族现代性追求的历史进程中。作为对'文革'封建性逆流的强烈反弹，它以现代理性为主体，以科学理性及人本理性为旗帜，构成了持续整个80年代的以文化开放和自省为特征的思想解放运动。社会改革的国家目标与知识分子推动社会进步的启蒙情怀汇合于一场规模空前的思想解放运动，共同为民族现代化做出承诺。中国共产党十一届三中全会的解放思想实事求是的主流话语与知识精英的人文主义憧憬，重新点燃了迷茫于'文革'废墟的中国民众的现代化梦想，整合了时代的精神信念。正是基于这种文化信念的共通性，'反封建'成为一个全民性口号。它一方面倡扬科学精神，以讨论检验真理标准的方式，批判'文革'中横行的个人意志的非理性专断；另一方面呼吁人的自由、解放，从而为现代性追求确立了新的价值目标。"[1]

可以看出新启蒙思潮所吁请的就是五四以来所追求现代性、现代化。这几乎成为那个时代知识分子的共识。在整个80年代，整个思想界最富活力的是中国"新启蒙主义"思潮。新启蒙思潮在80年代末达到顶峰，这个顶峰的标志之一便是1988年10月由王元化主编的《新启蒙》杂志创刊，《新启蒙》公开亮出了旗帜，成为80年代引人注目的一个标志性文化事件。《中国改革开放与思想解放运动》和《为五四精神一辩》是两篇代表性文章。《新启蒙》所刊登的文章大都围绕着反封建和寻求现代化进行思想启蒙。"新启蒙主义"一开始和主流意识形态的思想解放运动是同声相求的，在改革开放的大目标和经济文化上的诉求是一致的，新启蒙主义不仅与国家意识形态有合谋倾向，甚至深度影响了官方的决策取向，但后来新启蒙主义思想运动逐步地转变为一种知识分子

---

[1] 钱中文：《新启蒙：理性精神下的文论话语文》，《文艺理论研究》1999年第4期。

要求激进的社会改革运动,也越来越具有民间的,反正统的和西方化的思想。随着80年代末的那场政治风波,作为一种带有激进色彩的"新启蒙"运动也随之终结。[①]

我们不能说80年代文学批评的启蒙意识就是"新启蒙主义"的直接产物,

但是"新启蒙主义"强大的话语辐射不能不对文学创作和批评产生巨大影响,实际上在80年代的批评中,无论从运思的框架、关注的焦点还是明显的价值指向上,都不难看出这一点。正如后来有人撰文指出"'新启蒙主义'对文学实践的巨大塑形力量是由美学和文学批评来传递和实施的,"[②]"一般说来,'美学热'前后的美学理论与文学批评正是'新启蒙主义'的重要组成部分,'新启蒙主义'及其美学表达的强大笼罩力量直接塑造了20世纪80年代的文学实践,在某种意义上,文学只不过是'新启蒙主义'在逻辑上的展开,是它的一个感性化的形态。"[③]

刘复生认为"在80年代的文化语境中,具体的文学实践和文学思潮基本上是由美学理论与文学批评构造出来的,这个判断具有两重含义:其一,在逻辑关系上,带有强烈意识形态色彩的美学与文学批评先于文学实践,后者是由前者构造出来的,前者提供了那个时代的文学感受的方向与理解世界的方法,给出了唯一的关于'何为好的文学'甚至是'何为文学'的标准。其二,某种意义上,文学作品的意义要由批评授予,这种授予意义的过程也是一个阐释意义的过程,它将可能具有某种含混性和丰富性的

[①] 刘复生:《新启蒙主义的文学实践和文学态度》,《文艺理论与批评》2004年第1期。

[②] 刘复生:《反思1980年代:"新启蒙主义"文学态度及其文学实践》,《文艺理论与批评》2004年第1期。

[③] 同上。

作品进行了'新启蒙主义'式的理解，使其向既定的方向生成意义，于是，这果然就成了文学的唯一合法的意义。也就是说，有些作家可能具有了朦胧甚至自觉的'新启蒙主义'意识，但如果不是批评家的介入，他们的创作可能只是一个个孤立的、偶然的现象，无法具有'普遍性'。"[1]比如，"影响比较大的王富仁对鲁迅的重新评价，季红真'文明与愚昧'的冲突论，黄子平'二十世纪中国文学论'等，这些都是在现代和传统及现代化叙事这样框架里面讨论问题的。批评家季红真在她著名的论文《文明与愚昧的冲突》中，将当时的文学创作的主题界定为'文明'与'愚昧'的历史性的冲突（在'新启蒙主义'的框架中，所谓'文明'与'愚昧'的所指是显而易见的），经她的理论归纳，这一创作脉络清晰凸显，作家们也获得了更清晰的自我理解（之前他们并不'理解'自己的作品），同时也获得更自觉的创作意识。"[2]在这样的语境下，新时期一大批文学作品都被批评家纳入"启蒙主义"的视域下解读，于是，1977年《班主任》的发表，被视为预示着启蒙主义文学新时代的开启。随后《伤痕》《李顺大造屋》《剪辑错了的故事》《许茂和他的女儿们》《芙蓉镇》《被爱情遗忘的角落》《天云山传奇》《灵与肉》，谌容《人到中年》、宗璞《三生石》、张洁《爱，是不能忘记的》、王蒙《蝴蝶》《犯人李铜钟的故事》等一大批作品的出现，是文学从不同的角度实现对非人道、非理性、非文化的以封建意识为主导的暴力政治时代的批判和否定，并呼唤正义、理性、公道、自由、真理和人性的复归，这些主题意向无疑都是从五四新文学的启蒙主义主题那里继承而来

---

[1] 刘复生：《反思1980年代："新启蒙主义"文学态度及其文学实践》，《文艺理论与批评》2004年第1期。

[2] 同上。

的。而在知识界那里，把这段时期的文化系统判定为封建性质，顺理成章地恢复了五四启蒙主义的精神话语。其后，经过关于"主体性"和"人性、人道主义"的讨论，恢复了人的价值和尊严的话语体系，五四文学精神得到了进一步弘扬。

有学者简略地总结到："新时期文学可以整体地看作是一个'启蒙的故事'。'伤痕文学''反思文学'是政治启蒙；现代主义、人道主义思潮是'人'的启蒙；而1985年兴起的'寻根文学'则是一场文化启蒙。"[①] 寻根文学对"国民性"的挖掘，也是现代性追寻中的反思和批判，它对国民性的批判是站在现代理性的高度对传统进行的重新审视，在精神向度上仍然是五四以来文学的"现代化"这一主题的延续，仍然是五四以来激进的"现代性"梦想的延续，是20世纪80年代整个中国社会追求融入世界特别是西方世界发展体系在文学方面的表现。在一些作家的文学表述中我们不难看知识分子的启蒙角色意识和使命感。韩少功在《文学的"根"》中说得很明白，"我们的责任是释放现代观念的热能，来重铸和镀亮这种自我。"[②] 李杭育认为我们应该"理一理我们的'根'，也选一选人家的'枝'，将西方现代文明的茁壮新芽，嫁接在我们古老、健康、深植于沃土的活根上，"[③] 从这些宣言中不难看出，寻根派作家对现代性的认同与对民族文学的开掘是同步进行的，其文学活动旨在建立一个具有现代精神的民族文学体系，在吸收现代性的营养中使得民族文化与民族文学获得新生，进而平等地与世界文学对话，隐蔽在寻根故事之后的无不是

---

① 孟繁华：《启蒙角色在定位——重读"寻根文学"》，《天津社会科学学报》1996年第1期。
② 韩少功：《文学的根》，山东文艺出版社2001年版。
③ 李杭育：《理一理我们的"根"》，《作家》1985年第9期。

第五章 文学批评的理论话语：由"弘扬现代性"走向"反思现代性"

知识分子叙述者的精英启蒙者的姿态，它不仅昭示了当时中国知识分子渴望与世界同步的历史性要求，也凸显了这种要求难以实现的焦虑。就文学的发展来说，它更是80年代文学走向世界这一现代性目标中的一环。

80年代"人道主义"与"主体性"理论是最具影响力的思想及美学潮流，也是"新启蒙主义"的重要理论基石。它的影响也远远超出了理论领域，对于那个时代的批评家、作家而言，它已成为一种"真理"性的常识（它们也是那个时代作家们常挂在嘴边的词汇），因而已转化为文学实践的内在动力。一时间，"文学是人学"似乎成了一个具有真理性的命题，"人"在文学创作和批评中占据了绝对中心的地位。文学从单一和僵化的人的观念中解放出来并意识到了自己所面对的是人这个世界上最复杂的动物，而文学一旦把自己的目光集中在千百万从事实际活动的活生生的人身上，人的全部复杂性便得到了尊重，……中国当代文学中从来也没有像现在这样具有人的丰富性和复杂性。这种概括的确显示了新时期文学创作的根本性变化。刘心武，在厦门大学的一次演讲中也宣布他找到了自己新的创作焦点：就是应当把人作为自己的思考中心和创作中心，应当用自己的笔墨，呼唤人的尊严，人的价值。而这一时期的文学批评更是倡导"文学研究应以人为思维中心"。本着以人为中心的人道主义的目光，何西来肯定了王愿坚在《启示》《路标》等短篇小说中对领袖人物的"人性的"认识，从《爱情的位置》中看到了文艺中爱的解放表现了人们对爱的权利的要求，在肯定了《如意》等小说的主要意义在于写出了人性、人情、人道主义的美之后，大声呼吁"把人当作人"。张德祥则从《班主任》中读出了人的理性精神的觉醒，认为是刘心武在张俊石老师的眼光中注入了独立思考、重新认识是非的理性精神，因而才有了对谢惠敏所代表的从来如此的价值观的怀疑。雷达从《乡场上》看出了冯么爸的心曲"是正在走向精神解放的人的声音，是恢复人的价值和尊严的声音"，而《秋天的愤怒》《拂晓前的葬礼》则让他意识到了"近年来在农村青年'思考者'身上萌发的中国农民不曾有过的新的觉醒"，和"从传统人向现代人的蜕变的精神要求"这预示着文学在不同思路中殊途同归于"人的现代化"的大道。李劼也从高加林、刘思佳、严达那里看到了"个性挣脱了历史封建枷锁"而站立起来的强硬姿态。总之，"文革"后文学批评中，从人的地位、人的尊严、人格到人的价值，从人的自我意识到人的主体意识，从伦理学、认识论到价值论、目的论到审美论，西方文学史上几乎所有关于人的话语在这里都有痕迹，在这里都再次得到激情的喷发和理论的张扬。在"文革"后的十多年里，我们似乎听到西方几个世纪以来的智者的声音。回响在这些声音里的一个中心主题就是人的觉醒！这是一次人的全面大觉醒的时期，人的一切方面都得到谈论，都需要重新认识、重新把握，一句话，"重估一切价值"。它们具体的现实针对性以反对一切不"把人当作人"的现象，以及共同的旨归—呼唤"人的觉醒"，构建具有现代意识形态的"人"的形象。

与人道主义思潮相伴的是文学中的"主体性"的呼声，无论是创作上还是文学批评上都在呼唤主体性。从"'朦胧诗'的发生到《今天》《他们》《非非》等诗刊的创立，再到寻根小说的创作主张，无不强烈表达了文学主体性、自主性的强烈诉求。批评方面，1984年海南岛的批评会议上，讨论得最为热烈的是批评的主体性、批评的自我意识问题。主体性可以说是人道主义在文学批评上的高度理论化",① 这方面刘再复的一系列论文如《论人物性格二重组合原理》《文学研究应以人为思维中心》《论文学的主体性》最具有代表性。这些论文探讨的核心就是"人"这一宏大主题,提出"文艺学研究要从客体转向主体","应当把人作为文学的主人翁来思考,或者说,把主体作为中心来思考"。《论文学的主体性》一文集中阐发了"文学中的主体性原则":"就是要求在文学活动中不能仅仅把人(包括作家、描写对象和读者)看作客体,而应更尊重人的主体价值,发挥人的主体力量,在文学活动各个环节中,恢复人的主体地位,以人为中心、为目的。"在《性格组合论》的序言中他提到写作此书的目的:"在一段历史时期中,我们的土地上发生了种种奇异的精神现象,其中有一种就是竟然把天底下最复杂、最瑰丽的现象——人,看得那么简单,英雄像天界中的神明那么高大完美,'坏蛋'像地狱中的幽灵那样阴森可怖。这种人为地把人自身贫乏化,导致了文学的贫困化,也导致了民族精神世界的僵化。"②"导致了文学中的'人'的形象的'千人一面',从而导致民族精神世界的僵化。可以说,刘再复的主体论最大限度地契合且推进了'思想解放'与人道启蒙的时代主潮。"③

刘再复的主体性理论一经提出就很快成为人们关注的热点和争论的焦点,并繁衍成为这一时期文艺学研究的重要潮流。它不仅成为80年代"新启蒙主义"思潮中的重要支柱,自然也成为80年代文艺学的主流话语。他的这个理论得到了学界一致认可和高度评价,林兴宅认为这是"我们时代的文艺理论"。显然将主体论

---

① 赵黎波:《新时期文学批评的启蒙话语研究》,复旦大学,博士学位论文,2006年。
② 同上。
③ 同上。

思想提高到民族和时代的高度来认识,而另一位批评家也有如此评价:"我觉得刘再复在理论上所做的贡献,就不仅仅是文学方面的意义,它还反映出我们时代精神的折光,符合着时代进步的要求。就是反对封建专制、愚昧思想的束缚,恢复人的个性、主体性。培养具有现代意识的、健康的文化心理结构,把人的主体力量外化为推动社会前进的力量。"① 总之,"主体性""人的自由与解放""人道主义"等这些在80年代几乎被当作"普遍化、自明化"的理论前设和概念体系,成为批评界乃至文化界的重要理论话语。

二 新启蒙主义的式微

进入20世纪90年代以后,随着新的社会政治格局的更加稳定,尤其是1992年以后经济改革加速,市场经济和消费社会的全面到来,也相应地出现了很多现实问题、贪污腐败、贫富悬殊、人文精神失落,这一切使得知识分子对中国改革的现实、未来道路选择和发展前景的分歧大大加深,80年代形成的新启蒙阵营开始逐渐分化。

80年代中期出现的"新启蒙运动",或者叫"新五四运动",是把批判中国文化传统、引进西方思想作为主题。虽然这里面观点也有不同,但基本立场是一致的,也就是说,对传统持的基本是同样的否定态度,而一致推崇西学。到了90年代以后,发生了很大的分化,原来搞启蒙的那些学者,各自关心的问题、所拥有的关怀,特别是知识背景开始分化。"许纪霖认为新启蒙主义在20世纪90年代思想界的分化和断裂是通过三波分化而完成的。第一

---

① 赵黎波:《新时期文学批评的启蒙话语研究》,复旦大学,博士学位论文,2006年。

波分化是'思想'与'学术'的分化,最早从启蒙中分化出来的,被称为'新国学'。新启蒙主义'趋新骛奇、泛言空谈'的空梳、浮躁的学风受到一些知识分子的指责。学界出现'思想家淡出,学问家凸出'的明显趋势。新一轮的民间学术杂志《学人》《原学》等创办,体现了一部分启蒙知识分子转向了学术化和知识化,20世纪90年代的'国学热'在相当的程度上就是这一学术化转向的知识性产物。坚持'思想'和主张'学术'的知识分子真正的分歧在于对启蒙的看法上,即在20世纪90年代新的历史语境下,如何继续启蒙?有相当一批人是完全告别了启蒙,尤其是一些20世纪60年代出生的青年学者,放弃了知识分子的公共关怀,从思想退到学术领域,在国家控制的学科化知识体制中,热衷于做一个专家型的知识人。但其他一些'学术'型知识分子,特别是20世纪80年代的过来人,通过对五四运动中激进主义的反思和文化保守主义历史价值的重新发现,实际上对启蒙有了另一种新的理解,即启蒙的深化不能仅仅靠浪漫主义的思想激情,更重要的是要有学理的深厚基础;与其不断地追逐潮流,不如对西学进行一些最基本的学理研究;对于传统的研究也必须抛弃立场优先的价值评判态度,而代之以知识论的分析方法,以'同情性的理解'重新阐释传统。"[1]

"第二波分化是人文精神与世俗情怀的分化。1992年邓小平南方谈话以后,以市场为中心的消费社会出现,使人们在20世纪80年代所呼唤的现代化目标部分兑现。现实的急剧改变促使新启蒙知识分子内部发生了更深刻的分化。以'二王'(王蒙和王朔)为

---

[1] 许纪霖:《启蒙的命运——二十年来的中国思想界》,《二十一世纪》1998年第12期。

代表的一些具有世俗情怀的知识分子,热烈地欢呼市场经济的来临,将之视作彻底铲除极'左'根源、实现世俗幸福的必由之路。并且以'躲避崇高'式的虚无主义立场,否定一切形式的理想主义。而另一些打着后现代主义旗号的文化批评家,将当时在中国出现的大众消费文化解释为一种普世性的'后现代文化',迫不及待地宣布中国'现代性'已经终结,一个与世俗社会拥抱的'后新时期'正在降临。与此同时,生活在中国金融和商业中心上海的一批人文学者,更多地感受到的却是金钱文化和商业霸权对文化人和人文事业的压迫,他们在1994年《读书》杂志上发表的人文精神系列对话,旨在重新高扬文化启蒙的旗帜,回击虚无主义和后现代主义。在工具理性压倒一切的市场社会中重新寻回失落的精神价值和生活意义,并因此与上述具有世俗情怀的知识分子发生了激烈的论战。后来,在人文精神的拥护者中,又悄悄地分化为两支:温和的一支继续从知识论的层面反思现代化的幽暗面;另一支以'二张'(张承志、张炜)为代表,以一种极端的道德理想主义姿态,激烈抨击世俗社会,并逐渐演变为社会/文化意义上的民粹主义。这场讨论非常复杂,但从这场讨论中,至少可以看出对市场经济的认同分化了。"①

第三波分化是自由主义与新左派的分化。90年代中期以来,中国出现了市场经济,同时也出现了腐败现象和社会不平等。过去,呼唤西方的民主政治、市场经济、个人主义。到了90年代,这些目标有一部分兑现了,新左派知识分子开始怀疑这条道路是否适合中国。双方围绕着中国的现代化道路应向哪里发展,发生

---

① 许纪霖:《启蒙的命运——二十年来的中国思想界》,《二十一世纪》1998年第12期。

了彻底的分化。他们的论战涉及许多重要的问题。首先是现代性问题，自由主义是坚持80年代的启蒙思想，但新左派认为，西方的资本主义道路有很多问题，中国要走超越资本主义和社会主义的新的道路，他们叫作"制度创新"。"自由主义"和"新左派"的分化是新启蒙阵营最重要、分歧最大的一次分化。

总而言之，到20世纪90年代末，中国思想界通过三波分化，新启蒙运动所建立的脆弱的同质性已经完全解体，无论在目标诉求、价值指向、还是知识背景/话语方式上，都发生了重大断裂，变得不可通约。正如有人所说，20世纪90年代以来的启蒙主义日益处于一种暧昧不明的状态，逐渐丧失批判和诊断当代中国社会问题的能力。

第二节 90年代文学批评对现代性的重估

20世纪80年代的新启蒙主义在20世纪90年代走向分化，并且受到来自各方面的挑战，启蒙在中国的再度受挫已是不争的事实。启蒙知识分子的这种思想变革和分化在学术界的表征之一便是90年代大规模的反思"现代性"思潮，它的核心其实就是对"文革"后尤其是80年代以"现代化"为核心的理论和意识形态的批判性审视。所以，90年代与80年代文化与学术界继承五四传统、批判传统文化、高扬西方现代性的精神气候不同，90年代形成了大规模的"反思现代性"浪潮，在这股浪潮中，启蒙作为一个与"现代性"相关的命题被质疑，文化保守主义、后现代后殖民主义、"新左派"成为反思启蒙最为强劲的三种文化思潮。如果说，后现代主义批评借助西方理论资源，宣布了"新时期"启蒙话语的"现代性"命题的终结，"后殖民"主义批评通过对"文化身份"的强调来消解启蒙主义,"新作派"影响下的文学批评则是通过对80年代启蒙话语的"合法性"质疑来解构的,它们和民族主义思潮携手开始了长达十多年弘扬国学、批判西方中心主义、反思启蒙主义、重估'现代性'的思想史研究"新时代"。由此90年代以来中国文学批评及理论界的整体话语又一次转型。这场大规模的反思现代性思潮,奠定了90年代以来学术界话语指向的一个基调。

一 后现代的"现代性终结论"

在知识界,最早对"现代性"关注并最早直接以"现代性"的名义,对中国近代以来文化史进行观照的是中国的后学。在文学界后学这一理论视域不仅影响了先锋文学创作,文学批评界也有人拿起了这一武器,对现代性进行反思与批判。后现代批评对现代性的反思主要可以概括为两个向度:一个是将"后现代主义"视为一种与社会发展阶段相适应的文化哲学,它的特征是文化的平面感与零散化,是对现代主义深度模式的反叛。另一向度是对"现代性"启蒙话语的批判、消解。总之,反思现代性是后现代批评的核心话语。

第一个向度是平面感与零散化,对现代主义深度模式的反叛,这主要体现在对90年代重要的文学创作如先锋小说、新写实小说、王朔现象、"晚生代"等都给予了后现代主义式的解读。

在以陈晓明为代表的中国后现代批评家看来,池莉、方方、刘震云等作家的新写实主义,一反塑造典型环境中的典型人物的现实主义理论,致力于平民百姓生存意识和生命状态的描述,借生活琐事的细述和庸常世人的描摹来实现对典型的消解,从而达到对理想的抛弃和对传统现实主义固有价值情感的反叛。认为这些作家拒绝神圣、崇高，鄙弃虚伪的理想主义，以一种局外人的身份"零度写作"，不对生活作出评价，表现为深度模式的消解。陈晓明指出，虽然"新写实小说看上去有完整的人物和历史性，然而，其一，这些人物为基本的物质欲求所纠缠，他们毫无经典文本强调的那种'精神性'；其二，他们不具有'自我意识'，总是把'人'的灵光圈彻底消解，……其三，写作那些荒诞的日常生活，寻找一些无聊的快慰构成其主要的艺术效果。这是一种没有'历史意识'的写作，'原生态'的生活当然也没有历史性。"[1] 他进一步以刘震云的《故乡天下黄花》为例进行分析："像刘震云的《故乡天下黄花》，看上去'历史感'甚强，人物个性也很突出，然而，'历史'的客观性进程完全被'权力'的轮回重复模式所消解，而那些人物不过是些为'权力'驱使的历史配角。没有一个占据在历史的中心，没有一个人可以掌握自己的命运，支配他人的命运，'人'的关系网络异化为'权力关系'网络。"[2] 也就是说，人物被符号化与"物化"了。这些人物，大都丧失了性格、感情、个性等人文主义的内涵，成为空洞抽象的能指符号。人物同其周围环境中的"物"一样，共同在以叙述占统治地位的文本中，麻木机械地听由叙述人随意安排、支配，甚或消解和抹杀。

在对先锋小说的分析中，这一价值判断的平面性和解构性的倾向得到了最集中的体现。后现代主义批评家从马原、洪峰、苏童、余华、格非等先锋派作家创作中读解出作家对文本的碎片化操作，不再关心所谓"中心价值"，讲述的故事也不再有意识形态的实践意义。"当代中国的'先锋派'也已不再关心所谓的'终极性价

---

[1] 陈晓明：《无边的挑战——中国先锋文学的后现代性》，时代文艺出版社1993年版，第304页。

[2] 同上。

值'",先锋派"不再面对整个文明去创作超越的空间:写作只是个人的私事,一次偶发的动机,一次没有目的的短暂的词语欢乐,——随着终极价值的失落,本文的深度意义模式也被拆解了。"[1] 陈晓明认为"马原用'叙述圈套'压抑故事,又用故事代替了深度意义","马原之后的苏童、余华、格非走得更远,使叙述结构被某种偶发性的感觉和分析了的意义所消解;而在孙甘露和王蒙那里,叙述甚至仅仅遵从由语言的自发碰撞而产生的连锁反应。所有这些都预示着文学的还原;回到了写作和叙述本身,回到了故事和感觉,回到了语言的平面"。[2]

后现代批评家不仅看到了先锋派小说对二元对立、深度模式的拆解,而且还看到了先锋小说对叙述者主体地位的颠覆。"孙甘露的叙述力图解构经典文本的人文符号,解构叙述本身则当然是一次彻底的解构。通过对叙述本身加以叙述,孙甘露把叙述引入到话语的迷宫,人物与人物相互矛盾,人物与自身也相互冲突,优美华丽的语句与东拉西扯的叙述混合而成的文体,既引人入胜,又令人不知所措。"[3] 也就是说,这些文本不但否认终极意义,而且连作家的主体地位也一并打入冷宫。"他(孙甘露)嘲弄了写作,拆解了每一阶段的虚构,这是一次对'自我意识'的绝对解构;连作者的叙述意识也被解构,这是对写作的制度与方法的彻底背叛,它当然包括对叙述者本人的权威地位的颠覆。"[4] 在后现代批评家看来,既然先锋派小说拆除了深度,消解了终极所指,颠覆了文本的统一性,那么其文本的意义就变得无法确定

---

[1] 陈晓明:《无边的挑战——中国先锋文学的后现代性》,时代文艺出版社1993年版,第44页。
[2] 同上。
[3] 同上书,第266页。
[4] 同上。

了。陈晓明认为，马原关于姚亮和陆高的一系列作品，"没有故事情节之间的实际关联，而姚亮和陆高变换角色自由地在多个文本里出入。也就是说，马原的小说具有一种互文性或者文本间性，它追求的是一种平面模式。这在余华、格非、苏童、马原、残雪、洪峰、孙甘露和莫言这些先锋作家的文本中，相似的例子也屡见不鲜。"①

先锋小说这种对意义的解构，在后现代批评家看来主要指向意识形态。陈晓明认为意识形态就是"父法""大写的人""传统价值观念"等。他说，马原他不接受"父法"的命名，也不承认有什么"父法"，只承认"那个叫马原的汉人"。他说洪峰更加极端。他开始渎神，不但不承认"父法"，而且宣布了父亲"作为权威与法的象征"的死亡。《奔丧》的主人公对父亲的死"麻木不仁，无动于衷"，完全陷入"想入非非的爱情游戏"之中。正像他所说："八十年代后期，……文学共同体不再有可能建构集体幻想，具有挑战性的先锋派文学（艺术）沉迷于构造孤独个体的精神镜像，发掘'后个人主义'的经验"，②这种经验"隐含着深刻的政治无意识"，实施着对"父法"的反叛。具体来说就是，"八十年代中后期，以'大写的人'为中心的新时期的想象关系面临变动的社会秩序的严峻挑战，这种价值准则的'合法性'陷入危机"，"所谓'思想解放运动''人道主义信念''历史异化''文学是人学'诸如此类，过去一度是神圣的大是大非的，关系到国家存亡，个人升迁的理论（思想）命题和文学主题，现在变得一钱不值。""现在写作者不过在那个灰尘朦胧的镜像上随意勾画几笔'自我'

---

① 陈晓明：《无边的挑战——中国先锋文学的后现代性》，时代文艺出版社1993年版，第100页。
② 同上书，第189页。

的潦草形象，或者说，他们更乐意去做的事乃是'逃避自我'，远离自我的中心，所有那些关于'我'的描写，在先锋派的作品中，都缺乏伟大的历史背景，根本就丧失了连续性……那个'自我'仅仅是一个不断分离的角色，一连串残缺不同的符号"，他"没有历史、没有现实、甚至没有名字"。①

游戏是对小说的艺术解码。在后现代批评家看来，先锋小说的文本在艺术形式上具有较强的后现代主义的游戏精神。如马原的"反小说"写法、孙甘露的语言。以孙甘露为例，陈晓明作了较为深入的研究。陈晓明通过揭示孙甘露小说文本语言的游戏性来拒斥现代性小说批评对历史与现实的理性探讨。他认为"孙甘露的叙事拒绝追踪话语的历史性构成，他的故事没有起源，也没有发展，当然也没有结果，叙事不过是一次语词放任自流的自律反应系列而已"。② 也就是说，在孙甘露的叙事中，语言是第一位的，假想的残缺而不完整"故事"只是说话的由头。或者说，说话的方式就成了说话的内容。而即使写作中试图建立某种深度，也被语言自娱消解干净，而且"叙述人的实际作用不是构造一个以自我为中心的话语秩序，而是打破话语习惯，扰乱话语可能构成的秩序。"③ 陈晓明指出，孙甘露的"叙述不断从故事破裂层重新开始，叙述原有的起源被消解，故事总是为话语的自主性（无目的性的自律运动）所替代，话语的横向组合因为抛弃了语义的同一性而专注于能指词系列的编码。"④ 像《请女人猜谜》"话语的欲望在这里随时溢出本文的习惯边界，大量的比喻结构的使用，有

---

① 毕巧林：《早产的实验——后现代批评》，《中国论文下载中心》2006年第1期。
② 陈晓明：《无边的挑战——中国先锋文学的后现代性》，时代文艺出版社1993年版，第55页。
③ 同上书，第56页。
④ 同上书，第57页。

意在细枝末节夸夸其谈、毫无必要的引述或交代，而大量的省略和隐瞒使话语的随意性和任意性更加突出。"①

陈晓明一直将孙甘露当作中国先锋小说在向传统规范挑战的诸多探索中"最极端的挑战者"。"他的每一次写作都是一次'反小说'的语言智力游戏，在把小说的叙事功能改变为修辞风格的同时，孙甘露最大可能地威胁到了小说的原命题。"② 陈晓明曾运用解构主义多次分析过孙甘露的小说文本，特别是《信使之函》。在对《信使之函》的文本细读中，陈晓明对构成这部小说五十多个"信是……"的句式，从德里达的语言"差延"游戏角度进行过仔细的论述。陈晓明指出，这些"句式的组成不是依照意义逻辑的语法程序，而是词语相互碰撞的自然而自由的结果。孙甘露的叙述因为没有明确的主题而消除了叙述结构，只剩下叙述话语在本文里自由穿梭往来，而孙甘露的叙述话语经常又是词语自由串通的一次破坏性行动。"③ 在此，文学文本所指涉的"现实世界"或"意义关怀"被取消掉了。叙述成为没有明确"所指"的语言游戏。

这方面，张颐武也极力肯定实验小说的叙述游戏。他说："'实验小说'从两个方面对小说本身进行了根本性变革。首先，先锋小说质疑了能指/所指、语言/实在间的同一性，它强调小说的虚构性，运用'元小说'的表意策略质疑了那种认为小说透明的、无遮蔽地'反映'和'再现'现实世界的单纯信仰，也就动摇了我们一直持有的对语言和文本的'似真性'的幻想。近来

---

① 陈晓明：《无边的挑战——中国先锋文学的后现代性》，时代文艺出版社1993年版，第57页。
② 同上书，第55—295页。
③ 同上。

多次有人指责这种质疑是'玩'形式,其实正是这种形式领域的革命为我们打破封闭的意识形态和话语系统,打破第一世界对第三世界的宰制与压抑提供了前提和条件。它远比新写实小说更具有冲击力也更具前卫性。小说实验也是对汉语独特性的重新发现的工作,它在打破叙事神话的同时也极大地解放了汉字和汉语句法的巨大潜力,提供了新的语言选择的可能性。第二,先锋小说质疑了历史话语的神圣性,质疑了历史与哲学的话语中心的位置,它消解了小说/历史/哲学间的界限,也就消解了虚构/真实间界限。先锋小说动摇了对价值绝对性真理与真实的绝对性的神话。他们打破了我们原有的禁忌的规则,激发了新的创造力和想象力。"①

与新写实和先锋文学相比,晚生代文学更加尽情享受着城市的堕落和销魂,"享受人生""游戏人生"。后现代批评家从这里挖掘出更多的后现代东西。后现代主义批评家从"第三代诗人"的创作中读解出意识形态解体和价值标准的松散与悬浮、主体戏谑化、荒谬化的存在状态等后现代主义的反传统、反理性、反文化的文化质素。批评家指出,伊沙的诗多采用语言"俚俗化"甚至是"俚痞化"的方式来消解艺术典雅性,甚至直接将价值平面性和意象的粗糙性展示无遗,从而挑战现行审美趣味而改写读者的惯常的"阅读习性",使自己成为重大的"中国意象"(如《车过黄河》)的颠覆者;而于坚的《0档案》等作品,则将现实垃圾般的词语堆积在文本中,以一种自我贬损的"非诗"方式坚持诗歌的意义的内在抽空,并进而在"在场"中迷失自己和自己的生命意

---

① 张颐武:《生存游戏的水圈.后新时期小说:转型时刻的表证》,北京大学出版社1994年版,第204页。

识，以此作为后现代诗歌对现实的否定性判词。"新生代"的写作更进一步地将"欲望"作为书写主题，并与"私人写作"在肉身性空间获得某种呼应，从而对当代镜像中的自我以及一群予以世俗化和瓦砾化，完成了海德格尔所说的"常人"的身份界定。他们还从陈染、林白、朱文、何顿等一批晚生代作品中，读解出他们道德观念的商品化和物化，个人作为主体的中空与耗尽，以及对社会乌托邦的放弃。

后现代批评家通过对上述大量先锋文学和新写实、晚生代文学的批评阐释，90年代文学被概括为反本质主义、反整体主义的，拆解深度模式、避免主体介入的零度叙事，及认同大众文化、反精英主义的等诸多后现代主义特征的文学。后现代主义批评家认为，当代中国社会历史文化已发生根本性断裂，我们处在一个启蒙、人道主义神话破灭的"后新时期"。如果说，新时期文学通过批判传统社会主义中包含的封建主义内容，以人道主义、主体性等启蒙话语确立了自己的地位，它从人性价值出发，实施着自己启蒙主义的文化策略，以实现"大写的人"的本质及现实地位的自我确认，那么后新时期文学则通过"人之死"、主体性的覆灭等宣告了新时期人道主义启蒙话语的破产。用一位批评家的原话就是"现代性的终结"已经成为一个"无法回避的课题"。所以后现代主义批评家不再相信文学是意义的表达和批评是对意义的发现。他们认为"说什么"背后的"什么"不过是为支撑启蒙时代"宏大叙事"而人为设定的虚假承诺，其实它原本并不存在。所以，"后现代主义批评家不再追求崇高与神圣，拒绝谈论历史、世界、对象、社会、人物，而乐意谈论语言、解构、生存、转换、替补、乐意捕捉并感受语言能指和所指无端角逐带来的快慰，把批评还原为无限开放的语符形式中的一次高智商的游戏……语言的能指滑动可以不负载任何意义的内涵。批评能做的，就是同后现代主义文本一起在这没有底盘的游戏中游戏，"①倡导游戏精神促进了批评主体意识的自觉和自由的心态，但后现代主义批评中的游戏，则以人文理想的消解为代价。

第二个向度是通过"后新时期"概念的提出，反思批判现代性。

后现代主义批评的另一向度是对"现代性"的反思、消解。体现在具体的文学批评中，"后新时期文学"概念的提出可以看作为一个突破口。这其中有一个逻辑的运演过程：首先通过对"先锋文学"的命名为"后新时期"概念的提出作铺垫，并极力夸大"后新时期"与"新时期"的断裂与不同，以确定"后新时期"存在的合法性，然后，找出"新时期文学"和"现代性"的关联，再努力建立"后新时期"和"后现代"的联系，其主要目的是为了建立"新时期"和"后新时期""现代性"和"后现代性"对立/平行关系，这里面包含的意思就是在"新时期"文学中蕴含的是"现代性"，"后新时期"文学呈现的则是"后现代性"。但是种种"后新时期"文化的"后现代性"发现的最终着眼点意在对"新时期"文学的"现代性"加以反思和批判。

首先，后现代批评家提出了"后新时期"概念，它为1992年"后新时期文学"概念的提出做了重要铺垫，旨在说明"新时期文学"的转型和变异。陈晓明在给甘肃人民出版社出版的《中国先锋小说精选》所作的序中认为，1987年是中国先锋文学的历史纪元，这年末，苏童、余华、孙甘露等人的作品在《收获》杂志第五第六期上接连出现。陈晓明认定80年代后期的转折可以在1987

---

① 邢建昌：《文学批评中的后现代话语》，《当代作家评论》1997年第3期。

年划下一条界线,"新时期"所确认的共同想象关系,共同的文学规范和准则,都濒临破产,"大写的人"已经死亡。很明显,陈晓明有意将先锋作家的创作从"新时期"文学中分离出来,成为提出新的文学史分期的重要依据。1992年10月,题为"后新时期:走出80年代中国文学"的学术研讨会在北京大学举行,会上谢冕、王蒙、王宁、陈晓明、白烨、赵毅衡、张颐武等学者提出并基本认同了"后新时期文学"的概念,以区别于"新时期文学",旨在说明"新时期文学"的转型和变异,之后,先锋批评家王宁、张颐武和陈晓明等成了"后新时期文学"最重要的发言人。王宁将新时期文学与"后新时期文学"之间看成是断裂的,把"后新时期文学"看成是对"新时期文学"主旨的挑战。如果说,陈晓明、王宁主要是从文学的性质上将"后新时期"与"新时期"加以区分,张颐武则扩大为从文化的角度对"后新时期"的性质进行阐释。

在张颐武那里,"所谓后新时期是个文化性的概念,它指的是九十年代以来中国大陆文化所发生的新的变化……它指的是一个以消费为主导的,由大众传媒支配的,多元文化话语构成的,富于实用精神的新的文化时代。它既是一个时间上分期的概念,又是一个文化阐释的代码。"在他看来"进入90年代,文学的整个发展发生了深刻的转变,我们被'移入'了一个新的文化空间,我们所熟悉的'新时期'的一整套话语和写作策略已经发生了深刻的转型。"[①] 那么,这个转型的标志是什么呢?就是80年代的现代性的终结。为了说明这一点,"张颐武经常赋予一些文学现象以

[①] 谢冕、张颐武:《大转型——后新时期文化研究》导论,黑龙江教育出版社1995年版。

象征和寓言化的含义,并将之扩大为'现代性'的终结,如'海子自杀'。它们不仅仅意味着80年代'新时期'文化的终结,也意味着'现代性'伟大寻求的幻灭,1989年中国现代艺术展的'禁止掉头'的标志喻示着一个充满热情的、执着的'现代性'追寻的时期已经悄然逝去,'顾城杀妻自尽',这个'新时期'启蒙者和代言者的末路宣布的正是'那个辉煌的时代的终结'。"①"它们是一次告别、一次洗礼、一次突发式的断裂、一个象征性的界标。它们不仅仅意味着80年代'新时期'文化的终结,也意味着'现代性'伟大寻求的幻灭。"②后现代批评家就是通过这些文学文本文学现象的"现代性的幻灭"由此判定中国文学进入了一个迥然有别于"新时期"的"后新时期"阶段。

接下来是如何建立"新时期"与"现代性"的联系。这方面张颐武是一个重要的阐释者。按照张颐武的观点,"'现代性'乃是'新时期'文化和文学话语的关键问题。'新时期'作为一个特定的分期概念及话语模式的表征,从它出现时起,就与一种强烈的'现代性'焦虑有着十分紧密的联系。'新时期'文化的核心特点是以'现代性'的'个人主体'的话语建构的一整套有关'人'的伟大叙事。这个'人'的解放的承诺是与'启蒙'与'代言'的知识分子的文化功能相联系的。"③这种"'现代化'/'人'的双重话语建构为'新时期'小说提供了文化想象的条件,从'新时期'最初的'伤痕文学'的大讨论开始,到'人道主义'的论争及'主体性'的论争,以及在各个不同的文类领域中

---

① 谢冕、张颐武:《大转型——后新时期文化研究》,黑龙江教育出版社1995年版。
② 同上。
③ 张颐武:《面对未来的期待》,见《从现代性到后现代性》,广西教育出版社1997年版。

进行的广泛的论争实际上都是对'个人主体'的话语的合法性论争,这些论争恰恰对'新时期'话语的建构起了支配性作用,正是在这种不断的论争中,'新时期'的'个人主体'的话语取得了广泛的认同和文化的合法性。"① 总之,对于"新时期"文化来说,"现代性"及主体的观念是文化的中心。"现代性"提供了终极的价值和梦想。通过对"新时期文学"的解读,后现代批评家发现了"新时期文学"与"现代性"的关联。

后现代批评家通过夸大"后新时期"与"新时期"的断裂与不同,以确定"后新时期"存在的合法性,然后,又找出了"新时期文学"和"现代性"的关联,接下来是努力建立"后新时期"和"后现代"的联系。毕巧林在《早产的实验——后现代批评》一文中指出,陈晓明在多篇文章中论述了90年代中国文化上的后现代性特征。概括起来就是,"所谓的'精英文化'已经名存实亡,而其先锋前卫部分,经过一段勉强的困守之后,也开始随波逐流。文化投机主义正在全面抹平'精英'与'大众','严肃'和通俗的界限。"② "年轻一代的诗人、作家、艺术家、批评家……反权威、反文化、反历史。"③ 像"第三代"群落,"他们高呼'打倒北岛',打倒'人'的口号向文坛冲撞而来,他们标榜'莽汉主义','没有乌七八糟的使命感'……他们自认是一群小人物,是庸俗'凡人'"。④ 与此相应的是"娱乐行业普遍兴起,通俗读物泛滥,影视行业大规模控制人们的日常生活。观赏替换了阅读,行业取代了思想。……大众文化成为一种'文化工业',它大批量

---

① 张颐武:《面对未来的期待》,见《从现代性到后现代性》,广西教育出版社1997年版。
② 毕巧林:《早产的实验——后现代批评》,《中国论文下载中心》2006年第1期。
③ 同上。
④ 同上。

地生产文化产品，同时又生产文化消费者。"这种以批量方式生产出来的文化的本质就是商业性、消费性。在他看来，"这些文化表征具有明显的'后现代性'的特点，是'后现代性'在中国大陆的第三世界文化语境中的独特的展现。"①

"后新时期"论者不仅反复强调"后新时期"文化具有"后现代性"特点，而且指出"后新时期"文学最重要的特征之一，是它与社会功利以及启蒙使命等的脱节，不仅疏离意识形态而且疏离群体代言性质。传统的"现代性"知识分子的"启蒙"与"代言"的功能已遇到了前所未有的挑战。后新时期文学极端个人化的结果，是文学既与反映无关，也与表现无关，文学只是个体生命的某种状态。随着"后现代性"的到来，蕴含着"启蒙"和"现代性"的"新时期"的终结已经无法避免，社会历史文化已发生根本性断裂，我们处在一个启蒙、人道主义神话破灭的"后新时期"。如果说，新时期文学通过批判传统社会主义中包含的封建主义内容，以人道主义、主体性等启蒙话语确立了自己的地位，显示了其同之前的时代的断裂，它从人性价值出发，实施着自己启蒙主义的文化策略，以实现"大写的人"的本质及现实地位的自我确认，那么后新时期文学则通过"人之死"、主体性的覆灭等宣告了新时期人道主义启蒙话语的破产。

为了夸大90年代文学的"后现代性"，连《白鹿原》这样整体性民族寓言的现代性经典范本也被说成"断裂的挣扎""现代性的最后展现"。于是，在他们眼中，不仅反启蒙、反整体性民族寓言之作被当作现代性终结的标志，那些极力表现"现代性"而获得巨大成功的作品，也因其"集大成"而同样被视为现代性终结

---

① 毕巧林：《早产的实验——后现代批评》，《中国论文下载中心》2006年第1期。

的象征。总之，在他看来，现代性已大势已去。就是"现代性的终结"已经成为一个"无法回避的课题"。"在90年代以来的'后新时期'文化中，对'现代性'的追问已成为一个主要的趋势。告别'现代性'的文化神话业已成为文学写作的重要潮流。"①"作者神话的溃解、对知识分子的反思、拯救意识的批判和对西方文化与价值的失望，这些都是20世纪最后岁月中汉语文化对'现代性'的反思。"②"这种反思和追问体现了90年代文化的特点，也显示了'后新时期'文化与'五四'以来的文学发展不同的趋向。"③后现代主义批评就是通过这样种种批评"策略"宣布了"新时期"启蒙话语的"现代性"命题的终结。

二 后殖民主义、文化保守主义对启蒙现代性的批判

紧随后现代主义而流行于中国批评界的是后殖民主义。中国的后殖民批评主要被用来反思、批判"五四"以来的启蒙主义。后殖民主义的出现是和中国曾经有过的"半殖民化"历史和它的第三世界地位有关，也和中国社会历史环境的变化有关，有学者认为，"1989年后，中国知识分子身份调整中出现了一个十分值得注意的现象，那就是一些知识分子发现了'本土'这个民族身份对于身处认同危机之中的中国知识分子的'增势'作用。他们利用'本土'这一新归属来确立自己的'民族文化'和'民族文化利益'的代言人。"④ 80年代知识分子的批判对象是极"左"的官方意识形态与传统文化；而到了90年代，被新挖掘出来的批判对象

---

① 张颐武：《后现代性与"后新时期"》，《文艺研究》1993年第1期。
② 同上。
③ 同上。
④ 参见徐贲《走向后现代和后殖民》，中国社会科学出版社1996年版。

就是新兴的所谓"市场经济"与西方（特别是美国）资本主义，于是有了"人文精神"大讨论、后殖民主义以及各种现代性的反思、国学热等随之出现。于是后殖民主义、第三世界批评、世界体系理论等等粉墨登场，中国学术界对于中西方文化关系的思考出现了新的维度，"发现"了新的问题，采取了新的立场，拥有了新的资源。在80年代或者未曾进入学术视野，或者未曾成为核心关切的诸多问题，比如中国知识分子的民族文化身份问题、中国文化和学术如何摆脱所谓"西方中心主义"、如何建构本土化的学术话语等问题，在新的语境中进入了许多学者的视野。后殖民话语和当时的民族主义可谓一拍即合。那么，后殖民批评到底在哪些方面对启蒙主义提出了挑战呢？

首先，"第三世界""西方文化霸权/中国本土经验"这套新的思维和话语方式开始进入文学批评视野。

张颐武在《第三世界文化与中国文学》这篇对中国后殖民批评颇具开创意义的文章中，作者特意在标题中把"第三世界文化"与"中国文学"并列，作为两个醒目的关键词引入文学批评，鲜明地体现出一种新的思考方式。尽管"第三世界"这一术语对中国学术界乃至普通百姓而言并不陌生，但此前它一直被大量用于国际政治和外交方面，与文化研究、文学批评基本无缘。更加重要的是：在启蒙主义占据主流的80年代，"第三世界"身份与其说是中国知识分子对抗西方的认同资源，不如说是中国知识界急于要摆脱的"落后"标志，他们从传统文化与中国的历史本身寻找中国所以沦落为"第三世界"的原因，而没有把这个原因归到90年代的后殖民批评家乐于谈论的所谓"西方文化霸权"或"不平等世界格局"。而此文以及此后出现的一系列后殖民论著，在把"中国文学"放入第一世界/第三世界的世界关系中来加以阐释时，

第五章　文学批评的理论话语：由"弘扬现代性"走向"反思现代性"　155

试图指出"西方文化霸权"的支配性影响与中国本土知识分子的身份焦虑，说明文化/文学的影响背后存在的所谓"不平等权力关系"。这无疑是对于中国学术界80年代占据支配地位的现代化解释模式——把中国与西方文化/文学的问题解释为时间上的"先进"与"落后"问题——的大胆挑战，共时性的空间政治、地缘政治意识开始浮出水面。[①]

他在《第三世界文化：新的起点》一文中，指出"第一世界掌握着文化传媒和知识生产的绝对的权力，把自身的意识形态视为'永恒'的和'超然'的世界性的价值，把自身的偏见和想象编码在整个文化机器之中，强制性地灌输给第三世界。而第三世界的文化则处于边缘的、被压抑的地位上。他们无力在文化工业中占据中心的位置，只能处于被动的客体的位置上。他们的文化传统面临威胁，母语在流失，深受西方意识形态的贬抑和渗透。这样，在文化领域中，第一世界对第三世界的控制、压抑和吸引以及第三世界的认同、拒斥和逆反已成为一个时代的主题。"[②] 在这样的理论视点之下，王朔的小说《千万别把我当人》就成了文化被殖民的一个寓言。小说有这样一个片断："这是在一个盛大的宴会中，刘顺明把新归入他领导的齐人唐元豹介绍给一群男孩。在一片乱哄哄的声响中，事情却是以意想不到的方式结束的。'不要吵不要吵'。刘顺明拍手嚷嚷，'我们下面做个游戏好不好？这游戏的规则很简单，每人针对元豹说一句话，但不许说别人说过的话，只许用自己的话说。'男孩们静了下来，片刻，一个个开口。'愤怒青年'。'垮掉一代'。'结构…结构…结构现

[①] 陶东风：《告别花拳绣腿——立足中国现实》，《文艺争鸣》2007年第1期。
[②] 张颐武：《第三世界文化与中国文学》，《文艺争鸣》1990年第1期。

实主义'。'后现代主义'。"① 在这位批评家看来，这个寓言式的场面是尖刻的嘲弄。王朔发现我们似乎除了拾起这些来自西方的现成的语词之外再也无事可做了。我们似乎找不到合适的语言表达我们自身的处境，我们的头脑在经过西方理论的轰炸之后已经失掉了创造力，我们似乎只有把本土的语言/生存处境所形成的特殊表意方式套入一个西方式的理论话语之中才能安心，我们似乎已经被编码在一个西方化的语境之中。② 而认为摆脱这种"他者化"的路途就是"从'现代性'到'中华性'"。③ 本着这样的认识和理解，中国后殖民批评的实践始终围绕着批判消解近代以来中国文化的"殖民"痕迹和寻找、建构中国文学的民族性，即所谓的"中华性"这样两方面展开的。正是在这个层面上，从五四到"新时期"的以"启蒙"为核心的"现代性"遭到了"殖民化"的解读。

其次，重新评价启蒙话语和"中国形象"。

后殖民主义批评的另一个重要指向是重新评价启蒙话语和"中国形象"。其标志是1993年下半年，在知识界广有影响的《读书》杂志于第9期集中发表了四篇与"东方主义"或"后殖民批评"有关的文章，标志着后殖民批评在中国学术界开始引起广泛关注。这组文章虽然以主要的篇幅介绍赛义德的《东方学》，但是作者与编者写作、编发这组文章的目的，以及它在中国知识界产生重大影响的原因，显然不在于它们介绍了赛义德的理论，而在于其立场与90年代社会文化氛围之间的暗合，在于它对"五四"以及80年代占据支配地位的现代化叙事的激进挑战。其中有的作

---

① 张颐武：《第三世界文化与中国文学》，《文艺争鸣》1990年第1期。
② 同上。
③ 同上。

第五章　文学批评的理论话语：由"弘扬现代性"走向"反思现代性"　157

者谈到了近代以来西方汉学和国内学术界"东方主义"的种种表现，对中国形象的种种歪曲和丑化。特别指出："非常使人遗憾的，是我们的一些优秀艺术家，在他们的作品'走向世界'的过程中，用一些匪夷所思、不近人情的东西去让西方人感到刺激，感到陶醉或者恶心，让西方的观众读者产生美学上所说的'崇高感'、怜悯心和种族文化上的优越感，于是作品就捧红，就畅销"①（对张艺谋、陈凯歌电影频频在西方获大奖是这方面的代表性批评）。在谈到西方流行的一些旅美中国学者的自传小说时，文章指出："他们的作品之所以在西方读书界获得认可，与那样'东方主义'的模式不无关系。"在他们看来，"西方对东方的描述，不管是在学术著作中还是在文艺作品里，都严重扭曲了其描述的对象。东方世界经常被野蛮化了，被丑化了，被弱化了，被女性化了，被异国情调化了。欧美人眼中的'非我族类'这一概念欠缺理性，道德沦丧，幼稚不堪，荒诞无稽。相反，欧美人则是洋溢着理性光辉，道德完美，成熟可靠的正常人。程序化了的东方形象是西方自己创造出来的，种种的扭曲早已偏离了真实，只是顺应了西方对东方进行殖民扩张的需要，制造出了西方全面优越于东方的神话，为西方侮辱、侵害、征服东方提供了理论根据，让西方施之于东方的罪行披上了一件合理化、正义化的外衣。"②文章最后告诫"中国的学者们""切切不要一窝蜂去加入'东方主义'的大合唱"。与此同调的也有文章指出："反观我们现代的历史经验，帝国霸权主义的阴影至今仍远没有摆脱。无论是新文化还是国粹都是这种全球性的帝国霸权主义的反照，其论说语境无疑受到它

---

①　张宽：《欧美人眼中的"非我族类"——从"东方主义"到"西方主义"》，《读书》1993 年第 9 期。
②　同上。

的牵制。"① 尤其值得注意的是，文章对并不遥远、在学术界依然十分敏感的80年代"文化热"也提出了批评，指出："80年代的'文化热'又一次证明帝国霸权主义的耐力，比如《河殇》就带有明显的帝国情结。"② 总起来看，这组文章虽然各有不同的侧重，但其主旨在于借助介绍萨伊德的后殖民主义理论来反思与批评中国思想史、学术史上的现代化叙事和启蒙主义立场。前者只是武器，而后者才是目的。也正因为这样，从1993年至1994年关于"东方学"讨论看，主要焦点在于如何评价"五四"以来的反传统与思想启蒙，而对于"东方学"自身存在的学理问题反倒缺少比较深入的探讨。

第三，现代化与殖民化。

后殖民理论对于"现代性"的反思还体现在对于中国自身的现代化历史之性质的认识。它对于中国学术界的影响，主要体现在改变了中国知识分子对于西方现代性的认识以及对于中国自身的现代化历史之性质的认识。在《赛义德的东方主义与西方的汉学研究》中，这位批评家首先指出了现代化与殖民化的关系："从历史上看，欧洲工业革命以后，社会进入现代化。欧洲高速工业化、现代化的时期，也正是欧洲向外扩张的时期。我们把这段时期称为殖民时期。"③ 这个时期也是西方的社会科学、人文科学的知识迅速发展并扩张到世界各地的时期，这样西方的人文科学就与殖民主义摆脱不了干系。作者由此提醒我们的问题是："西方近现代人文科学是否渗入了殖民主义因素？西方的现代社会科学人

---

① 钱骏、爱德华·W. 萨义德：《文化与帝国主义》，《读书》1993年第9期。
② 同上。
③ 张宽：《欧美人眼中的"非我族类"——从"东方主义"到"西方主义"》，《读书》1993年第9期。

文科学与西方的向外扩张殖民有着怎样的一种相互呼应关系？第三世界的知识界，应该怎样面对被殖民或者被半殖民的事实？怎样从西方支配性的殖民话语中走出来？"① 这些都是后殖民所关心的问题。文章认为："从后殖民的角度来重新看五四运动，就会发现一些以前一直被忽视了的问题。大家都清楚，中国的五四文化运动，大体上是将欧洲的启蒙话语在中国做了一个横向的移植，西方的启蒙话语中同时也包含了殖民话语，而五四那一代学者对西方的殖民话语完全掉以轻心，很多人在接受启蒙话语的同时接受了殖民话语，因而对自己的文化传统采取了粗暴不公正的简单否定态度。如果我们承认中国曾经是一个半殖民地国家，那么我们也应该正视近代以来中国的知识分子的心灵和认识论曾经被半殖民的事实。"②

在后殖民主义批评看来，"对于非西方的社会和民族来说，'现代性'是和殖民化的进程相联系的概念。'现代性'无疑是一个西方化的过程。这里有一个明显的文化等级制，西方被视为世界的中心，而中国已自居于'他者'的位置，处于边缘。"③ 在《从"现代性"到"中华性"——"新知识型"探寻》一文中，张颐武仔细分析了中国近百年来的"现代性"历程，认为"现代性"在中国语境中主要指丧失中心后被迫以西方现代性为参照系以便重建中心的启蒙与救亡的工程。这一中心重建工程的构想及其进展是同如下情形相伴随的：中国承认了西方描绘的以等级制和线性历史为特征的世界图景，这样，西方他者的规范在中国重

---

① 张宽：《欧美人眼中的"非我族类"——从"东方主义"到"西方主义"》，《读书》1993年第9期。
② 张宽：《文化新殖民的可能》，《天涯》1996年第2期。
③ 张颐武：《"现代性"的终结：一个无法回避的课题》，《战略与管理》1994年第3期。

建中心的变革运动中，无意识地移位为中国自己的规范，成为中国定义自身的根据。在这里，"他性"无意识地渗入"我性"之中，这就不可避免地导致了如下事实：中国的"他者化"竟成为中国现代性的基本特色所在，也就是说，中国现代变革的过程往往同时又显现为一种"他者化"的过程。从这里可以看到，后殖民主义批评家要终结的并不仅仅是"新时期"的"现代性"，而是从"五四"以来延续至今的"现代性"追求，而这种"现代性"之所以遭到反思和质疑，是因为它陷入了一种"西方中心"的盲视之中，并通过其知识话语将中国"他者化"，进而排斥中国的本土化传统，在这一点上，"五四"先驱难辞其咎，而在"新时期"愈演愈烈，诸如反思文学对于封建主义的批判属于证明中国滞后的"时间寓言"，寻根文学则是表现中国特异的"东方性"的"空间寓言"，而"实验小说"对语言和叙事的激进实验，正是一种对本土语言/生存时间滞后性的焦虑的结果，是一种冲刺式"赶超"西方文学的最新努力。在这里我们发现：由于后殖民理论的引入，对于现代化的理解已经发生根本的变化，它如今成了一个西方殖民扩张的过程，而不是文明化的过程，而且这种扩展已经深入到人文科学的领域，第三世界知识分子对于人文科学话语中的殖民因素的反思似乎成了当务之急。由于后殖民理论的引入，对于现代化的理解已经发生根本变化，它如今成了一个西方殖民扩张的过程，而不是"文明化"的过程。"五四"以后的启蒙主义与反传统也不再被视作是中国的"凤凰涅槃"，而是被重新解读为殖民主义逻辑的内化，中国的现代性就是殖民化、"他者化"。

第四，重新认识"国民性"和国民性批判。

由后殖民理论视野的引入而导致的对于中国启蒙主义话语的

质疑还集中体现为对于"国民性""国民性批判"的重新评价。由于国民性批判是"五四"以来文化启蒙的核心,这个重新评价就显得更加非同小可。这方面的代表是刘禾的长篇论文《国民性的神话》。

刘禾认为鲁迅国民性思想的主要来源,是明恩溥教士写的那本《中国人的素质》,鲁迅的阿Q简直就是明教士理论的拷贝。鲁迅几乎是在形象化地阐释作为殖民话语的国民性理论。因此,刘禾认为鲁迅的国民性理论,是受蔽于美国传教士明恩浦的殖民霸权话语。刘禾集中批判了国民性话语的所谓"本质主义"思维方法,认为五四以来,国民性的话题,"无论理论家之间有怎样的分歧,大多数人都有一个共识:相信国民性是某种'本质'的客观存在,更相信语言和文字在其中仅仅是用来再现'本质'的透明材料。这种认识上的'本质论'事实上模糊了国民性神话的知识构成",使人们看不到"'现代性'的话语在这个神话的生产中扮演了什么角色"[①] 也就是说,在作者看来,"国民性"实际不是什么"本质",也不是什么"客观存在",而仅仅是一种话语建构,一个"神话"。这个"神话"铭刻着殖民主义的权力印记,甚至本身就是殖民主义与种族主义的产物,目的是为西方征服东方提供进化论的理论依据。在刘禾看来,更为重要的是,这种殖民主义的理论为什么偏偏得到梁启超、鲁迅、孙中山等"爱国"的中国知识分子的青睐。这才是"值得玩味的"。也就是说,问题的严重性在于中国知识分子把西方的殖民主义话语内化成了自审的武器,这才有了对于自己的所谓"国民性"的批判。在作者

[①] 刘禾:《一个现代性神话的由来:国民性话语质疑》,三联书店2002年版,第75—103页。

看来，鲁迅等人根本没有认识到"国民性"是西方传教士的话语建构，更看不到它背后的殖民主义险恶用心，相反把它"本质化"了。鲁迅等人的"国民性"批判话语是受到西方传教士决定性的塑造，也就是说，不是中国启蒙思想家自己发现了国民性并觉得它应该批判，而是盲目轻信了西方传教士别有用心的"虚构"。用刘禾自己的话说，鲁迅他们不过是"翻译"了西方传教士的"国民性"理论而已。这里隐含的一个潜台词是：鲁迅是唯传教士马首是瞻的洋奴。或者至少也是对传教士的著作完全没有反思的能力。好像西方人的自我认识与中国人的自我认识都不是由历史事实塑造的而是由话语塑造的。

上述后殖民主义的文章，基本思路都是利用西方后殖民主义理论来反思、质疑现代性，尤其是中国"五四"以来以西化与反传统为特点的启蒙（现代性）工程。由于它触及到了中国的现代化道路以及中国文化的历史评价与未来发展这个极为重大而敏感的问题，它立即引起学术界的巨大反响，也掀起了学界知识界对五四以来启蒙现代性的热议。

在批评实践上，中国后殖民批评的批判对象包括两个方面。一方面批判的锋芒指向了西方的文化霸权主义、西方的中心意识和中国文论、文学中的"西方主义"。另一方面批评集中在电影批评上，特别是第五代导演的某些国际获奖电影上。

（一）西方的文化霸权主义、西方的中心意识

王宏图剖析了文学界对诺贝尔文学奖的向往中表露出的无奈、焦虑、自卑[1]，与此同调的杨乃乔指出新时期文艺理论存在以西方文化——欧美文化为中心的潜在心理，郑敏则追溯到"五

---

[1] 王宏图：《西方文化的霸权和东方的边缘性》，《上海文学》1992年第2期。

第五章　文学批评的理论话语：由"弘扬现代性"走向"反思现代性"　163

四运动，批判中国的现当代文学以西方为蓝本的自我复制倾向，"① 其后，刘崇中认为"中西文化对话是当今的西方主义臆造出来的一个美丽梦想"，② 龚政文则认为后殖民主义"体现在西方社会是在文化交流和对东方文化艺术的阅读和批评中所表现出的文化霸权意识，体现出在部分发展中家和不发达国家人民那里则是一种委曲求全、曲意奉承的迎合心态，一种民族虚无主义和西方崇拜的倾向"。③ 与此同时，郑念在美国写的《生死在上海》，巫宁坤著的《一滴眼泪》，张戎在英国写的家族史小说《鸿》，在法国亚丁的《周天》等海外华人的自传小说也引起了西方文坛的瞩目。由于这些作品与西方读者和批评家的审美趣味发生了直接的联系。所以很快成了后殖民批评一试锋芒的对象。在这方面，张宽写了多篇讨论后殖民主义的文章，其中《欧美人眼中的"非我族类"——从"东方主义"到"西方主义"》是较为重要的一篇。他在这篇文章中说，郑念、巫宁坤、张戎、亚丁这些作者"也许近几十年来他们在中国经历了太多的难以想象的苦难，他们有充分的理由和权力用自己独特的审美方式来回顾自己的经历。指责他们有意识地去迎合西方读者的胃口，用伤口和脓疱去赚取同情和金钱。他们的作品之所以在西方读书界获得认可，与那种'东方主义'的模式不无关系。"④ 不久，在《钟山》1994年第1期发表的对话《东方主义与后殖民文化》中，有大量的篇幅在批评《曼哈顿的中国女人》《生死在上海》《我的财富在澳洲》等留学生文学。指责这些作品是在"拍卖政治，强调

---

① 郑敏：《世纪末的回顾：汉语语言变革与中国新诗创作》，《文学评论》1993年第12期。
② 刘崇中：《中国学术话语中的"西方主义"》，《外国文学研究》1997年第4期。
③ 龚政文：《后殖民主义与当代中国文艺》，《理论与创作》1998年第1期。
④ 张宽：《欧美人眼中的"非我族类"》，《读书》1993年第9期。

政治压制",其目的无非是为了获得"进入西方的一个入门券"。只要他们的作品涉及对于中国传统文化或者现实政治的批判的时候,就会很轻易地被后殖民批评家们打上"妖魔化中国"的标签。总之,后殖民理论在国内学界兴起之后,不少批判家借这一思路,对当代文学艺术中的"东方主义"现象进行了猛烈的抨击。

另一方面,国内学人运用自己所理解的"东方主义"对新中国电影特别是"第五代电影"做出了新的解读。80年代末、90年代初,张艺谋执导的《红高粱》《菊豆》《大红灯笼高高挂》等电影连续获得了国际大奖,在影坛引起了轰动,一时间西方刮起了"中国风"。国内后殖民批评家们根据自己所掌握的后殖民话语酣畅淋漓对文本做出定性。比如,给第五代电影人特别是张艺谋、陈凯歌等贴上这样的标签:"投合西方中心权威的需要"。张宽那篇打响后殖民批判在国内第一炮的"非我族类"一文中,就提出了第五代电影中的"东方情结"问题。并指出他们的作品之所以在西方读书界获得认可,与"东方主义的"模式不无关系。其实这已经不是什么新的问题,1992年《文汇报》上王干的一篇杂文《大红灯笼为谁挂?》就已经对张艺谋电影中的"潜观众"视角提出了质疑,他通过对"灯笼"这一虚构的民俗的分析,指出张艺谋心目中的观众不是中国人而是外国人,"没有某种民俗,而是应邀杜撰出来以满足他人的好奇心,这就不免有'取悦'的嫌疑了"。

张颐武的《全球性后殖民语境中的张艺谋》也是比较早地运用后殖民理论分析批判张艺谋电影的文章。他把张艺谋的电影置于全球性后殖民语境中进行分析,指出,在90年代,连导演本身也成了西方后殖民主义话语体系中文化和思想的一部分。"张艺谋

第五章 文学批评的理论话语：由"弘扬现代性"走向"反思现代性" 165

往往取消了'时间性'的代码，他的电影中的'中国'是超越时间的、永恒的，因之也是神话式的和寓言化的。"① "他的摄影机是在后殖民主义时代中对'特性'的书写的机器，它提供着'他性'的消费，让第一世界奇迹般地看着一个令人眼花缭乱、目瞪口呆的世界，一个与他们自己完全不同的空间。"② "张艺谋用自己的惊心动魄的虚构所要讲述的'中国'，横空出世般地书写着一个'抽象'的、隐喻性的'中国'，"③ "张艺谋电影与几乎所有第五代的导演一样，热衷于虚构和臆想东方的神秘的'民俗'，是进行'伪民俗'的消费"，④ 总之，张艺谋的电影中表现甚至展览的那些荒诞不经、匪夷所思的"假民俗"无非是为了满足本来对东方世界就有偏见的西方观众对"中国"的"窥视"，将其描写成一个神秘的"他者"，一个被程序化了的中国人，一个被异国情调化的东方世界。其中最令人震惊的部分是它采用了表现中国过去丑陋、黑暗、落后一面的做法，在给观众提供视觉享受的同时，也增强了西方观众的政治优越感、道德上的崇高感、怜悯心。而"真正的中国历史"却没有得到展示。他具体分析到："张艺谋的电影取消了'时间性'，把中国再现为一个处于历史进程之外的、超时间的、神话化、寓言化的空间，一个被排斥在'现代性'话语之外的彻底封锁的空间，一个彻底寓言化的东方故事。这个寓言化的东方是为了迎合西方的看客而精心制作的。正是在这个意义上，张艺谋是一个'国际化'的导演，张艺谋电影的隐含读者不是中国本土的观众而是西方的观众。"⑤ 王一川说："张艺谋影

---

① 张颐武：《全球性后殖民语境中的张艺谋》，《当代电影》1993年第3期。
② 同上。
③ 同上。
④ 同上。
⑤ 赵黎波：《新时期文学批评的启蒙话语研究》，复旦大学，博士学位论文，2006年。

片屡次在西方讨来'说法',这恐怕该放到后殖民语境中看。它靠的是寓言化的中国形象,空间化、共时化、脱离中国历史连续体、异国情调等,这些正投合西方中心权威的需要。相比之下第四代导演的影片中不乏在国内大受欢迎的优秀之作,但到西方却遭受冷遇",① 原因很简单:"西方人有自己的嗜好,而张艺谋则投其所好。"②

(二)关于文坛"失语症"和"话语重建"问题

1990年,黄浩在《文学评论》第二期上发表《文学失语症》一文,将"失语症"一词运用到文学批评领域对80年代中后期小说中的"语言革命"进行批评,自此,对于"失语"现象的关注迅速蔓延至整个人文学科。这里的"失语症",是指在西方话语大量涌入中国的情况下,中国文学、文论失去了自我言说的功能,其矛头直接指向"五四"以来形成的现代汉语语言体系。而此后,围绕着"失语",学界展开了一系列的争论,在文学理论领域,用以对自80年代中后期以来文学理论建构和文学批评实践中的"迷外忘祖"现象进行批判,而"失语症"一词的含义也由黄浩的"失去语言传统规则"演绎为"文论失去本土话语"。③

曹顺庆是较早批评中国文论"失语"并提出"话语重建"方略的学者。他在《21世纪中国文化发展战略与重建文论话语》一文中也提出了"失语症"问题,并在《文论失语症与病态》一文中进行了全面、系统的阐述。此后,曹顺庆等写了一系列这方面

---

① 王一川等:《边缘·中心·东方·西方》,《读书》1994年第1期。
② 同上。
③ 葛卉:《话语权力理论与年代后中国文论的转型》,华东师范大学,博士学位论文,2007年。

第五章　文学批评的理论话语：由"弘扬现代性"走向"反思现代性"　　167

的论文，① 对"失语症"提出了宏观的看法及解决办法。进入1996年，关于当代文论"失语症"的探讨文章渐增，杨乃乔的《新时期文艺理论的后殖民主义现象及理论失语症》较有代表性。杨乃乔认为，新时期文艺批评理论在操作中所使用的有效理论话语和有效理论概念几乎都是西方舶来品，而这些用于填补十年"文革"造成的文化断裂带的"带着浓烈的后殖民主义倾向"的舶来品，又"在新时期文化的深层结构中昭示了本民族文化在某种程度上的再度断裂"。不仅如此，他还认为，"失语症"同时还意味着另一种悲凉，"这就是把对中国古典美学理论和中国古代文论的研究权和阐释权出卖给西方"。具体来说，也就是指改革开放以来，西方主体性、结构主义、解构主义、现代、后现代等各种理论话语入侵所带来的民族文论话语的沦丧。②

"失语"指的是什么？早在1996年，曹顺庆就指出："中国当代文艺理论基本上是借用西方的一套话语，长期处于文论表达、

---

① 如曹顺庆、李思屈：《21世纪中国文化发展战略与重建中国文论话语》，《东方丛刊》1995年第3期；曹顺庆：《重建中国文论话语的基本路径及其方法》，《文艺研究》1996年第2期；曹顺庆：《文论失语症与文化病态》，《文艺争鸣》1996年第2期；吴兴明：《谁能够返回母语——对重建中国文学理论话语的策略性思考》，《中外文化与文论》第1辑，四川大学出版社1996年版，第232页；杨乃乔：《新时期文艺理论的后殖民主义现象及理论失语症》，《徐州师范学院学报》1996年第3期；曹顺庆、李思屈：《再论重建中国文论话语》，《文学评论》1997年第4期；陈洪、沈立岩：《也谈中国文论的"失语"与"话语重建"》，《文学评论》1997年第3期；张卫东：《回到语境——关于文论"失语症"》，《文艺评论》1997年第6期；李清良：《如何返回自己的话语家园》，《文艺争鸣》1998年第3期；曹顺庆、吴兴明：《替换中的失落——从文化转型看古代文论转换的学理背景》，《文学评论》1999年第4期；陈伯海：《"变则通，通则究"——论中国古代文论的转换》，《文学遗产》2000年第1期；徐珂：《重建中国文论话语的困境与复援之路》，《学术研究》2000年第11期；姚建斌：《从系统思维看中国文论话语的"失语症"》，《中国文学研究》2000年第3期；曹顺庆、李天道、支宇等：《汉语批评：从失语到重建》，《求索》2001年第4期；支宇：《对近年关于"失语症"讨论的再讨论》，见《中外文化与文论》第8辑，四川教育出版社2001年版。

② 葛卉：《话语权力理论与年代后中国文论的转型》，华东师范大学，博士学位论文，2007年。

沟通和解读的'失语'状态。"还有的学者具体描述为："'失语'是一种文化上的病态，主要表现为当代的中国文论完全没有自己的范畴、概念、原理和标准，没有自己的体系，也没有自己的话语，每当我们开口说话的时候，使用的全是别人也就是西方的词汇和语法。"① 在"失语症"论者看来，"失语症"是"一种严重的文化病态"，"这种文化病态，是中西文化剧烈冲撞的结果"。源自"五四"的这种文化偏激的病态心理造成了"文化大破坏"，这种破坏日益加速着现当代与传统文化的巨大断裂，并助长了民族文化的虚无主义。"失语"就是面对"传统"的无话可说，丧失了创造性的阐发。

学界关于文坛"失语症"和"话语重建"问题阐述，可以概括为从以下几个方面来论述的：

首先，从文化身份来说，即自19世纪下半叶中国社会与文化走上"现代化"过程以来，汉语文化与诗学患上了严重的"失语症"，从整体上完全处于一种"失语"状态。这种"严重的文化病态"还不只是中国当代文论的"急性病"，而是自五四以来就患上的长期的"慢性病"，也就是说，自"五四"开始，西方文论大举进入中国学界以来，中国文论就一直患有"失语症"。后殖民批评引进之后，某些学者又以赛义德的《东方主义》作为理论依据，将这种"失语症"看作"五四"以来"西方文化霸权"作用的结果，因而把西方文论的大量引进当作西方文化霸权对中国的文化殖民现象来加以认定。为了救治这一"文化病态"并在中西对话中获得"话语权力"，我们必须找回自己已经失落的"文化身份"，

---

① 陈洪、沈立岩：《也谈中国文论的"失语"与"话语重建"》，《文学评论》1997年第3期。

必须接上传统文化的血脉,"重建中国文论话语"。这种"失语症"论是相对于西方强势文化和文论而言的。其基本逻辑前提是,在异己文化面前,处于文化对话中的"自我"或"主体"不能融于"他者"当中,不能没有自己的"身份"。

其次,从"话语权力"看,所谓"失语症"是指,在中西文化的碰撞中,中华传统文化所遭受的破坏和失范。所谓"失语"不是"失去语言"及其能力,而是"失去话语"及其能力。"话语"与文化对话中的"权力"紧密相关。因此,"所谓'失语'并非指现当代文论没有一套话语规则,而是指没有一套自己的而非别人的话语规则。……没有一套属于自己的独特的话语系统,而仅仅是承袭了西方文论的话语系统。""在当今的世界文论中,完全没有我们中国的声音"。[①] 由于"话语"与文化对话中的"权力"和"身份"紧密相关,所以没有自己的"文化身份"也就没有了对话的"话语权力"。对于中西对话中的中国文化尤其如此。也就是说,从"话语"层面上讲,"失语症"是在中西文化对话中汉语文化对自身"文化身份"的寻找,是在后殖民主义批评语境下对"话语权力"的争夺。

第三,在"知识学"高度,近年来,又有学者提出汉语文化与诗学的"失语"不仅仅是"文化身份"和"话语权力"的失落,更重要的是作为我们"母语"的汉语无法言说我们的生存样式和诗性意义。[②] 这些学者运用福科有关"知识型"的理论,指出汉语文化上世纪末以来已从"存在论"传统彻底转型为"知识论"样态。中华传统文化在"存在论"的视野下,将人与世界理解为

---

① 转引自朱履骅《后殖民批评在中国》,苏州大学,硕士学位论文,2003年。
② 参见肖薇、支宇《从"知识学"高度再论中国文论的"失语"与"重建"——兼及所谓"后殖民主义"批评论者》,《社会科学研究》2001年第6期。

"天人合一"的境界。人生是一个"情景合一"的审美"境界",而不是"现象"与"本质"相互隔绝的"此岸";人是"知行合一"的活生生的生命存在,而不是冷冰冰的"认知理性"。而受到西方影响后转型的"知识论"式的汉语文化与诗学再也无法关切存在的诗意,再也无法"敞亮"和"引领"出"世界的意义"。正是在这一"知识论"的意义上,在汉语走向逻辑分析和认知理性的同时,作为我们原初语言的"母语"——汉语才真正"失语"了。总之,"失语"是指"感悟型知识系统"的失落。因此,要想"得语"就得摆脱西方的认知理性,回归传统,并且认为这种回归传统的"汉语批评"的努力是与现当代西方哲学的"存在论"转向相一致的。[①] 找回所谓"民族身份"来对抗西方文化霸权,并把这种向"母语"回归的所谓"汉语文化"和"汉语诗学"视为中华文化的更生和未来。

"失语论"最初提出时便曾遭到反驳,1994年夏中义在《假说与失语》[②]一文中,批评对"失语"一词的滥用。他指出20世纪的中国文论不能说是"失语",而若要将继承或引用他人的东西算作"失语"的话,那么王国维吸取叔本华之文论也可以算作"失语"了。不过当时讨论并没有充分展开。进入1996年,随着社会转型与文化转型,有关于"中国文论的现代转型"命题而展开的讨论骤然增加,由此,对"失语症"的关注也再次繁荣起来。

许多学者对此命题撰文从20世纪中国文艺学的学术进程等层面进行过详细的辨析,如董学文的《中国现代文学理论进程思考》[③],

---

① 支宇:《对近年关于"失语症"讨论的再讨论》,《中外文化与文论》第8辑。
② 夏中义:《假说与失语》,《文艺理论与研究》1994年第5期。
③ 董学文:《中国现代文学理论进程思考》,《北京大学学报》1998年。

高楠的《中国文艺学的转换之根及其话语现实》。① 也有学者从全球化和后殖民角度驳斥过这种论调，如周宪将其指斥为"文化原教旨主义"。他主要是从"全球化"与"本土化"的复杂关系中思考这一问题的。在他看来，"全球化"与"本土化"并不是一个绝对二元对立的关系，所以，我们也就没有必要在面对文化全球化的时候，急切地进行"本土化"，急切地寻找自己的"正宗的民族文化"和"纯粹的本土文化"。因此，他认为，批评"失语症"是一种"文化原教旨主义"，其失误在于它"以传统来解释、定义和捍卫传统，而不把传统本身看作一个发展的变化的范畴"。而"可以肯定，那种亘古不变的文化民族性和纯粹性是不存在的，过去不存在，现在也不存在，将来同样不可能存在。"②陶东风也持类似看法，认为这一论调只是一种"文化本真性的幻觉与迷误"。任何一种文化都不是固定不变的，而是流动的、复合的。构成一个民族认同的一些基本要素如语言、习俗等，实际上都已经全球化，已经与"他者"文化混合，不可能还存在一个什么所谓纯粹的、绝对的、本真的族性或文化整体。因此，陶东风尖锐地指出中国 90 年代后殖民批评（包括"失语症"问题）具有"本真性幻觉"。它违背后现代主义的身份观，把中国的民族文化与所谓"本土经验"实体化、绝对化，试图寻找一种本真的、绝对的、不变的民族性、"中华性"或"自身话语"、"本土话语"，并把它与西方文化对举。这种"幻觉"是中国知识分子的一种虚构……③他在《关于中国文论"失语"与"重建"问题

---

① 高楠：《中国文艺学的转换之根及其话语现实》，《社会科学辑刊》1999 年第 1 期。
② 张法：《当代中国审美文化研究》，北京大学出版社 1997 年版，第 43 页。
③ 陶东风：《解构本真性的幻觉与迷误》，《人大复印资料·文艺理论》2001 年第 11 期。

的再思考》①中进一步指出：这种"失语"论者与"重建论"者在密谋着对话语权力的争夺，只不过以"解决中国传统文论与当下现实关系"面孔而出现，弱化了其"民族主义"的色彩。他们"一是在口口声声声讨西方文论霸权导致中国文论'失语'的同时，又不断地援引西方理论，比如海德格尔、现象学等"；另一方面则是"把中西方文学理论的问题彻底还原为文化侵略与反侵略、文化霸权与反霸权的问题，其他的评价标准已经完全放弃或转化为民族主义话语"。因此，有的学者认为，在关于"失语"的言论中，谈得最多的是"怎样才能抵制西方文论霸权""如何把中国的文论传统发扬光大"，而不是"文学理论到底应该如何发展"。由此，陶东风得出了这样的结论："'失语'与'重建'论是20世纪90年代普遍的民族主义倾向在文论领域的一种特殊表现形式"②。

从社会文化转型的角度来看，"失语症"论者只看到了西学东渐导致传统失落的一面，却忽视也正是西学东渐开启了中国的现代化进程这一点。正是在西方文化的参照下，"五四"先贤发现正是传统文化的弊端阻碍了中国的进程，依靠传统文化无法引导出中国的现代化。既然传统文化无法引领出现代文明，引进西方文化自然成了必然选择。由此观之，20世纪的西学东渐与其说是西方文化对中国文化的文化殖民，不如说是中国在借"西风"来推动古老民族的新生。对于这一点，就连20年代以文化保守主义著称的梁漱溟在《东西文化及其哲学》一书中都不无感慨地说，如果没有西学东渐，依靠自己的传统，就是再过二千年也进化不出

---

① 陶东风：《关于中国文论"失语"与"重建"问题的再思考》，《云南大学学报》2004年第5期。

② 同上。

西方的坚船利炮。

　　面对文论"失语症"的现状，如何救治，"失语症"论者提出了中国文论话语重建的治疗方案，即，重新接上断掉的传统之根。于是，"古代文论的现代转换""中国文论的话语重建"成为解决危机的一个个命题。重建，并不是意味着仅仅回到新文化运动以前的传统话语体系中，而是试图"重返家园"，"以古代文论为母体建设当代文艺学"。其所采用的途径和方法是："进行传统话语的发掘整理，使中国传统话语的言说方式和文化精神得以彰明"①将"那些与当代中外文艺学、美学、文艺心理学、文艺社会学等可以融通的"② 话语加以清点、筛选；使其与当代文论在对话中实现现代化的转型，传统文论与西方理论的对话以及与中国当代文论的对话在这个层面上成为一种可能，在融汇的"杂语"中实现话语的重建。

　　（三）"第三世界文化"理论

　　后殖民批评的实践不仅仅表现在对我国近现代史上和现实生活中"殖民文化"现象的剖析和批判，即"破"的方面，而且还表现在新的理论话语和知识型建设上，即"立"的方面。缔造第三世界文化和重建"中华性"即是中国学者在这方面比较突出的努力。

　　"第三世界文化"理论本来是国际批评领域中出现的一种新的批评话语，其所以以"第三世界文化"命名，是因为它是后殖民语境中"面对处于发展中的第三世界民族文化处境的新的理论策略"，是"第三世界文化以新的姿态创造性地抗拒和消解第一世界

---

① 张少康：《走历史发展必由之路——论以古代文论为母体建设当代文艺学》，《文学评论》1997 年第 2 期。
② 陈良运：《当代文论建设中的古代文论》，《文学评论》2000 年第 2 期。

权威性的批评话语体制的方式"。① 中国"第三世界文化"理论的倡导者主要是张颐武，他90年代初在《文艺争鸣》《钟山》《天津文学》《读书》等刊物上发表了一系列文章来倡导"第三世界文化"理论。这一理论在1993年由时代文艺出版社出版的《在边缘处追索》一书中得到了更加系统的阐述和运用。

作为杰姆逊理论的中国回应和中国后殖民批评的一支，第三世界文化理论在后殖民批评家张颐武那里得到了系统地阐述和实践。发表于1990年的《第三世界文化：一种新的批评话语》，是国内第一篇阐述中国后殖民情境的文章。受杰姆逊"第三世界文化理论"和赛义德《东方主义》的影响，张颐武推出了一批以"第三世界文化与中国文学"为题旨的论文②，并且开始在批评界一些圈子里频频使用这一新话语。系统论证和实践第三世界文学理论，其理论可分为本体论和实践论，前者是其理论建构，后者以第三世界文学理论为视点展开中国当代文学批评。

在张颐武这里，第一世界是指那些经济高度发达，在文化领域中具有巨大的话语权力的西方资本主义国家，它们在文化中创造了一整套"自我中心"的意识形态神话，用一种"超文化"的世界主义的虚幻立场来描述自身的神秘而具有无穷魅力的形象，把自身想象为人类的中心，并利用大众传播媒介和文化介入深深地

---

① 张颐武：《在边缘外追索——第三世界文化与当代中国文学》，时代文艺出版社1993年版，第25页。

② 张颐武：《叙事的觉醒——第三世界文化与当代小说探索》，《上海文学》1990年第5期；张颐武：《第三世界文化中的叙事》，《钟山》1990年第3期；张颐武：《文艺学的新视线：第三世界文化》，《天津文学》1990年第7期；张颐武：《九十年代：第三世界文化中的诗歌》，《诗人报》1990年1月5日版；张颐武：《第三世界文化：新的起点》，《读书》1990年第6期；张颐武：《第三世界文化：一种新的批评话语》，《当代文学研究资料和信息》1990年第11期；张颐武：《在边缘处求索》，时代文艺出版社1993年版（在这本书中系统阐述了这一思想）。张颐武：《第三世界文化与中国文学》，《文艺争鸣》1999年第1期。

影响着第三世界的语言/生存的状况。第三世界则是指经济和文化发展处于较低水平，受到第一世界文化的深刻宰制与控制的，出于世界文化边缘的发展中国家和民族。[①] 第一世界用一种"世界主义"的幻觉将自身变成一种"超文化"的元语言，以之来影响、控制和压抑第三世界，将第三世界变为一个被动的"客体"，一个被观看的奇观性的物。它既将第三世界的文化贬低为一种次等的和从属的文化话语，又将它神化为一种迷离的梦想，一种超然的"古典境界"，一种已逝的人类精神与可能性。这两种立场事实上都把第三世界的文化看成一种异己之物。另一方面，在第一世界话语无所不在的影响之下，第三世界文化中的知识分子不免认同和屈从于第一世界的价值，被动地接受第一世界的视点。第三世界文化的本义往往不能说出自己的话，而按照第一世界的话语发言，把自身现实的语言/生存处境视为一种偏离人类中心的特殊形态。这样，一种主/从、中心/边缘、主/客之间的二元对立被肯定和认同了。在这一系列的二元对立中，第一世界始终是一个中心项，一个建立标准的主要方面，而第三世界处于被动的处境之中。[②] 为此，他的理论建构如下：

第三世界文学理论是从第三世界发展中国家和民族具体的文化和语言中推导出的文学理论，它把第一世界与第三世界的二元对立作为一种现实存在加以考虑，并站在第三世界的文化立场上发言。[③] 张颐武指出，第三世界本土主义强调自身文化的价值，强调由本土立场出发去思考自身和世界的文化处境，在这种立场中获得新的创造和想象。第三世界理论与第三世界民族的生存处境密

[①] 张颐武：《叙事的觉醒》，《上海文学》1990年第5期。
[②] 同上。
[③] 张颐武：《第三世界文化与中国文学》，《文艺争鸣》1990年第1期。

切相关,"第三世界文学的理论则是丰富而又多样的。它所展示的话语包含了不同第三世界民族的文化传统和经验,也包含着不同的形式和语言要素。"① 张颐武认为,所谓第三世界文化理论,实际上是将原来在第一世界批评中隐含着的被压抑的、被刻意忽视的第三世界变为新的中心的"颠倒"尝试,也就是说,第三世界文化理论是一种双向运作,既借助西方理论阅读本土文本,又借助本土文本向西方理论进行反思,以此逐渐形成新的理论。② 基于此,在处理本土文化与西方理论的关系时,张颐武提出了质疑、重构等策略。即一方面运用第一世界文化所提供的一些前提,然后不断地发现这些前提的谬误,对它进行质疑,并且用第三世界文化的例子来证明第一世界文化理论的裂缝。从另一方面,他主张对第三世界文化的中国本土形态进行考察,从基本立场、理论策略乃至意识形态、话语系统的具体运作等方面与西方国家知识分子的"第三世界文化理论"有所区别。这种区别体现在它的本土性和当代性上,要从本民族的语言出发,从民族的文化传统和经验出发,反叛和批判殖民主义的遗产,在多种话语共生的国际背景下探讨本土文化的新途径、新道路。

基于这样的理论主张,张颐武在他的批评实践中极力为他的理论张目。在《叙事的觉醒》一文中以第三世界理论为视点对当代文学作了整体的解读。他认为80年代中期以来,中国小说的探索就开始在一个全球文化的语境中展开了。新的小说探索潮流开始形成,新的小说策略已经开始确立。小说开始在第一世界/第三世界间的复杂关系中展开自己。他把小说的这种新策略概括为以下三

---

① 张颐武:《第三世界文化与中国文学》,《文艺争鸣》1990年第1期。
② 同上。

种：(1) 正面展开第一世界/第三世界间的二元对立，由此获得一种新的第三世界的文化自觉，以王蒙的《活动变人形》和查建英《到美国去，到美国去》及《丛林下的冰河》等小说为代表。他认为在这些小说中王蒙所揭示的是"个人"和"主体"神话在第三世界处境中的不可能性，查建英则揭示了知识分子离弃本土文化身份进入第一世界的种种困扰。(2) 以新的"视点"和方式表现本土生活状态，力图脱离原有"外在式"的叙事框架，使叙事还原于一种本土立场，他认为这方面主要表现在新写实小说中。"新写实"小说从第三世界的语言/生存状态出发，力图挣脱原有的被动接受第一世界视点和叙事方式，拒绝把第三世界的生存视为客体化的被动的"物"。他在"新写实小说"中那些凡人琐事、记录老百姓"原生态"的小说中看到了"人民记忆"的痕迹，并把新写实小说看成是第三世界叙述对抗第一世界叙述的实例，甚至认为这是新写实小说主要价值所在。(3) 打破"白话"文学的语言规范和叙事结构的稳定性，大胆实验母语及本土叙事的可能性，向语言的边际发起冲击。这方面他讨论的主要是"实验文学"。[①]

不仅如此，中国当代女性主义作品中的男、女对立也被解读为第三世界与第一世界的对立，女性身体和语言方面受到的压抑和剥夺则是第三世界生存边缘化的隐喻。[②] 第六代批评家的语言批评对逻各斯中心主义的消解，在张颐武看来是对西方中心的解构，具有第三世界文化新的启悟功能。王朔小说的主旨不在对当代新传统伪崇高的批判，而是被解读为第三世界的现代性文化。[③] 一些

---

① 张颐武：《叙事的觉醒》，《上海文学》1990 年第 5 期。
② 张颐武：《在边缘处追索——第三世界文化与当代中国文学》，时代文艺出版社 1993 年版，第 103 页。
③ 同上书，第 117 页。

作家对历史的挪用被看作是"打捞属于人民自身的记忆,从边缘发现那些片断的、无始无终的、存在于无意识领域的第三世界的历史,乃是第三世界文学对抗第一世界文化机器无所不在的压抑、阻滞的必要的策略。"[1]

对这一理论的运用他也同样用在了对西方学者对第三世界文学的批评研究上,甚至像杰姆逊这样他尊奉的理论家。他说,杰姆逊一直反对第一世界对第三世界的传统误解,但他又再次重复了这一误解。杰姆逊对鲁迅作品的研究,"对第三世界本文的'民族寓言'特征的强调,依然是一个西方中心的'视点'"。因为"'民族寓言'仍然停留在一种文化上的、政治性的'意义'的强调",而"第三世界文学极其丰富的书面语或口头文学传统所产生不同于西方的文学'形式'被忽视和压抑了"。[2] 他还从西方研究中国文学的权威人物夏志清和普实克的一场争论中看出这一端倪。夏志清"认为中国现代小说只是社会、政治与意识形态斗争的产物,因而缺少形式上的完整性"。而"普实克在对夏志清的批评文章中也只是强调了中国形势的紧张性和小说进行政治和意识形态选择的必要性,以此来强调小说的社会意义,肯定其价值。"张颐武指出,在这场争论中无论是夏志清对中国现代文学成就的贬抑,还是普实克对现代文学的抬高,有一点是相同的,就是他们都"刻意地压抑了汉语和汉字的独特性所造成的本文的丰富性。"[3] 张颐武认为这一切都是因为"西方学者常常忽视第三世界本文的形势特点,而倾向于把自身的理论视为'超文化'的元语言,视为

---

[1] 张颐武:《在边缘处追索——第三世界文化与当代中国文学》,时代文艺出版社1993年版,第128页。
[2] 张颐武:《第三世界文化:新的起点》,《读书》1990年第6期。
[3] 同上。

'放之四海而皆准'的准则。他们往往把第三世界的本文看成了解特异社会的'窗口',看成一个社会学和人类学的资料。"① 另一方面,对于第三世界的古典文学文化的研究则表现为:"第一世界对第三世界古典文学的研究则以与对现代文学的研究相反的方式制造着隔膜与误解。这些研究着力强调传统的或本土的形式的美学特征,把诗学传统和古典文本视为孤立的和静止的,竭力强调它们高于第一世界文本的神圣性。在神化传统的同时割裂它与第三世界现实的语言/生存间的联系。把古典文化视为一种'死的怪物',成为第一世界观赏的对象,最终在西方中心的意识形态中失掉了自身。"② 张颐武从贝尔托卢奇的电影《末代皇帝》中的庄士敦的形象中看到了这种对"第三世界"的立场。

在张颐武的批评实践中,第三世界文化对于西方,其义等同于中国当代转型期的文化,在他看来,第一世界与第三世界的矛盾是中国当代的主要矛盾,"第一世界对第三世界的文化控制、压抑和吸引以及第三世界的认同、拒斥、逆反成了一种文化的主题"。③ 于是一切中国现当代文化文学文本和西方对这方面的研究在他看来都表现了这一主题。这里张颐武的说法显然很牵强。就拿新写实小说来说,显然不属于"第三世界叙述对抗第一世界叙述"。与第三世界"对抗性文学话语"相比,"新写实小说"明显地缺乏与第一世界话语的正面交锋和直接对抗。新写实小说的对象读者也并不具有国际性,它的对立话语与其说是西方文学,不如说是中国国内的其他文学话语形式,如"革命现实主义"和"先锋文

---

① 张颐武:《第三世界文化:新的起点》,《读书》1990 年第 6 期。
② 同上。
③ 张颐武:《在边缘处追索——第三世界文化与当代中国文学》,时代文艺出版社 1993 年版。

学",这是人所共知的。

这种第三世界文化理论及其策略,在当今事实上无法抗拒西方话语的情况下,应该说倒是提出了第三世界知识分子走出在"借用西方话语"和"拒绝西方话语"两者间所面临的尴尬处境的某种可供选择的具体途径。① 当然,学界对此也存在一些不同意见。有学者认为,在西方和印度等其他第三世界国家,"第三世界理论的关键是反压迫,不是本土性",他们的出发点是"特定生存环境中人们所面临的切肤压迫和现实反抗"。而以张颐武为代表,以"对抗性"自诩的中国第三世界批评,主要是针对第一世界的对抗话语,它的"核心是'本土性',而不是反压迫",因此中国第三世界批评的"对抗性"只有"国际性"而没有"国内性"。②

(四)"中华性"问题

1. "中华性"命题的提出

与"第三世界文化"相对应,"中华性"作为文艺研究中一个命题的提出,始自 1994 年,张法、张颐武、王一川在《文艺争鸣》第 2 期上发表了他们合写的《从现代性到中华性》一文,该文开宗明义地指出:中国的现代化过程,正是以西方"现代性"为参照系而重建中心的启蒙与救亡工程,这样西方"他性"就无意识的渗入"我性"之中。当代中国的文艺研究,应是从追寻西方足迹的"现代性"上,转化为立足于本土文化传统的"中华性"上。③ 张宽、黔军和潘少梅《东方学》、《文化与帝国主义》,陈晓明、张颐武、戴锦华和朱维:《东方主义和后殖民

---

① 徐贲:《走向后现代与后殖民》,中国社会科学出版社 1996 年版,第 222 页。
② 同上。
③ 张法、张颐武、王一川:《从现代性到中华性》,《文艺争鸣》1994 年第 2 期。

主义》,① 也对此有重要阐述。有关"中华性"讨论的文章还有张颐武的《梦想的时刻：回返与超越》②、肖君和的《中华民族大众文艺论纲》③、王一川、张法的《杂语共生与汉语走向——当前汉语言文化批判》④ 等一系列文章。

2. 中华性的内涵

中华性的提出是在"现代性"终结的前提下，对当代文化新表征所进行的概括。在论者看来，由文化的大众传媒化所带来的主流话语与传媒商品化的弥合、消费化带来的终极价值话语中心的被取代、分层化导致的消费阶层的重新分配，三者构成了社会市场化中"'他者化'焦虑的弱化和民族文化自我定位的新可能。"⑤ 而这是中国放弃西方话语模式转向关切本土民族文化特性及文明的新契机。中华性的内涵即中华性的要旨在于：摆脱现代性主要用西方的眼光看世界的视角，而注重用中国的眼光看世界；摆脱现代性预想的让中国完全化为西方、融入西方而达到普遍的人类性的思维方式，而突出中华性在中国未来发展中的地位；在文化体系建构上从根本上超越"西化"和"中化"的态度，建立中华文化圈，并设想了一个由中国大陆辐射港澳台、世界各地华人，波及东南亚的"中华圈"的"文化版图"。⑥

张颐武在《"现代性"的终结：一个无法回避的课题》中明确

---

① 张宽、黔军、潘少梅：《东方学》《文化与帝国主义》，《读书》1993 年第 9 期；陈晓明、张颐武、戴锦华、朱维：《东方主义和后殖民主义》，《钟山》1994 年第 1 期；张法、张颐武、王一川：《从现代性到中华性》，《文艺争鸣》1994 年第 2 期。
② 张颐武：《梦想的时刻：回返与超越》，《文艺争鸣》1991 年第 5 期。
③ 肖君和：《中华民族大众文艺论纲》，《文艺争鸣》1991 年第 6 期。
④ 王一川、张法：《杂语共生与汉语走向——当前汉语言文化批判》，《文艺争鸣》1994 年第 4 期。
⑤ 张法、张颐武、王一川：《从现代性到中华性》，《文艺争鸣》1994 年第 2 期。
⑥ 同上。

指出"'现代性'无疑是一个西方化的过程。这里面有一个明显的文化等级制。"① 在这里我们可以看到，它明确地指出了"现代性"的西方中心主义特点，这种中心意识使得"现代性"在其他国家的实施也被理解为一个"西方化"的过程，那么西方的"现代性"和其他非西方国家的"现代性"之间必然存在着一种权力和等级的关系。带着这样的认识，在《从现代性到中华性》一文中，他仔细分析了中国近百年来的"现代性"历程，认为"现代性"在中国语境中主要指丧失中心后被迫以西方现代性为参照系以便重建中心的启蒙与救亡工程。这一中心重建工程的构想及其进展是同如下情形相伴随的：中国承认了西方描绘的以等级制和线性历史为特征的世界图景，这样，西方他者的规范在中国重建中心的变革运动中，无意识地移位为中国自己的规范，成为中国定义自身的根据。在这里，"他性"无意识地渗入"我性"之中，这就不可避免地导致了如下事实：中国的"他者化"竟成为中国现代性的基本特色所在，也就说，中国现代变革的过程往往同时又显现为一种"他者化"的过程。

3. 对中华性的批判

"中华性"这一命题提出以后，迅速引发了诸多学者的讨论。主要围绕以下三方面进行：对"中华性"知识构型的质疑；对"现代性终结论"的批判；对"中华性"提出意图的批判。

针对"中华性"的知识构型，有学者指出，"'现代性'与'中华性'不是一个类性的概念，他们不宜并提也无以对立。"②"现代性概念首先是一种时间意识，或者说是一种直线向前、不可

---

① 张颐武：《"现代性"的终结：一个无法回避的课题》，《战略与管理》1994年第3期。

② 邵建：《东方之误》，《文艺争鸣》1994年第4期。

第五章 文学批评的理论话语：由"弘扬现代性"走向"反思现代性" 183

重复的历史时间意识，一种与循环的、轮回的或者神话式的时间框架完全相反的历史观"，其作为一种时间轴上的时代意识，与中华性作为空间轴上的地域意识，两者无以构成从"彼"到"此"的历史过程。① 邵建认为，中华性知识型所试图建立的元话语，实际上仍然是以当下时间上的优越性来抹杀居于时间上"以前"的现代性，这并未跳出"现代性"的思维模式。陶东风认为在《从现代性到中华性——新知识型的探寻》一文中，"以中国/西方、自我/他者这样一套二元对立的民族主义话语对中国 20 世纪的历史进行了宏观勾勒。"这样的二元对立模式正是"典型的西方现代性话语"，因而"根本无助于消解它所批判的二元对立或所谓西方'现代性'"，反而是"复制乃至强化着这种二元模式或'现代性'"。"中华性"并没有终结"现代性"反而仍然在现代性的话语中"自白"着。②

关于"启蒙终结论"连"中华性"的提出者之一张法也在《中华性：中国现代性历程的文化解释》一文中指出，中国的现代性从来就是以"中华性"为核心建立起来的，那么，也就是说，"在过去一百多年的历程中，中华性没有被西方化的现代性挤入历史暗角，而是一直在通过后者现实地存在着"。③ 那么，作为"他性"的现代性与作为"我性"的"中华性"实际上并没有本质的区别，或者说是作为中华性前提而出现的那个"中国的现代性"产生了自身的悖论。而更为重要的是五四时期的知识分子目睹西方现代性的巨大成功，向西方学习，自觉地引入现代性

---

① 汪晖：《韦伯与中国现代性问题》，《学人》第 6 辑。
② 陶东风：《"后"学与民族主义的融构——中国后殖民批评中一个值得警惕的倾向》，《河北学刊》1999 年第 6 期。
③ 汤拥华：《评当下思想界有关"中国现代性"的三种思路》，《浙江社会科学》2006 年第 3 期。

话语成为一种必然，由此"形成了一个新的文化格局，并开辟了以实现现代性为主题的现代中国的发展道路。"①因此，中国的现代性并非是一个被强迫进入世界"现代性"话语体系的一个部分，而是主动向现代性寻求"自身"发展的可能性，那么，"他性"在这个意义上是不成立的，恰恰相反，这种现代性所表现的正是"我性"。

学者们对"中华性"提出的意图也进行了批判，并指出了这种理论的悖论之处。批评家在运用西方话语"重构"第三世界理论时，试图解构西方中心，可是自身又树立起了一个新的中心。他们揭示了西方现代性话语的虚妄性，主张回到本土文化中，从本土经验和文本中创造新话语。在这里，批评家实质上仍然没有逃逸出东方/西方的二元对立模式，只不过是确立了"本土"的绝对优先性。②"李夫生指出，中华性在"解构西方中心主义的同时，又悖论式地将'东方身份'和'本土经验'绝对化、本质化，试图寻回一种本真的、绝对的'东方话语'和'中华族性'，以与'西方话语'和'西方中心'对举，构成一种新的二元对立，这样就不可避免地从解构西方中心合乎'逻辑'地走入'中华性'。而新的二元对立的形成，实质上是在解构一种中心时，又建构另一种新的中心。"③陶东风也有类似观点，他在《文化研究：西方理论与中国语境》以及《解构本真性的幻觉与神话》的论文中指出，一方面，"中华性"在批评西方现代性与西方中心主义的时候，诉之于后现代与后殖民理论；……而另一方面，却又用这种"后现

---

① 邵建：《世纪末的文化偏执——一个关于现代性、中华性的讨论》，《文艺争鸣》1995年第1期。

② 陈伟军：《管窥与洞见——中国后现代批评的回顾与反思》，中国人文社会科学博士硕士文库（续编），浙江教育出版社2005年版。

③ 转引姜飞《跨文化传播的后殖民语境》，中国人民大学出版社2005年版，第42页。

代"的理论制造出一个新的民族主义话语,复制着本质主义的中/西二元对立模式。结果是:用解构西方"现代性"以及西方中心主义等所谓"元话语"的武器,终于又造出了另一个中心或元话语——"中华性"。① 由此,有的论者感慨:"中华性"充满了"东方主义"旅行过后的权力色彩。而且,陶东风在另一篇文章中指出,这种将"后殖民"理论民族主义化的做法恰恰是与真正的"后殖民"理论南辕北辙。以萨义德的《东方主义》为发端的"后殖民"理论并不着意于构造东西方的二元对立,或者重新颠倒压迫与被压迫的殖民关系,持一种东方主义立场,而是着力于清理西方自身的知识体系。其实这种"中华性"的构建所持的民族主义立场、将民族文化本质化的态度正是萨义德批评的将批判西方文化霸权和民族主义融构的体现。②

就在后殖民主义在学界搞得风生水起的时候,伴随着现代性的反思,在思想学术界兴起了"新国学"运动,一批海外学人及国内的一些文化守成者主张回归东方传统。在学术界季羡林、汤一介等老一辈学者打出了"国学"的旗号。陈平原、汪晖等人则创办《学人》杂志,提倡梳理、研究晚清以来的学术史和学术传统。表现在作为文学研究核心的理论话语领域,就是力图通过排斥和清除西方话语,从中国固有传统重新建构一套本土话语体系,反抗西方话语霸权,从而实现在中外文学交流中话语权力的争夺。郑敏的《世纪末的回顾:汉语语言变革与中国新诗创作》一文的发表,可看作在1990年代初引发的传统与现代的讨论和文学批评

---

① 乐黛云编:《解构本真性的幻觉与神话》,《跨文化对话》,上海文化出版社2001年版,第72页。
② 陶东风:《"后"学与民族主义的融构——中国后殖民批评中一个值得警惕的倾向》,《河北学刊》1999年第6期。

界提倡对传统文论的转化。文章认为"五四"白话文运动割断了中国诗歌的诗性传统,因而严重影响了新诗的进一步走向成熟。随后这一问题发展到如何更好地对待传统的问题。一些人认为由于"五四"以来的西方现代性价值取向使得中国文化遭到大破坏,由于"五四"对传统文化的彻底否定,使得与传统文化形成了巨大断裂,现在应该到了重新接上传统文化的时候了。1994年第2期的《文艺争鸣》发表了张法、张颐武、王一川的《从"现代性"到"中华性":新知识型探寻》一文。文章于纵横捭阖之间描述了中国思想文化的历史与现实,梳理了现代性在中国的五次重心转移,最后面对20世纪90年代现代性的再次转型,他们提出了"中华性"的主张。紧接着1996年,曹顺庆在《文艺争鸣》第2期上发表《文论失语与文化病态》,文章认为中国文论没有自己的话语,失去了自己的身份,解决这个问题主要的就是重建一套自己的话语,即要对传统文论创造性转化。1998年《文艺争鸣》杂志在第3期推出了一组笔谈《重建中国文论话语》,其"主持人的话":"在世纪末的反思中,中国文论界开始意识到一个严峻的现实:中国没有自己的文论话语,在当今的世界文论中,完全没有我们中国的声音。……找回自我,返回文化的精神家园,重建中国文论话语成为当今文论界的一个重要课题。"1999年第1期《文艺研究》发表了题为《传统与现代:中国新文学研究的回顾与反思》的一组笔谈文章,编者指出,"对今天的学者而言,实现新文化的'创造'必欲深知、真知中国的传统文化,必欲'回到传统',尤其是'回到古代'"。这些和"失语论"者一样,不断强调中国的文学批评话语从近代以来由于西方文化的入侵以及中国文化的自我"他者化",已经可悲地丧失了"自己的话语"。郑敏对于汉语言在20世纪的变迁的论述,同样强调了中国语言的纯粹性如何被西方文化"他者化"这一事实。

与此同时,一股文化守成的思潮在国内相伴而生。90年代以来读经、国学院、祭孔、甲申文化宣言、唐装、《原道》座谈、孔子学院、汉语热、儒教……这些文化事件令人眼花缭乱,以儒家文化为核心的传统文化的复兴呈现出一种"星火燎原"之态势。官方、学界和民间三方合力推动。无论是祭孔子,还是教材改革,还是孔子学院的开设,都是官方力量直接参与主导的。几大重大出版工程,以及文化宣言,儒学的深入研究证实学者们所着力之处。读经运动,各地诵经班开设,阳明精舍的兴建则是一股民间文化力量,正是这三股力量推动了转型期的传统文化的复兴。一些人坚信"现在中国的经济实力已有所增加,中国西化的道路已走到尽头,中国人现在应该在文化上站起来了!""从某种意义上说,中华文化'走出去'比'引进来'更加重要。中华文化走向世界,与世界文化进行平等的对话、交流,是一种不可逆转的趋势。""东方文化复兴论"出笼,有人断言:21世纪是中国文化的世纪,我们应当让下一代从小就系统学习"四书""五经",以重建国民的"人文精神"。一个标志性的事件是北京大学《国学研究》1991年出版,《人民日报》在显著的位置加以报道与肯定。主流意识形态对于传统文化(国学)的态度发生了很大的变化。人文学界的风向在悄悄变化。这样,对中国民族文化的弘扬与对西方文化的批判形成呼应之势,聚成一股强大的民族主义思潮,和启蒙现代性的终结论内在理论、价值立场是一致的。

三 "新左派"对启蒙、现代性的质疑

在这场大规模的反思现代性的浪潮中,新左派也是最具冲击力的一脉。如果说,后现代主义批评借助西方理论资源,宣布了

"新时期"启蒙话语的"现代性"命题的终结,"后殖民"主义批评通过对"文化身份"的强调来消解启蒙主义,"新左派"则是通过对80年代启蒙话语的"合法性"质疑来反思现代性的。

反思现代性是"新左派"思想的一个核心内容,而80年代"新启蒙"是一个主要的对象。这方面的代表人物是汪晖、韩毓海。1997年《天涯》转载了汪晖那篇著名的长文《当代中国思想状况与现代性问题》,引起学界强烈反响。在这篇文章中汪晖较为集中阐述了他的这些思想。针对八十年的"新启蒙",汪晖指出,80年代中国的启蒙知识分子尽管内部存在分歧,但一般来说,他们普遍地崇尚西方的现代道路,他们的思想努力就是促使中国在进行市场经济改革的同时在政治领域也实行西方民主宪政。80年代中国从上至下推行改革开放,走西方市场经济道路,这场由国家推动的社会改革正在经由市场化过程向全球化的历史迈进,而新启蒙这一套思想观念为整个国家的改革实践提供了意识形态基础。新启蒙这一套思想观念已经成为强势的话语体系和意识形态,渗透在国家和知识分子的思想意识中。

他认为中国的"新启蒙主义"把对现实的中国社会主义的批判理解为对于传统和封建主义的批判。不管"新启蒙思想者"自觉与否,"新启蒙"思想所吁求的恰恰是西方的资本主义的现代性。换句话说,"新启蒙主义"的政治批判(国家批判)采用了一种隐喻的方式,即把改革前的中国社会主义的现代化实践比喻为封建主义传统,从而回避了这个历史实践的现代内容。这种隐喻方式的结果就是:把对中国现代性(其特征是社会主义方式)的反思置于传统/现代的二分法中,再一次完成了对现代性的价值重申。在20世纪80年代的思想解放运动中,中国知识分子对社会主义的反思是在"反封建"的口号下进行的,从而回避了中国社会主义的困境也是整个"现代性危机"的一部分。

他认为,中国的启蒙主义面对的已经是一个资本主义化的社会:市场经济已经日益成为主要的经济形态,中国的经济改革已经把中国带入全球资本主义的生产关系之中,资本主义的生产关系已经造就了它自己的代言人,启蒙知识分子作为价值创造者的角色正面对深刻的挑战……在汪晖看来,80年代中国的"新启蒙"思潮之所以成为强势话语是因为它把西方现代化作为中国社会变革的目标,而这和当时国家"改革开放"的目标完全一致,"中国现代化或资本主义市场化是以启蒙主义作为它的意识形态基础的,90年代由市场经济带来的社会危机正是80年代'新启蒙'思想家呼唤的'现代化'导致的,新启蒙抽象乐观的现代化叙事并没有给人们带来它所许诺的'好社会',相反,'人的解放'成为'一部分人的解放'"①,在社会的持续分化中,"新启蒙"的意识形态也面临土崩瓦解的命运。所以启蒙主义的抽象的主体性概念和人的自由解放的命题在批判毛泽东的社会主义尝试时曾显示出巨大的历史能动性,但是面对资本主义市场和现代化过程本身的社会危机却显得苍白无力。在这种反思中,我们看到"新左派"主要是将"新启蒙主义"作为90年代社会危机的始作俑者来质疑和批判的,也就是说,他们认为市场经济出现的这些问题主要根源于我们选择了西方资本主义的现代化道路。

对于现代化道路怎么走的问题,新作派正是出于对目前中国不断扩大的社会不平等的不满,他们开始把寻求的目光转入社会主义现代化的实践中,希望寻求一条超越西方的独特的"现代化"道路。这种努力的表现就是重新思考社会主义的历史经验和理想。

---

① 汪晖:《当代中国思想状况与现代性问题》,《天涯》1997年第5期。

这显然是对80年代"新启蒙主义"现代化思路的一种反拨。按照新左派的理解80年代的"新启蒙主义"是不承认或完全否认改革前的社会主义实践现代化内容，直接诉诸西方的现代化道路，而"新左派"则是要重新接续这段历史，重新评价新中国成立后社会主义现代化实践现代化的历史意义。这种"正视作为遗产和债务的当代社会主义的历史"的态度得到了一些追随者的积极评价："在思想史上的意义来看，对毛泽东时代和当代中国社会主义历史文化的重新评价。这或许是'文革'结束以来，人文思想界第一次不再以一种厌恶的姿态轻率地否定五十至七十年代的历史，不再以一种厌恶的方式谈论'左派'思想。"[1]但也正是在如何认识和处理这一段历史遗产的问题上，一些新左派走得比汪晖更远。旷新年《在亚洲的天空下思想》中说"毛泽东思想的核心是平等……只有通过土地革命通过人民公社，然后才能产生'责任制'，才能产生邓小平的'一部分人先富起来'的理论。"[2]崔之元对于批判"文革"中和"文革"前的极"左"路线不满。他还鼓吹"大寨经验"，说"鞍钢宪法"和目前西方最先进的"后福特主义"一脉相传，是西方人从毛泽东那里学去的。他的反思已经走到了另一个极端，难怪有人认为他们的反思甚至倒退到汪晖所批评的80年"新启蒙"思想之前的思维方式之中。

在这个背景上出现的新左派文学批评对文学研究的影响有目共睹。比如，文学史重写的的问题，如何重新评价"五十至七十年代文学"的问题，底层写作问题、"左翼文学传统"挖掘问题，以及对90年代"个人化写作""纯文学"的批评等等，可以说20世

---

[1] 贺桂梅：《人文学的想象力》，河南大学出版社2006年版，第32页。
[2] 旷新年：《在亚洲的天空下思想》，《天涯》1999年第3期。

纪90年代以来几乎重要的文学文化事件、文坛热点问题无不与新左派有着或隐或显的联系。21世纪以后，学术界兴起一个重要活动就是"重返八十年代"，2005年以来，《当代作家评论》《文艺争鸣》《文艺研究》《当代文坛》这样重要的学术刊物都参与了这项活动，纷纷开辟了"重返八十年代"专栏，这是知识界少有的较大规模"集体行为"。"重返"中，很多研究者对80年代的知识谱系、文学成规及文学场域进行清理和反思，在一些研究中，不难看出对新左派思想资源立场的汲取与认同，可以说是90年代新左派文学批评在新世纪文学批评中的延续。"新左派"的文学批评也基本是在反思现代性的视域下进行的，具体主要围绕这样几个方面进行的：

一是质疑80年代带有启蒙色彩的文学批评对"文革"及左翼文学的分析，重新认识"文革"及左翼文学的"现代性"问题。李杨的《抗争宿命之路："社会主义现实主义"（1942—1976）研究》、黄子平的《"灰阑"中的叙述》、贺桂梅的《重估左翼文学遗产》、旷新年的《写在当代文学边上》、孟悦《〈白毛女〉演变的启示——兼论延安文艺的历史多质性》、李陀的《丁玲不简单——论毛体制下的知识分子与话语生产》、韩毓海的《崇高，令我们荡气回肠：纪念"讲话"76周年》等都是这方面的代表性论述。汪晖的那篇长文无疑给了许多新左派文学批评的理论视角和思想启发，许多批评家都是从"反现代性的现代性"这一思路来重新指认1942年至1976年的"社会主义现实主义"作品，认为这一阶段的社会主义文学是"反现代性的现代"文学，并高度肯定这种文学及其主导性地位的合理性。在这一视域下，刘禾、孟悦、戴锦华、黄子平等学者对于延安时期文学重新解读、李杨则对新中国成立后到70年代现实主义文学进行重新解读，海外唐小兵发起的"重解读"活动，其核心思想都是在文学研究领域对于新启蒙主义文学叙事的批判。这些研究有一个共同的特点，就是站在维护而不是反思毛泽东时代的社会主义实践的立场上，在肯定性的意义上将20世纪中国革命描述成为"反现代的现代性"，将20世纪左翼文学界定为反资本主义现代性的现代性文学。

在李杨等新左派看来，因为"'社会主义现实主义'文学是'民族国家文学'，所以它是非常现代的"。他理解的是"社会主义现实主义"和"民族国家文学"都是为了组织一个现代民族国家，里面有非常"现代"的想象。"而且由于它是非西方的国家的文学，所以又具有天然的反现代性。由于这种反现代性，它与现代主义文学在内在逻辑上是相通的。'社会主义现实主义'因此可以理解为一种反现代的现代主义文学"。"40年代左翼脉络上的新中国、新文学、'民族形式'的构想更具有双重对西方现代性的反抗，既强调民族文化特性，又强调以社会主义革命作为最后目标。"[1] 如果说，80年代主流文学史叙述把这段社会主义文学隐喻为反现代的"封建主义"文学，对之主要进行的是解构、否定的话，新左派的这些文学就是在重构这段文学史，并冠之以"反现代的现代主义文学"。

二是对80年代批评界的主流思想进行解构，认为80年代新启蒙主宰的文学批评是一种强势话语，对其他文学话语起到了压制和排斥的作用。

在新左派看来，80年代主流文学史是新启蒙叙事主宰的文学

---

[1] 李杨：《重返八十年代：为何重返以及如何重返》，《当代作家评论》2007年第1期。

史，而新启蒙一整套叙事话语在学术界逐渐演变为不证自明的评价标准，对其他文学话语排斥压制而成为霸权话语。比如，在新启蒙文学史叙事里，"文革文学"乃至"十七年文学"都是意识形态化、非文学性的，由此，当代文学发展出现了"断裂"。这种断裂就是中断了五四时期的"现代"文学传统，所以，新时期文学的任务就是重新回到"五四"。那么，建立在这样新启蒙文学史观视野下的当代文学史，"十七年文学""文革文学"基本成为文学史上的"荒原地带"，失去了在文学史上应有的位置。在李杨看来，"五十至七十年代文学"与"新时期文学"并不像新启蒙文学史叙述那样完全是一种断裂关系，而是两个时代之间存在着隐在的知识关联。李杨在一次采访中指出，80年代新启蒙文学叙事认为"五十至七十年代文学"是政治规约下的文学，以此来区别"八十年代文学"与"五十至七十年代文学"的异质性。他说，"如果说'文革文学'存在着政治对文学的'规训与惩罚'的话，也就是说指的是主流意识形态对文学的要求，规定作家写什么和如何写"①，那么，80年代同样存在着政治对文学的规训，比如"文学制度"和"政治无意识"。"构成文学制度的东西除了文艺政策和文艺争鸣，还有作协、文联这样的文学组织，还应当注意文学出版、文学评奖、文学批评、文学史写作这些文学活动的制度功能"，②这些都在塑造和规约着文学形态，也制约着作家写什么和怎么写，因为不这样写作品很难发表。如果说"文学制度"是一种显在的"规约"的话，那么，"政治无意识"就是一种隐在的"规约"。因为"五十至七十年代文学"的"规约与惩罚"

---

① 李杨：《重返八十年代：为何重返以及如何重返》，《当代作家评论》2007年第1期。

② 同上。

采用的都是外在的看得见的方式，比如开批斗会，劳动改造，甚至流放进监狱，这些都是一目了然的，而80年代的"规训"是隐形的，不是采取这种外在的"暴力"控制的形式，而是通过内在的"认同"来实现的，让外在的知识、思想、意识形态与政治转化为你的内在的诉求。所以，新启蒙叙事所认为的"八十年代文学"与"十七年文学""文革文学"之间的"断裂"并不存在，仍然是"一体化"的文学过程，甚至在"文革"结束很长一段时间，"十七年文学"在"新时期文学"那里，是"重放的鲜花"，当时中国作家最强烈的历史冲动并不是要回到"现代"的"五四"，而是要回归比较好的社会主义时期"十七年"。李杨等所做的是要极力抹平这种"断裂"，正如他的一篇文章标题《没有"十七年文学"与"文革文学"，何来"新时期文学"?》。新左派还进一步指出了新启蒙文学史叙事存在的一些悖论，比如，既然认为"新时期文学"与"五十至七十年代文学"的区别，在于前者的"去政治化"，"重写文学史"就是让文学"纯文学化"，但"重写文学史"同样没有摆脱以政治性的标准代替了文学性的标准，同样以对"政治"距离的远近来确定文学史地位的高低，并按照这个逻辑，"自由主义文学"由于"远离政治"而受到追捧，左翼文学因为突出的政治性而不具有文学价值。新启蒙的这种"断裂论"其实仍是一种简单的非此即彼的"二元"对立思维。如果说，80年代主流文学史叙述把这段社会主义文学隐喻为反现代的"封建主义"文学，对之主要进行的是解构、否定的话，新左派的这些文学就是在重构这段文学史，并冠之以"反现代的现代主义文学"。

旷新年也有类似的观点。旷新年运用福柯的"知识权力说"理论，认为"从某种意义上来说，文学本身就是一种秩序、制度和权力关系，也包含着排斥和区分。"① 正是从这一理论出发，他发现 80 年代新启蒙的"断裂论"同样存在着"排斥和区分"机制，这种"排斥和区分"就是 80 年代文学史叙述对"当代文学'"的压抑、排斥，因此，很长时间，他对"新时期文学"的研究的一个侧重点就是对新启蒙文学叙事中对非左翼文学的"排斥和区分"进行解构。他认为在 80 年代"重写文学史"活动中，把非左翼文学重新发掘并且供奉到"主流"的位置上，而另一些左翼文学却因此溃败和湮没，造成"新的空白"，"'重写文学史'的'洞见'最终变成了文学史的'盲视'"。② 所以，"八十年代主流的文学史观已经耗尽了自己的革命性和活力，目前已经成为文学研究中的极端保守力量，现在应该彻底放弃这一过时了的文学史观。"③ 总的来看，在对新启蒙文学史叙事的不断质疑和批判中，新左派极力要破除的是"新时期文学史"叙事对左翼文学的排斥、压制，从而建立一种新的文学史叙事规范。

三是在"底层写作"讨论中，新左派认为 90 年代文学创作"个人化"写作的泛滥，原因就在于具有新启蒙色彩的"纯文学"过于强调文学"自足性"的一面，导致了作家和批评家对现实的介入不力，提倡文学创作"平民视角"和对弱势群体的关怀。

在李杨看来，"纯文学"是 80 年代新启蒙文学叙事中一个重要关键词。如果说"'纯文学'这一观念的提出在 80 年代代表了一种对抗主流政治的意义，那么，在 90 年代的语境中，'纯文学'成为完全形式化的写作乃至完全'私人化'的'身体写作'和

---

① 旷新年：《"重写文学史"的终结与中国现代文学研究转型》，《南方文坛》2003 年第 1 期。
② 同上。
③ 同上。

'下半身写作'的旗帜，文学用以表达和强化个人对社会问题已越来越无能。"① 文学在脱离了"左翼"政治的控制之后投入商业化、市场化，正是80年代具有启蒙色彩的"纯文学"提倡和呼吁的结果。旷新年认为：在80年代，"文学现代性"基本等同于"纯文学"。"纯文学"就是要摆脱政治对文学的规约，回到文学本身，而在这样的"回归"中，左翼文学不断受到贬低和排斥。所以，"纯文学"正是80年代启蒙主义的产物，而坚持"纯文学"立场的创作却越来越漠视现实，越来越不屑于介入现实。底层文学的出现，表明我们的文学重新恢复了对现实的介入能力。底层创作对平等的强调、对社会公正的呼唤、对底层大众的关怀，由此，新左派对"纯文学"的批评是对"底层写作"的热情在逻辑上的延伸。

在关于"底层写作"中"底层表述"的讨论中，一些批评家受新左派思想的影响，否定知识分子代言写作，把知识分子视为精英主义加以拒斥。在新左派看来，我们"面对的只是一个被知识者叙述出来的'底层'，非底层的身份造成他们不可能表述真实的底层经验"。②"认为知识分子作为'他者'并不能书写真正的'底层'甚至只能是'扭曲'"。③ 由此取消知识分子为"底层"代言的可能性。这种倾向也反映在文学史的写作中，质疑80年代新启蒙文学史叙述，旷新年《"重写文学史"的终结与中国现代文学研究转型》和李扬的《文学分期中的知识谱系学问题》是其中的代表作。认为重新建构的新启蒙文学史中，底层文学、左翼文学和工农兵文学受到排斥、压抑，底层叙事的文学史观就是要彻底颠覆现代文学叙事的"神话"，形成新的文学史叙事。在这样的思路下，一

---

① 李杨：《"好的文学"与"何种文学"、"谁的文学"》，《南方文坛》2003年第1期。
② 刘继明：《我们怎样叙述底层》，《天涯》2005年第5期。
③ 同上。

些人对底层创作中的精英意识进行批判,高晓生等创作中继承鲁迅"暴露国民劣根性"传统的创作受到批判,高晓生由80年代富于启蒙精神的作家在这里成了"远离农民的作家",甚至把自己过高地定位成了"灵魂摆渡人"的角色,这种居高临下的写作姿态,把人民视为愚昧的被启蒙的对象,完全是一种拯救式的启蒙心态。不仅对底层创作中的精英意识进行批判,一些底层文学批评中的精英立场也受到了批判。于是"平视视角""民间化立场""平民意识""作为老百姓的写作",一时受到广泛提倡。在这样的语境下,知识分子的"精英意识""启蒙心态"受到了质疑、批判。

第四,进入新世纪,在"重返八十年代"活动中,新左派批评家对80年代新启蒙一套"精英"话语进行又一轮批判。首先对李泽厚的"启蒙压倒救亡论"进行批判。李杨认为李泽厚在80年代提出的"救亡压倒启蒙"影响了整个80年代人文知识界,甚至由此演绎出整个80年代的文化逻辑,把它称为80年代人文知识的一种"元叙事",并不过分。这种"启蒙压倒救亡论"之所以被80年代知识分子所普遍认可,是因为"二十世纪八十年代的中国知识分子在讨论中国现代的启蒙运动时,常常只是从个人主义的角度理解启蒙,而对于启蒙运动的另一个重要范畴——民族国家意识所衍生出的'民族主义'或'爱国主义'却往往视而不见"。"二十世纪中国历史中出现的'救亡'与'革命',不但不是'启蒙'的对立面,反而是'启蒙'这一现代性生长的一个不可替代的环节;不但没有'中断'中国的现代进程,反而是一种以'反现代'的方式表达的现代性。"[①] 因此近代中国的"救亡"是具有

---

① 李杨:《当代文学史写作原则、方法与可能性——从陈思和主编的〈中国当代文学史教程〉谈起》,《文学评论》2000年第3期。

现代性的"救亡"。所以,"启蒙压倒救亡论"并不能成立。

接着对80年代新启蒙思想所演绎出的人道主义、主体性、向内转、纯文学观念等一整套知识框架进行质疑与批判,认为80年代形成的"这种关于文学的'知识'已经逐渐演变成为新时期文学的成规,作为'元话语'影响了我们对于'新时期文学'、'当代文学'甚至对于'文学'的理解,同时也成为一种'集体性的学科无意识'支配着人们的思考"。① 一些研究者清理出"新启蒙"思潮和诸多文学现象的内在勾连,比如,在80年代非常有影响的《文明与愚昧的冲突》一书中,作者把新时期文学主题总结为"文明"与"愚昧"的冲突,隐含着"大众"代表着"愚昧",知识分子代表着"文明"的倾向,这恰是"五四"新启蒙逻辑被80年代文学精英所继承的一个重要例证,那么,80年代文学的转型其实是变成了知识分子精英文学,而"大众文学"却在这种"文化霸权"的打压下没有立足之地,这就像"五四"文学对"鸳鸯蝴蝶派"的打压来建立自己的"文化霸权"一样。总之,认为80年代的文学史叙述是以"新启蒙"为基础的知识分子文学话语贯穿始末,并以此建构起了精英文学对其他文学样态压抑性的"话语霸权"。② 所有这些,可以说是90年代新左派文学批评在新世纪文学批评中的延续。

应该说,新左派影响下的文学批评为重新评价50—70年代的文学、重估左翼文学遗产提供了新的研究视野和观照角度,对90年代文学的漠视现实、当下泛滥的"私人"和"欲望"写作的批判,对于文学加强与政治、社会现实的联系其意义是不能否认的,

---

① 赵黎波:《站在"启蒙"之外的反思》,《文艺争鸣》2012年第4期。
② 程光炜:《"重返"八十年代文学的若干问题》,《山花》2005年第11期。

对于当代文学学科研究视角、学科话语和描述方式的重新建构等更是一种有意义的探索，但是，也不能否认在一些问题上的认识和判断也存在不同程度的偏差，尤其是远离文本分析，远离审美批评，甚至轻视文学本身的问题，也是一个不容忽视的问题，因为这种倾向很容易导致文学批评重新意识形态化和沦为政治的传声筒。

梳理这些"启蒙终结论"，我们发现，无论是告别启蒙，还是解构启蒙话语，都认为20世纪80年代的启蒙文学和启蒙理论有问题，如一些"后学"批评从后殖民立场来质疑80年代的"国民性批判"理论，认为其受到了西方权力话语的影响；一些批评家从底层的立场和视角出发，也认为80年代的一些启蒙者高高在上，与主流意识形态同构，是一种精英主义的霸权话语，还有批评家将时下过分"私人化"和"欲望化"的写作简单归结为80年代启蒙文学对人性的张扬，甚至极端地将20世纪80年代的人性启蒙话题，简化为对人性的崇拜。总之，它们和文化保守主义一起构成了90年代理论批评界的强势话语，在当代文学批评界形成一种迥异于80年代的研究思路。

第三节 如何反思"启蒙""现代性"

90年代以来，伴随着种种"现代性终结"论、"启蒙过时"论，我们仿佛进入了一个这些人所描述的"后启蒙"的时代。所谓"后启蒙"在中国当下应该可以有两种所指，一种是启蒙已经完成了，不再需要启蒙了；另一种是尚未完成的启蒙被中断了。哪一个才是真相，显然后者才是真相。

五四时期弘扬的启蒙话语由于近代中国内忧外患的特定情境：

"救亡的局势、国家的利益、人民的饥饿痛苦,压倒了一切,压倒了知识者或知识群对自由、平等、民主、民权和各种美妙理想的追求和需要,压倒了对个体尊严,个人权利的注视和尊重。"①"救亡压倒启蒙"。一直到 70 年代末,由于主流意识形态话语的一枝独秀,沿着启蒙思想路径的启蒙话语一直被压抑、被遮蔽。本来在新时期初期思想解放大潮的影响下启蒙主义思潮成为当时知识界、学术界较为一致的共同话语,但到了 90 年代由于种种原因,启蒙话语再次搁浅。而在今天中国,"现代文明,或者说,由文艺复兴和启蒙话语所开启的科学技术、工业产业、市场经济、公民社会、法治国家、民主政治、人道主义(以个人主义与人类主义之统一为理念核心,自由、人权、博爱为主要内容的人道主义)的社会理想不仅没有过时",② 种种现实提醒我们,中国启蒙必须重提。重提的基本理由是"现代体制在中国尚付阙如,现代性在中国正在建构,解构式的超越现代尚无可以锚定的现实,中国需要补课,需要迟来的光明。③ 启蒙所诉求的历史现实还是我们可望而不可即的尚未完成的现代",④ 有学者指出,就中国历史而言,它是一个没有完成就被打断的历史任务。在现代化进程中,启蒙的任务是不可逾越的,中国历史与编年史的落差顽强地要求补上启蒙这一环节,因为人的解放这一目标没有什么东西可以将其超越,只要这一目标还没有实现,历史就必须进行补课。⑤

后现代批评者之所以宣布"启蒙终结论",是认为当下中国已经具备了"后现代性"因素,而这些"后现代性"已经潜在地解

---

① 李泽厚:《中国现代思想史论》,三联书店 2008 年版,第 29—30 页。
② 金岱:《论作为知识分子批评的文化批评》,《江西社会科学》2005 年第 12 期。
③ 单世联:《迟到的光——当代启蒙及其面临的问题》,《东方艺术》1999 年第 1 期。
④ 徐友渔:《"后主义"与启蒙》,《天涯》1998 年第 6 期。
⑤ 李新宇:《启蒙五题》,《齐鲁学刊》2003 年第 3 期。

构了启蒙的文化语境,启蒙主义已经溃败。中国目前社会确实产生了某些"后现代"现象,但后现代主义在中国只是有限的现象,后批评家显然是无视中国现实无限夸大了其存在。这种说法其实是将西方后现代理论不加选择地置入中国现实的一种误读。针对这种误读和因此带来的对启蒙话语的消解,不少批评家对90年代的文化语境进行了重新阐释,强调了启蒙的当代意义。如丁帆就用"文化落差"来概括当下的文化现实。表现在当前的文学中,即是一种"现代性和后现代性同步渗透"的文学形态。文化落后于科技和工业的发展已经成为众所周知而又习焉不察的社会现象,主流话语依然健在,后现代文化业已植入。封建主义依然根深蒂固,后现代主义裹挟着资本主义文化矛盾已经渗入中国,现代性启蒙还没有完成。李慎之先生多次谈到,中国传统文化中的专制主义与蒙昧主义的遗毒仍然根深蒂固.由此而来的极端主义的心理状态,深深埋在中国人民的心底,随时可以复苏而反扑过来,随时有可能沉渣泛起。在现代性获得充分发展的西方,哈贝马斯尚且把现代性称作"一项未完成的事业",对于我们来说现代性在中国就更加任重而道远。

在如何看待现代性与后现代性的关系上,我们反对那种简单的非此即彼的二元对立思维方式。在当今中国的社会环境里,既要强调"现代性"的合法性和必要性,也不能否定"后现代"对"现代性"的批评性和反思性。就目前中国的国情而言,现代性的目标远没有实现,现代性所提供的未来种种理想设计是我们应该追求和弘扬的,但"后现代"理论对那种本质主义的启蒙现代性僵化理念的批判确实对我们有所启发。对"现代性"的观念可以批判反思,但不是对"现代性"本身的否定。正如西方学者徐贲指出的,"后现代不是对现代性的简单拒绝;后现代是对现代性的命题和概念作一番不同的调整"。对于中国的知识界来说，强调启蒙现代性的同时，是否也应该结合中国的现实做出自己的调整。今天，中国社会由于各种因素市场经济的发展以及消费社会的到来，中国的社会状况已经完全不同于改革前，各种矛盾交叉混杂，多元文化语境共存，我们所面临的已不是80年代相对单一的新启蒙语境。在我们的社会中，蒙昧、落后的前现代话语依然在中国占有一席之地。中国的"前现代性"并没有因为"后现代性"的出现而自动消失，同时无可否认，伴随现代化的发展也带来一定的现代性危机，还有当下中国由于"文化滞差"的畸形现实而出现的新的蒙昧现象以及因理论误读所带来的一些问题，这些问题杂糅在一起，给启蒙提出了新的挑战。它提醒我们既不能依靠80年代新启蒙主义思路来解决，也不能局限于西方现代性反思的理论视域内，中国知识分子要根据中国国情思考解决这些问题。

中国后殖民主义批评将现代性与启蒙主义联系在一起，认为五四以来的启蒙现代性工程就是以西方现代性为参照系的，也就是说，"中国的现代性历史就是，被迫放弃自己的主体性，以西方为他者，重建想象性的自我，或说将自我'他者化'。这样，就建构起了一个以启蒙主义为中心话语、以中国/西方二元对立结构为功能机制的中国式现代性结构"，[①]"'现代性'的神话已被'解构'。因此，走出'现代性'意味着一种新的发展之路和新的文化战略的生成。"[②] 针对后学对启蒙的否定态度，学者徐友渔在《"后主义"与启蒙》一文中指出，认为"五四时期和80年代的启蒙话语并不是如一些后现代批评者认为的是对西方话语的臣属，而是历

[①] 张法、张颐武、王一川：《从"现代性"到"中华性"——新知识型的探寻》，《文艺争鸣》1994年第2期。
[②] 同上。

史的必然选择，反而中国的某些'后学家'往往指责坚持启蒙传统和现代化导向的反传统的激进派，对西方话语顶礼膜拜。他们对中国近代史，对中国近代思想文化传统缺乏基本认识。他们的兴趣、训练和写作内容及风格充分证明，他们并不丰富的话语全来自西方，而且仅局限于西方的某种'后主义'，我认为，将西方话语在中国做横向移植的，不是启蒙派知识分子，而是这些'后学'家自己"。① 作者认为以反思现代性为特征的西方"后学"理论对于我们的不适用性还表现在：中国知识分子面对的主要问题不是"外来压迫"的问题，而是"内部问题"，"无端把并不构成实际威胁的外部问题热炒放大，以图获得所谓全球性文化格局的辽阔视野"，然而，实际上却"忽略或淡化了文化问题在内部的急迫性。"② 邵建认为现代性是所有民族国家的普遍发展道路："现代性只有一个高度，那就是国际高度，现代化也只有一个水平，这就是国际水平，关键在于谁率先领先。……现代性或现代化乃是全人类的共同追求，也是全人类的共同财富，更是全人类的共同趋势，……是人类大同的一个必经阶段。现代性是一元的，真正的现代化（不同于简单的经济发展）也只能有一条道路。……现代性首先出现于西方并不意味着它是西方的，因而现代化不同于他者化'现代性'（化）作为人类的共同财富，它只存在'谁领先'的问题，而不存在'谁所有'的问题"。③

对于中国这样一个具有殖民历史的第三世界国家来说，后殖民批评为我们提供了从反面审视 20 世纪中国文化的眼光，尤其是

---

① 徐友渔：《"后主义"与启蒙》，《天涯》1998 年第 6 期。
② 同上。
③ 邵建：《世纪末的文化偏执——一个关于现代性、中华性的讨论》，《文艺争鸣》1995 年第 1 期。

在全球化语境中如何文化守成、在世界文化版图中占有一席之地，值得借鉴。但是，中国的后殖民批评无论是从理论上还是实践上都存在着许多需要反思和警惕的地方。总的来看，中国90年代后殖民批评从知识领域的权力关系入手，猛烈抨击西方文化霸权，斥责西方国家对第三世界国家在社会思想领域和文化上进行"西化"渗透，进而质疑西方的价值标准和现代化模式，发展到否定近百年中国的现代化进程，斥为西方文化殖民的结果，表现在作为文学研究核心的理论话语领域，就是力图通过排斥和清除西方话语，从中国固有传统重新建构一套本土话语体系，反抗西方话语霸权，从而实现在中外文学交流中话语权的争夺。从这些观点中可以看出，中国90年代的后殖民主义批评某种程度上夸大了来自西方的话语压迫的威胁，把它"上升为当今中国所面临的主要压迫形式"，"掩饰和回避了那些存在于本土社会现实生活中的暴力和压迫"。民族本土的批判姿态，是知识分子为自己增势，借国家和民族在全球化语境中与西方相比的弱势而求得与主流意识形态相一致的表现。就处于文明转型中的当代中国而言，民族身份自我认同（传统文化）问题当然是重要的问题，但也许更为重大，还是在90年代一直被压抑、被遮蔽的，沿着启蒙话语的思想路径。

对于当下的现实，"新左派"敏感地意识到现代化进程所带来的一系列社会问题。他们对市场、对资本主义全球化的批判，对社会公正的呼吁、对底层大众的关怀，都有着积极的现实意义。有批评者认为："从某种意义上讲，新左派思想不失为现实社会的体温表，透过它我们可以诊断社会现代化的健康状态。"对于"改革前"的历史，"新左派"超越了80年代启蒙主义的"传统/现代"二分法的思路，把中国社会主义实践纳入现代性视野中考察，并提出了不同于80年代"新启蒙主义"的理解。"新左派"作为一种批判力量,对市场竞争造成的无序化与两极分化,可能起到一种制衡作用,并显示出某种合理性。然而,他们把反资本主义的西方左派理论拿来批判中国的市场经济化过程,其结论必然是反对改革,反对开放,反对中国走全球化道路,反对中国与世界接轨。因此,它实际是一种最保守的理论。还有的学者指出,"新左派"在今天的西方社会可能是福音,在今天的中国则可能是毒药。因为它对自由的责难,只能被统治者利用来延缓政治体制改革。在西方责难自由主义,是反潮流的激进人士,在中国,责难自由主义,则是逆潮流而动。中国人民一百多年来一直矢志不渝地为实现现代化而奋斗,现代化或现代性的弊病对中国并不是现实的严重问题,现在大谈现代化的弊病,就像还没有解决温饱问题的人就要搞节食和减肥一样。[①]

如果说要对80年代的启蒙思潮进行反思的话,应该反省不是它对封建专制主义的批判,而是它的这种批判还远远深入得不够。中国的两次启蒙——"五四"启蒙和80年代启蒙——虽不能说完全失败或半途而废,但远未达到自己的目标。因为我们还不能说,广大的中国人民已经能够运用自己的理性对一切做出独立判断,能够意识和捍卫个人的自由、尊严与权利。"现代性"在西方正在不断遭受质疑,但是与西方的已经获得充分发展的"现代性"不同,中国的情况要复杂得多,源于西方的"现代性"价值系统尽管在"五四"及80年代的精英知识分子中得到大力提倡,特殊的国情决定了"现代性"工程远未成熟或完结。中国的"新时期"固然和现代性有着紧密的关系,但"现代性"

---

① 徐友渔:《"后主义"与启蒙》,《天涯》1998年第6期。

的获得不是一朝一夕就能解决,是一个漫长的过程,并不会因为"后新时期"到来而"终结"。而事实上八九十年代的中国社会经济文化中的确出现了后现代的因素,但是它们处于与现代性的并置于交织状态而不是标志着现代性的终结。80年代的启蒙主义话语并不是完成了它的历史任务而寿终正寝,而是被迫终止了它的使命。

总之,认同启蒙的必要性并不意味着对"启蒙"自身的局限性视而不见,或者说对"反启蒙"的声音置若罔闻,对那些极端偏执的意见我们当然可以不予理睬,但是更要在这种批判之音中认识并反思80年代甚至五四以来知识精英启蒙话语的失误,以便在新的语境中继续启蒙。对于知识分子来说重新确立自己的启蒙地位,有两个方面应该特别注意:其一,避免精英心态,将自我启蒙和启蒙大众结合起来,只有这样才能避免大众的冷漠与反感,以免启蒙的再度溃败。新时期的知识分子秉承五四新文学传统,具有强烈社会责任感和使命感,在80年代思想解放大潮中走在时代的前列,自觉地担当起拯人济世的角色,知识界在思想启蒙、谋划中国文化之未来等方面发挥了巨大的作用。但是在这种启蒙中,他们不自觉地和民众处于一种居高临下的关系,由"文革"前的"大众化"变成了现在的"化大众",在强调科学、自由、理性、个性独立的同时,将民众设定为蒙昧的"待启蒙"的对象,设置出"文明与愚昧的冲突"这样的二元对立模式。将传统文化作为自己的对立面,认为民众的麻木冷漠、愚昧落后、封闭守旧、因循保守、狭隘自私、自我欺骗等民族劣根性源自民众长期生存的文化环境,只有文化的彻底改造才能唤醒和拯救民众。这无疑体现了知识分子的忧患意识和焦虑情结,但是"无庸讳言,这当中的确也隐含着某种自以为高人一等的等级制假定和将文学功能不适当夸大的虚妄成分，特别是在 90 年代的后现代和后殖民视野中，这种高高在上的拯救性启蒙被人诟病为一种话语暴力，在一本探讨文学批评的文化身份的著作中这样解释 20 世纪的启蒙："何谓启蒙？启蒙就是运用启蒙者掌握的话语体系对启蒙对象进行启发、教育、改造和消灭的思想暴力，因而，从本质上说，启蒙确立的是一个对/错、优/劣、先进/落后、现代/传统、革命/反革命等一系列二元对立，是思维和思维对象的分裂，进入启蒙的空间实质上就落入了话语的霸权圈套—谁有资格获得启蒙权力？谁有资格设计启蒙路线？……无论'谁'获得这个'谁'，都意味着对非'谁'的消灭。……启蒙以现代的名义在不断实施其非思想性暴力，力图把他者变为对象化的存在。"[1] 这些说法虽然不能完全认同，但确实指出了启蒙者的精英心态和权威意识，以及启蒙者与被启蒙者的隔膜是产生这种误解和混乱的原因之一。特别是"五四"至 80 年代的启蒙大多偏重于精神上的启蒙，而忽略了广大民众对物质生活改善的渴求，这一点也是造成大众在 90 年代深陷物质欲望的狂欢而对启蒙者的精神拯救嗤之以鼻。所以对于今天的精英知识分子来说，如何使启蒙更接地气，并且不断自我启蒙以及知晓启蒙的限度是非常重要的。其二，重拾知识分子的批判精神。知识分子最本质的特点就是独立的不妥协的批判精神。鲍曼认为，"知识分子"一词乃是一声"战斗的号召"，同时也是一种"广泛而开放的邀请"，"'成为一个知识分子'的意向性意义在于，超越对自身所属专业或所属艺术门类的局部性关怀，参与到对真理、判断和时代趣味等这样一些全球性问题的探讨中来。

---

[1] 蓝爱国：《游牧与栖居——当代文学批评的文化身份》，中国社会科学出版社 2005 年版，第 155—156 页。

是否决定参与到这种特定的实践模式中，永远是判断'知识分子'与'非知识分子'的尺度"。[①] 80年代知识分子曾经成为时代的先锋，对当时的社会系统的运行和走势产生了举足轻重的影响，90年代以后，启蒙话语屡屡受挫打压，很多知识分子要么"告别革命"要么"躲进象牙塔专心做起学问"来了，那种激进的启蒙话语成了明日黄花，但进入90年代，社会文化环境更加复杂，在今天尤其需要知识分子占有文化公共空间，参与整个社会文化编码，尤其在价值混乱、解构一切的后现代语境下，重新承担起知识分子的批判性使命和道义上的责任，是知识分子启蒙者身份确立的前提。无论在任何时代，知识分子的批判精神应该像河流的堤岸一样规范着整个时代的精神流向。

回顾20世纪90年代，中国知识界曾发生了多种不同名目的文化主题讨论，虽然有关"现代性"话题似乎只是其中的一种，但是，由于现代性问题与对启蒙主义、现代化的反思，与后现代文化思潮的内在联系，实际上它可说是贯穿整个20世纪90年代文化讨论的基本线索之一，而且在相当的意义上，关于"现代性"的讨论，起到了促使转型期中国深层问题浮出理论"争论水面"的作用，所以，对于文化界、学术界影响颇大，这场大规模的反思现代性思潮，奠定了90年代以来学术界话语指向的一个基调：由80年代的"弘扬现代性"到90年代的"重估现代性"。

[①] 鲍曼：《立法者与阐释者——论现代性、后现代性与知识分子》，上海人民出版社2000年版，第1—2页。

第六章 文学批评的品格：由精英批评走向世俗批评

第一节 文学批评世俗化、平面化的语境

文学批评总处于一定的社会历史语境之中，其语境的改变在很大程度上影响着文学及批评的发展变化。90年代文学批评的世俗化、平面化与90年代的文化语境有直接的关系。

进入90年代文学的语境与80年代相比发生了巨大的变化。80年代是一个人文激情奔涌的时代。在历经"文革"的政治化挫折后，复苏的精英文化，重新在文化主潮中占据主导地位。它将审美或诗意的启蒙任务，人的觉醒的启蒙任务作为文化的根本使命。文学和文学批评在那时充当了重要角色，几乎承担了那个时代全部的思想启蒙的功能，文学批评产生了从未有过的影响。那时，文学创作和文学批评是社会正义的代言，最尖锐的社会问题，总是通过文学和文学批评传递出来。文学和文学批评有着一言九鼎的宏伟气势，尤其是1985年以后，英气勃发、激越向前，随时有振聋发聩的声音传来，随时有别开生面的主张发表。在这一时代潮流中，批评家充满了神圣的使命感和庄严感，充满了"光荣与梦想的情怀"。与80年代的批评活动的环境有着明显变化的是，

进入 90 年代，随着整个社会政治、经济的转型，一个世俗的、浅表的、消费文化繁荣的时期全面到来。大众文化具有商品化和消费化的特征，大众文化为文学及文学批评营造了一个世俗化的文化环境，在后现代解构主义语境下，启蒙主义已成明日黄花。随着思想的淡出，批评丧失了形而上的视野和冲动。

大众文化使文化发生了深刻的转向，"在美学和艺术领域中，从审美的文化向消费的文化转变，从神圣的文化向世俗的文化转变，从批判的文化向娱乐的文化转变，从灵性的文化向技术的文化转变，从传统的文化向时尚的文化转变。"[①] 尹鸿《为人文精神守望：当代大众文化批评导论》一文也持有这样的观点[②]。文章首先认为：从 20 世纪 80 年代中期开始，中国社会政治/经济发生了根本的变化。中国民众经久不衰的政治热情开始退潮，而消费主义观念却开始渗透到文化的创造和传播过程中。于是中国主流文化开始出现了一个巨大转折。无论是国家意识形态文化或是启蒙主义的知识分子都或者悄然退出或者被挤出了文化舞台的中央。那些五彩缤纷但却昙花一现的文化"快餐"几乎垄断了中国的文化市场，以宣泄和释放为目的的消费文化铺天盖地，"这一切，标志着中国文化进入了一个大众文化的时代"。它"标志了中国文化从政治、启蒙文化向娱乐文化的转变"。作者认为：当代中国的大众文化，在功能上是一种游戏性的娱乐文化；在生产方式上是一种由文化工业生产的商品；在文本上是一种无深度的平面化；在传播方式上是一种无等级的泛市民文化，"文化政治功能、认知功能、教育功能甚至审美功能都受到了抑制，而强化

---

① 贾明：《文化转向：大众文化时代的来临》，《上海师范大学学报》2005 年第 1 期。
② 尹鸿：《为人文精神守望：当代大众文化批评导论》，《天津社会科学》1996 年第 2 期。

和突出了它的感官刺激功能、游戏功能和娱乐功能"。大众文化放弃对终极意义、绝对价值、生命本质、历史意识、美学个性的孜孜以求，也不再把文化当作济世救民、普度众生的神赐法宝，不再用艺术来显示知识分子的精神优越和智力优越。它们仅仅只是一种令人兴奋而又眩晕的视听时空，只有现象没有本质，只有偶然没有必然，一切朝生夕亡、转瞬即逝。这些文本供人消费而不供人阐释，供人娱乐而不供人判断。它们华丽丰富，但又一无所有。文化最终名正言顺地成了一种文化游戏。大众文化就是这样通过放弃对终极意义、绝对价值、生命本质、历史意识、美学个性的孜孜以求为我们营造了一个世俗化、浅表化、人文性缺失的文化环境。在文学作品中也涌动着一股世俗化的潜流，从新写实对凡俗人生的认同、王朔作品的狂欢气息、苏青、张爱玲作品的走红到卫慧、棉棉"新人类"在追求感官快乐中打发时间，朴素、温馨的诗意离我们的文学越来越远。作家创作逐渐偏离严肃创作精神而愈益世俗化，随着90年代大众文化的勃兴，文本书写完成了由政治意识话语向个人话语的转变，作品往往成了自我欲望泛滥的场所，无价值判断、无理想归宿，沉溺于当下的肉身狂欢。与此同时，读者的阅读也进入了消费性阅读时代。读者对文学的阅读也不再是一种叩问。阅读文学作品也和进酒吧喝咖啡、进迪厅蹦迪、进麦当劳吃汉堡包一样，成了商业社会普遍消费方式中的一种。

与此同时，后现代主义文化思潮的渗透使得整个文化语境愈益走向世俗化、平面化。后现代主义文化逻辑，体现在美学上，则是传统美学趣味和深度的消失，走上没有深度、没有历史感的平面，抹平雅与俗的界限，日常生活审美化。因为从后现代主义立场上看，雅是为后现代所反感的意义、崇高、理想等的藏身之所，既然艺术和日常生活没什么区别,艺术也就没有什么深度,没有什么高于生活的地方。因此,后现代主义不言"意义"。"后现代主义告诉人们:这个世界没意义,因此无论在哪里追求'意义'都是骗局"。后现代文学理论批评家指出:"'意义'在文本中的迷失,是它在人生或世界中失落的一种隐喻。""贝尔已把后现代艺术批评的'反释义'性阐发到这种地步:'释义这种工作基本上是反动的。好像污染城市空气的汽车和重工业的油烟,如今艺术释义的流弊毒害着我们的感受能力……释义是智力对艺术的报复'"。"既然释义有这等罪过,反释义就变得绝对必需。于是中国的后现代批评家也学着不言'意义'。不言'意义'的批评只好强调'写作就是一种游戏',而'游戏'就是一种放松、宣泄、转移、大便,无须费力寻找,只要一游戏,自然就有了的。那么,批评家干点什么呢?帮助寻找或评论'游戏规则'"。于是,批评家们一面宣称"我不在意表现什么,只关心是如何表现的",一面在具体作品评论上,又一个劲地玄谈所谓"叙述策略""叙事圈套""语言能指""范式革命""文体实验"等等,努力将作家们的写作引导到"无深度"的平面上去。[①] 后现代批评家不仅在作品中消解意义,还在作品之外消解"意义"。一是解构批评的意义。解构主义批评把文学批评看成一种对文学文本的"再叙事"。这里没有权威意义,这里没有历史的永久在场的本质,因而没有确定的唯一正确的文本解读,批评变成了某种智力游戏。程文超把历史上所有的批评都看作是一种追寻意义的游戏。"任何时代的文学批评都是一个关于意义的故事,或追寻、或消解,意义,总是作为缺席的在场被谈论。于是批评家成为与意义捉迷藏的一群人。古往今来,

---

① 李万武:《看文坛后现代批评策略》,《文艺理论与批评》1997 年第 2 期。

批评家们乐此不疲地玩着这个游戏。"① 传统意义上的批评的概念就这样被颠覆了，批评活动本身也变成了一场"无底棋盘上"的游戏。二是重新解释作家、艺术家的职业性质，拒绝"灵魂工程师"的称谓。比如："作家是码字的""垒方块""敲键盘""逗乐解闷的"，将作家定位于"写匠"，以匠人的心态制造文学。作家就是"文本制造者"，作为文学"家"的身份越来越模糊，越来越淡化。让作家忘记自己是些对着人的灵魂做动作的人。"作家们忘了这一点，就可以不去追求'意义'，文学接受者忘记这一点，自然也可以打消执意朝作家要'意义'的'妄想'了。"② 三是直接消解为当今许多作家仍在苦苦追求着的居于领先位置上的那些"意义"，如理想、崇高等，文学创作已不是作家们崇高的塑造灵魂、抒写民生的神圣事业，而是大众参与的消遣娱乐的文化产业。③ 总之，后现代批评家就这样解构了中心、深度、主体、理性和意义等观念。

　　大众文化和后现代主义文化就是这样通过放弃对终极意义、绝对价值、生命本质、历史意识、美学个性的孜孜以求为我们营造了一个世俗化、浅表化、人文性缺失的文化环境。人们不再以个性、创造性、批判性、超越性或本雅明所谓的"韵味"来衡量文艺作品的意义，而是以大众性、娱乐性、畅销性来衡量文艺作品的意义。在一种平面化的市场价值诉求和大众文化的众语喧哗中，文学批评渐渐失去自己的锋芒和力度。这使得90年代的文学批评某种程度上缺乏80年代的人文激情。文学批评不再追求崇高与神圣，拒绝谈论历史、世界、社会，拒绝挖掘文本的人文理想和价

---

① 程文超：《意义的诱惑》，时代文艺出版社1993年版，第3页。
② 李万武：《看文坛后现代批评策略》，《文艺理论与批评》1997年第2期。
③ 同上。

值判断，批评品格失落，愈益走向世俗化、平面化，与审美性、精神性、人文性渐行渐远。

第二节 文学批评的世俗化、平面化

一 文学批评沦为商业炒作

首先一些媒体批评把文学批评变成商业炒作，文学批评在大众传媒的导演下日益时尚化、娱乐化、快餐化，许多批评沦为大众传媒"娱乐快讯""炒作热点"的制造者。如贾平凹的《废都》、莫言的《丰乳肥臀》、铁凝的《大浴女》等在传媒的商业炒作下被抛向通俗文学轨道；卫慧、棉棉等人的创作被媒体操纵成时尚事件，余秋雨的文化散文被迅速地时尚化和快餐化，而对其文学价值的评断，几乎无人问津，诗坛关于"口语诗"的论争演化为铺天盖地报道的"赵丽华事件""诗人裸颂事件"，等等。在媒体的涂抹、篡改下，文学批评沦为"花边新闻""娱乐快讯"。与此同时，文学批评往往对文学事件的关注超过了对文学作品的关注。对新鲜奇特、具有冲突性与戏剧性的事件总是青睐有加，像三毛自杀、顾城杀妻后自杀，"马桥风波""顽主挑战""大侠""长江读书奖"事件，"二余之争"，各种文坛官司，等等。这些事件和现象当然也应该得到文学批评的关注，但如果批评过于对此感兴趣，则可能导致文学批评在产生快感的同时将快感作为目的，而未能将其作为接近和通往批评对象并生产出意义的途径。

这种商业炒作必须采用媚俗的策略。为了适应这种需要，那种富于刺激性和冲击力，耸人听闻、吸引眼球的语言方式受到极大的鼓励，其极端便是所谓"酷评"的走俏。媒体涌现了大量的批评文章。这方面，王朔可谓突出的代表。王朔在90年代初的时候，就以尖刻的言辞（主要针对知识分子）在公众中树立起"牛虻"和"刺头"形象，到90年代末显得更成规模。1999年底王朔以一篇《我看金庸》制造出"顽主挑战大侠"的景观，由此开始对文坛宿将名流的"非礼"。2000年1月他抛出《无知者无畏》，这当中，《我看王朔》把自己的作品批驳得体无完肤，其辛辣刻薄，比《我看金庸》有过之而无不及，王朔拿自己开涮，仿佛搓掉自己一身泥，就可以放心说别人不干净了，于是一路横扫下来，老舍、赵忠祥、梁晓声，都未能幸免。文化界似乎特别愿意听王朔的骂声，《无知者无畏》一问世，既有陈晓明、李敬泽、刘恒、余华等京城名家为之叫好。接着享誉文化界的《三联生活周刊》为他辟出"自留地"，名曰"狗眼看世界"，其间将张艺谋、白岩松端到这火锅里煮了一回。

这种"语不惊人誓不休"式的"酷评"也大量出现于具有学术背景的人士的笔端。其表现之一就是文坛上炮轰名家、经典之举。批评家深知越是聚焦名家、经典批评越具有爆炸性，也就越能产生轰动效应，所以，一方面是对经典的不屑一顾，而另一方面又是在消费经典，靠经典为自己赢得话语的霸权。1999年青年学者、文学博士、评论家葛红兵撰写了《为20世纪中国文学写一份悼词》一文，从题目即可见其"爆炸性"，文章对鲁迅、茅盾、钱钟书、丁玲、巴金等一直被视为中国现代文学大师的作家们，从人格构成到艺术成就都加以否定，出语惊人："二十世纪中国文学给我们留下了一份什么样的遗产？在这个叫二十世纪的时间段里，我们能找到一个无懈可击的作家吗？能找到一种伟岸的人格吗？谁能让我们从内心感到钦佩？谁能成为我们精神上的导师？很遗憾，我找不到"。

1999年陕西师范大学出版社推出《十作家批判书》，对曾经好评如潮,在读者心中占有重要地位的作家进行了尖锐的批评。书的封皮上赫然写着作者、编辑和出版社的动机:"对当下中国文学的一次暴动和颠覆,把获取了不当声名的'经典'作家拉下神坛"。这样的措辞显然很具有爆炸性,市场性。作者孙珺认为,"钱钟书《围城》是现当代文学中的一部伪经",出语惊人。这篇钱钟书批判犹如抛向读者心中的一颗炸弹:《围城》"理念大于形式","理智大于感情""局部大于整体""拉郎配式的意向组合""自伤其累得比喻",所以"《围城》里什么都有,就是没有小说"。《围城》中越是一般读者感兴趣的闪光点就越是成为批判的焦点,这篇文章对钱钟书的批判具有强烈的颠覆性。也正因为这一点,才格外能引起读者(受众)的好奇心,再加上其他媒体《生活时报》《南方都市报》等的"热心关怀"(搅得风生水起),对其他作家的批评也是出语惊人。朱大可认为余秋雨"抹着文化口红游荡文坛",吴炫认为王蒙是"城头变幻大王旗",坷垃认为梁晓声是在"失禁的道德中作秀",何多认为王小波是一个"被误读的文坛异教",徐江认为苏童已经走到"穷途末路",吴炫认为贾平凹"总万般风情,肾亏依然"。光看这些批评回目,让人怀疑是"知音"上的滥俗篇目,哪里会料到这是一个是作为思想者和文体学家的学者写的文艺评论?《十作家批判书》带着闪电雷鸣呼啸而来,可以说是一次典型的文学炒作。诚如雷达所说:"此书商业炒作和市场运作的痕迹很明显,什么对当下中国文学的一次暴动和颠覆,把获取了不当声名的经典作家拉下神坛等语,真是危言耸听,有靠'灭'名家以招揽读者的用意。"在这本《十作家批判书》之后,又有王朔等著《十作家批判书》(之二),在这本书里,被批判的王朔成了批判者,而他首先是从批判20世纪最伟大的文学家鲁迅开始,可谓爆炸性极强。

还有与《十作家批判书》对应的《十美女作家批判书》，宣称此书是给美女作家立牌坊，有的媒体宣称此书："新一代批评家痛击文坛假面具舞会，卫慧、棉棉、安妮宝贝、九丹、春树、盛可以、尹黎川、虹英、赵凝、木子美等十位当红女作家集体被批。全书语言直接犀利，锋芒毕露，处处闪烁着文学语感的刀光剑影。是一部文学底气十足、生猛出击的文学批评文本。"应当说，在"刻薄而刺目的词句背后，不无真知灼见"。（雷达语）但这类批评措辞尖酸，甚至流于谩骂，有的还涉及人身攻击，观点极端且有失偏颇，往往使批评演变为"事件"而吸引眼球。《与魔鬼下棋——五作家批判书》的书名更引人注目，名"与魔鬼下棋"，旨在表现作家与批评家"棋逢对手"之意。该书策划者称，它是"文学博士联手向名作家发难"一本书。李建军、朱大可等将批评矛头指向池莉、王安忆、莫言、二月河、贾平凹五位著名作家。他们认为，这五作家都是"伪作家"，"池莉媚俗""莫言残酷""二月河唯皇史论"等等，继续向名人发难，这里面当然不排除文学博士的批判被书商用来作卖点而最终搞得沸沸扬扬。上述这些批评出语惊人，通篇只是进行语言的撒欢和情绪的宣泄，却没有令人信服的学理分析。

　　这种商业炒作的另一种方式就是包装式批评，是专门通过利用媒体这一资源优势来进行的包装。对于文坛的知名作家来说，每一部新作品的问世都意味着巨大的媒体舆论价值和社会炒作价值。因此，媒体会利用其巨大的舆论空间，不断地制造各种刺耳的声音和耀眼的目光，以此来吸引公众的眼球。这些年媒体确实捧红了一批明星作家，如少年作家韩寒、郭敬明、胡坚、美女作家卫慧、安妮宝贝，等等，还有一些专事于下半身写作和身体写作的作家们，在经过媒体的包装和"整容"之后，都纷纷登上了文坛。

有些甚至一夜成名。现在很多的出版机构已经成了"嗅觉"灵敏的警犬,他们能够准确把握当下社会发展的脉动,洞悉时代变化的一举一动,从纷乱的社会现实中抽丝剥茧,看到一个个"热点""卖点""动情点"和"经济增长点"。他们成了阅读潮流的制造者和引导者、出版市场的操盘手。有热点炒作热点,没有热点策划热点,吸引眼球和"制造动静"是他们的终极追求,在这个注意力经济时代,平淡平静,毋宁死。至于书稿的内在质量、文化含量和社会价值,则尽可能妥协于商业利益。而在这个过程中,批评家充当了共谋者。在出版界策划、操作、营销中,批评家为那些畅销书爆得大名作叫卖的广告,最成功的策划案例,大概就是贾平凹的长篇小说《废都》的出版发行。作品出版前批评家精心构写主题词,反复琢磨关键词,密切注意大众趣味,新闻媒体高调评论与极力渲染,诸如"当代的《红楼梦》,继《围城》之后最好的一部写知识分子的长篇小说""充满才子气的才子书""中国版的《查泰莱夫人》"……使《废都》在未出版前就已先声夺人,勾起了人们先睹为快的阅读欲望。作品问世,当即火爆京城。于是,文学批评成为其他利益主体与大众传媒为了商业价值而进行炒作的一个常规手段。

为了达到生财的目的,一些批评家在利用女性制造热点、制造焦点、制造注意力。如对女作者及作品做肉色包装,或者对女性文本进行男性篡改,运作也更为策略:一方面扩张公共空间,把大众的视线引入私人空间;另一方面,又扩张私人空间,把个人隐私放大在公共话题。把一些原本严肃的女性作家小说,包装得花里胡哨,再配上一些颇具"轰动效应"的评论文字,充满了暗示与诱惑,这已不止一位作者为此而愤怒而抗议。而对一些不健康的作品,反而包装得严肃、高雅、误导读者,批评家变成了操作家。有一些被包装的青年作家，也意识到了他的小说与那种文化包装没有什么关系，甚至还会产生一种被"强奸"的感受，但他们与包装者有着共同的利益点，知道自己被包装的市场价值和经济价值，所以也就甘心与包装者合谋。在这种情况下，在选择批评对象时，一些批评者眼睛首先盯在作家的可包装性和愿包装的程度上，他们不再以作品的审美性为原生点，批评者也不再有审美冲动，一切都只是"操作"而已。文学批评变成了文学操作，当然也就放弃了诗性要求，因为批评完全站在唯利是图的商品立场上，就必然使批评的诗性失落，向市场性、消费性、新闻性、广告性的倾斜，以牺牲科学性来俯就消费性，以牺牲审美性来曲就新闻性。

陶东风、金元浦在《从碎片走向建设——中国当代审美文化二人谈》[①]一文中指出：批评商业化市场化的一个结果是人们热切关注"策略""操作"之类"炒术"，而忽视以至忘记了价值建构与文化建设的使命。这是消费时代的重要文化征兆——名实相背。当对终极价值、永恒信念的追求失落之后，批判及其消费就真正成了一种游戏，用新鲜的名词、奇异的外表、花哨的包装填补人们的精神饥渴。批评由此成为一种工具、策略，通过巧妙包装抢占话语销售市场的方法，当批评家不再为建构文化价值、人文精神而探索时，话语权力就只能成为唯一的"猎物"和财富。宣判"××已经过时""××已成为历史"，不就是为取而代之，以当代文化代言人而自居么？批评失却了本体建构的意义，成为断裂的碎片，为操作而操作。批评的粗俗化也成为继小说语言粗俗化之

---

① 陶东风、金元浦：《从碎片走向建设——中国当代审美文化二人谈》，《文艺研究》1995年第5期。

后又一文化现象。这一切使得文学批评越来越趋向快餐化、娱乐化，广告化，追求阅读快感，一次性，用过即扔，不生产意义。文学批评只是成为制造新闻的流行快餐，成为文化消费的广告，只是传达浅显的市场信息。批评的主导趋势不再是强化学术品质和理论含量，而是变成一些消息、奇闻和事件。刊物发的文章越来越短，小报的杂感、随笔，对文意的要求似乎越短越好。批评流失在电视上文艺作品的座谈、报刊上关于文艺作品的介绍、出版商对文艺作品销量的市场调查结果等中。即便是专业、严谨的文学话题他们也可将其策划、包装一番。

二 文学批评的平面化

在90年代，学院批评中颇为盛行"话题批评"和"对话批评"。应该承认，90年代文学批评局面的活跃很大程度上是与"话题批评""对话批评"的兴盛分不开的。正是一个又一个批评话题的纷纷出笼，使得我们的文坛变得热闹而有趣。如果仔细翻阅文学杂志，几乎每一份文学期刊都有自己引为得意的"文学话题"。所谓"人文精神"讨论、"私人化写作""女性写作""重构现实主义""跨文体写作""新生代写作""七十年代人""后先锋"等。都是在90年代一度搞得文坛风生水起的"批评话题"。这些话题，大多体现了策划者对当下文学现实的敏锐嗅觉和对文学与精神问题的独特判断，现实性既强又有着相当的学术前沿性，其理论价值和实践意义都是有目共睹的。作为一种重要的文学批评方式，"话题批评"既是90年代文学批评的主体，也在整个90年代文学格局中占有相当重要的份额。很难想象，离开了热闹的"话题批评"，在市场经济冲击下日益边缘化的90年代中国文学会是怎样的一种沉闷景象。从这个角度来说，即使抛开"话题本身"

的学术内涵和精神内涵不谈，其对90年代文学或文学批评的"自我拯救"功能也值得重视，至少他以自己不甘寂寞的表现使寂寞中的文学或文学批评变得不再寂寞了。

"话题批评"作为批评界的一种"集体作业"，确实有助于对文学领域那些重大的现实或理论问题进行集中探讨。这种"集体作业"既使得那些引人关注的问题得到了某种程度的解决或澄清，同时也给文学带来了"热点"效应。这无论对作家、批评家，还是对文学或文学期刊，都是一举多得的好事。但是，对于文学批评来说，以"集体作业"方式呈现的"话题批评"恰恰是有违批评的本性的。批评本质上也是一种个人化的精神创造行为或文学阐释行为，它强调的是个人的"思想"和个人与众不同的"声音"。而在"话题批评"中，我们却发现批评在一哄而上的"集体喧哗"中，已经构成了对于"个人声音"的遮蔽。很多时候，"批评话题"已经不再是文学的"问题"，而是成了炒作的"热点"，充满了投机取巧的气息。每个人都希望在对一个流行的"声音"的汇入中，收获一点"名声"与利益，他们在发出自己的声音时恐怕谁也不知道自己是否拥有所谓个人的真正的"思想"。这种情况下，"话题批评"就成了一种裹挟性的"批评仪式"，他完成了对于批评家和批评本身的双重异化。正是在这种异化中，我们看到90年代的批评家们已变得越来越浮躁了，他们热衷于"一窝蜂"的"跟风"批评，热衷于大而化之的夸夸其谈，已经很少有人能耐心而细致地品读或阐释具体的文学作品了。有些批评家甚至根本没读过具体的作品，不知作品到底写了什么，也能想当然地写上洋洋万言的"批评"文字。批评正在一步步远离具体的文学实践和扎实严谨的阅读分析，而变得华而不实与好高骛远，这是我们需要对"话题批评"保持警惕的一个方面的原因。另一方面，话题批评在沦为一种"话题的炒作"的同时，也构成了对于文学界那些真正"问题"的遮蔽。话题批评不但遮蔽了文学界那些没有成为"话题"的真正"问题"，而且即使其本身，在"话题"成为"流行"或"时髦"之后，也常常会由"真问题"演变成一种"伪问题"。当"话题批评"本身成了一种"时髦"之后，许多批评家在进行"话题批评"的时候，就不是真正地去"思考"和探索"话题"本身，而是满足于对"话题"的参与"过程"，并以此为快乐，这就把"话题批评"异化成了一种批评"仪式"，"为话题而话题"的现象也就显得不可避免了。也正因此，我们看到90年代那些流行的"话题批评"有时恰恰与我们的文学生活和精神生活相游离的，那些所谓热点的话题批评之所以总是浮光掠影、不得要领，给人虎头蛇尾之感，很大程度上可能正与此有关。

与话题批评类似的是对话批评。可以说，在90年代对话批评已成了最基本、最引人注目的批评范式之一。90年代，对话体批评的流行达到高潮。尤其1994年前后围绕"人文精神"大讨论的几年，许多学者、专家参与了对话体批评，使一些富有思想深度和前瞻性的思考得以表达交流。据一位学者（周海波）统计，仅1993年下半年到1994年上半年，发表在全国重要文学期刊上的对话体式批评，就有几十篇。如《上海文学》有王晓明主持的《旷野上的废墟——文学和人文精神的危机》、陈思和主持的《当代知识分子的价值规范》、谢冕主持的《理想的文学史框架》、陈平原主持的《人文学者的命运及选择》、沈乔主持的《文学和它所处的时代》、殷国明主持的《话说正统文学的消解》，王晓明主持的《精神废墟的标记》以及陈思和主持的《关于世纪末小说多种可能性的对话》，此外还有朱向前、陈骏涛《三种理论批评形态的交叉与互补》(《飞天》1992年第6期)，蒋孔阳等《立足高标准、反对平庸》(《文论报》1993年1月2日)，王光明等《旷野上的废墟——文学和人文精神的危机》(《上海文学》1993年第6期)，谢冕等《理想的文学史框架》(《上海文学》1993年第8期)，李陀等《漫谈文化研究中的现代性问题》(《钟山》1996年第5期)，王晓明等《民间文化、知识分子、文学史》(《上海文学》1994年9期)，傅杰、王元化《关于近年的反思答问》(《文艺理论研究》1995年第1期)，孙绍振、夏中义《从工具论到目的论》(《文艺理论研究》1997年第6期)，王光明等《亮相对话：中国女性文学15年》(《文艺争鸣》1997年第5期)，丁帆等《晚生代："集体失明"的"性状态"与可疑性话语的寻证人》(《文艺争鸣》1997年第1期)，王干等《"新状态文学"三人谈》(《文艺争鸣》1994年第3期)，王蒙等《多元与沟通》(《北京文学》1996年第8期)，钱谷融、殷国名《关于论〈论"文学是人学"〉》(《嘉应大学学报》1998年第4期)等。《作家》有由潘凯雄等人组织的《对话录：批评号脉》《钟山》有陈晓明主持的《新"十批判书"》等。而《当代作家评论》《小说评论》《南方文坛》《文艺争鸣》《文学自由谈》等有影响的刊物也都有专门的对话批评专栏，在90年代的文学批评实践中发挥了相当重要的作用。

　　对话体批评在整个批评中所占的份额和所起的作用都是显著的。对此，杨杨在《90年代批评文选·序》中作了概括："90年代文学批评表达形式的最大改变，就是由多人参与的对话体批评的流行，而且，对话成为90年代文学批评表达批评家文学思考的最主要形式。可以说，90年代那些较为重要的问题，那些有着较为广泛社会影响的批评话题，都是通过对话的形式表现和传播开来的，诸如，后现代问题、女性批评文体、传媒与大众文化问题、市民社会和都市文学问题、新生代作家作品、晚生代作家作品及70年代作家作品的评价问题等等，都可以看到不同群类批评家，以一种沙龙谈话的方式，最简洁、也最快速地将自己的意见表达出来。"如果排除了这些对话批评的文本材料，90年代文学批评许多有思想深度的观点和具前瞻性的思考，将会被排斥在外。但这种批评文体也存在严重局限和不足。对话体批评某种意义上说就是一种侃批评，因此也透露出批评浮躁的倾向。一些批评家热衷于三二成群的"圈子"内的对话、讨论、争鸣、商榷，表面看起来非常热烈，实际却做作、虚假，把批评引向一种狭隘的"沙龙"事务，批评因而染上空谈、闲谈、清谈的贵族风气和闲适情调，不再承担对文学、社会和人生的承诺，不再承担判断、阐释和交流、沟通的义务，批评渐渐退化成为一种以"话语"为本体的趣味式文字，一种体现文人、学者、批评家身份的语言行为。

第三节　文学批评困境与出路

回顾90年代，我们有各种批评，几乎形成了多元的、各自分立且相对清晰的批评形态，但我们最缺少的是知识分子式的批评。或者说批评的陷落与危机主要原因之一就是知识分子式批评的薄弱。为什么这么说呢？因为真正的知识分子批评是一种独立性、批判性、超越性的批评，不媚权、媚世、媚钱，当然也包括不媚大众。不依从权威，官权的、金钱的、学术的。而90年代文学批评的世俗化、商业化、平面化，归根结底在于缺乏这种独立性、批判性、超越性。所以要想提升文学批评的品格必须强化知识分子式的批评。

知识分子这个概念意味着独立,特立独行。知识分子是"不对任何人负责的坚定独立的灵魂"(贾克比语)。反顾90年代以来的当代文学批评,文学批评越来越陷入一个尴尬的境地,令人有强烈的危机感。当今的文学批评"不仅丧失了应对社会和时代问题的能力,而且同时丧失了自身的独立性和批判功能。90年代以来的批评界已日渐堕落为名立场,匮缺的就是最基本的批评品格。而这种批评的基本品格的丧失才是今天的文学批评界所遭遇的最大的危机"。① 吴晓东将"90年代以来的批评家分为四种类型。其中有三种帮闲:一是权力的帮闲,二是商人的帮闲,三是朋友的帮闲,第四种是上述三者兼而有之。四种批评家的分化使批评与真正的宗旨渐行渐远,其最根本的原因正在于批评家批评立场的丧失,演变为一批职业帮闲者,最终则是与社会关怀的根本疏离。从帮闲者中是产生不出真正的社会批判者的。"②

在一个众声喧哗的时代,批判精神构成了人文学者的价值所在,显示了知识分子作为一个独立的思想者的身份特征。美国著名的后现代主义学者批评家杰姆逊,他在上海的一次座谈会上说:作为一个美国的知识分子,我的第一个和最后一个使命,都是反美,因为美国是当今世界上的唯一霸权,这是真正的知识分子精神。知识分子的这个批判的精神传统,不但欧美有,中国也有,鲁迅就是一个很好的例子。在今天,我们最需要的就是鲁迅那样的坚持批判性思考的知识分子品格,而20世纪90年代以来,中国知识分子越来越失去了社会或精神知识分子的立场。

"1991年由北京学者主编的纯粹民间性学术集刊《学人》悄

---

① 何言宏:《批评文体的偏执与再造》,《文艺争鸣》2004年。
② 吴晓东:《当前文学创作与批评——新的现实与可能》,《文学评论》2004年第1期。

然问世，无论是论文选题还是论述问题的方法，都显示出与八十年代思想启蒙大相径庭的'为学术而学术'的价值取向。"[1] "不久（1993年），上海学者陈思和在《上海文化》创刊号上发表《知识分子在现代社会转型期的三种价值取向》与此遥相呼应，明确提出告别失落的古典庙堂意识和虚拟的现代广场意识，倡导建设知识分子岗位意识。"[2] 在90年代这种"回到岗位"的号召下，"也在其后建立学术规范的努力中，批评离开了思想，回到了学术，回到了学科内部，越来越多地将焦点聚集在明确而狭窄的学科对象上，越来越多地主要热心于学科内部的学术梳理性质的工作，越来越将人文话语推进到科学主义性质的、建制化的、分隔森严的研究上去，各人分块地，安心种自己的园。"[3] 于是，"有的回到孔子，如李泽厚，有的回到乾嘉时代，如陈平原，有的不断汗颜80年代幼稚的批评，庆幸找到了一门真正的学术，如黄子平。80年代那样的走向现代化的理想主义激情消失了，文学批评逐渐从政治、思想、社会批判等阵地大幅度地后撤。80年代以来处于前沿批评界的人都回头去做学术史、思想史，不搞当下的批评，像钱理群、陈平原、赵园、季红真等等。"[4] 在知识分子这种"回到岗位"的号召下，"曾经流行的治学之道是学问与现实人生的分离：书斋成了纯粹的修身养性、锻炼智慧的场所。而当学问更多地成了回避或逃离现实的一种有效方式之后，批评家不仅丧失了对现实人生的生命体验，而且也失去了把这种体验渗透到学问中，并进而在形而上的层面上把握、观照的机会。于是，做一些不痛

---

[1] 刘雪松：《学院批评的困境与进路之一种》，《当代文坛》2011年第1期。
[2] 同上。
[3] 金岱：《当代文学批评：回眸与进路一种》，《华南师范大学学报》2006年第1期。
[4] 刘雪松：《学院批评的困境与进路之一种》，《当代文坛》2011年第1期。

不痒的学问,写一些四平八稳的文章便成了许多批评家的生存方式和价值选择,本来就不多的思想深度和锋芒自然也就在这种治学之道中变得微乎其微了。"①

应该说学院批评之形成的积极意义是显而易见的,它在20世纪90年代之初的勃然兴起,实际上是当时的批评家们"企图通过使批评回缩到学院讲坛,通过确立批评者的'学者'身份而不是政治身份,来获得一份非政治内容和非政治空间",进而使批评"从政治意识形态中分离出来",并且寻求自身的"独立性"和"自律性"。②所以,学院批评的兴起,显然有着反抗或逃逸体制的内在企图,是一种"去体制化"的、具有相当重要的历史文化意义的批评实践。它并不与政治意识形态批评抗争就脱离而取得了分立,大大淡化了人文学术的意识形态从属性,它有利于中国批评的专业化,科学化。但是随着历史语境的变化以及专家批评的偏执性发展,这样的意义已近消失。学院批评在走向专业化、科学化和规范化,获得了自我独立的同时,批评的灵魂——思想却退隐了,批判性和建设性的理想与激情却退隐了。在学院的象牙塔之中,知识分子的公共性逐渐被专业性代替,民生关怀为学术研究代替,激情被冷静代替。

从某种意义上说,知识分子退回书斋,专心于学术似乎应是知识分子的当行本色,这似乎不能算错。但回到岗位,回到书斋后,批评越来越职业化了,这在西方可以,西方的制度提供了可以在屋里面谈论文学的条件,在目前的中国还不行。因为紧迫着知识分子的问题还很多,知识分子还不能退回书斋。英国著名的社会文化批

---

① 刘雪松:《学院批评的困境与进路之一种》,《当代文坛》2011年第1期。
② 贺桂梅:《批评的增长与危机》,山西教育出版社1999年版,第42—43页。

评家弗兰克·富里迪曾经指出:"知识分子的工作一旦职业化,就不再具有独立性,也丧失了提出重大社会问题的能力"。① 90 年代的现实正是这样,知识分子被学科体制收编,各专业领域的专家多了,学者多了,面向社会发言的社会或精神知识分子越来越少了,或越来越疲弱了,无声无息了。不少人把注意力集中在狭隘的专业领域,陷入团队,陷入课题,陷入与学术、学科有直接关系的活动,成天忙于可填在学科建设成果表格上的所谓纯学术,写文章是为了评职称,申报课题,完成工作量,拿津贴和经费,不关注现实,放弃社会批判责任,不对社会承担道义,不为人类净化良知,在他们的文章中越来越不见关注时代、关怀社会、关爱民众的情怀,他们丧失了社会公共代表的角色,在越来越注重科学性、技术性的同时而抛弃人文性。一些学院派批评家治学追求为学术而学术,片面追求所谓"功夫",把研究学问简化为一种工匠做的技术性工作。他们对批评形式、批评方法、批评术语的迷恋几近使批评沦为智力操作游戏,原本充满生命活力的文学一旦进入他们这种"专业化操作",便形同丧失元气和灵魂的生物标本。学术上日益陷入逼仄的窘境,语境一步步走向苍白;最后"把自己关在一个网眼细密的精致的笼子里,由于没有异质的介入与冲击,而日渐在原先巨大传统惯性的轴心上自行精致化。常常因为缺乏'精神上的连接',有时还'缺乏滋养人们精神与心智的字句'。(克罗齐语)由于过于穷形尽相,便不免润饰藻绘,我们从他们身上所看到的,往往是一个既深邃又萎靡的精神世界,就像一块经过反复雕琢的石头,镂空凿孔,由于过分的精巧,倒变得不堪碰撞"② 最终导致批

---

① [英]弗兰克·富里迪:《知识分子都到哪里去了》,戴从容等译,江苏人民出版社 2005 年版,第 98 页。
② 杨健民:《需要一种实业批评家》,《福建论坛》1994 年第 1 期。

评的学术活力和思想力量的丧失。

我们不否认知识分子选择"回归岗位",某种程度上可能是一种无奈的选择。90年代中期以来,学院性质发生了根本性的转变,学院又一次"体制化"。学科建设、项目申报、科研评奖、核心期刊和量化管理等的评价标准,绞索一般"套牢"了供职学院的专家学者,从事文艺批评的"专业批评家"们,自然难以幸免。他们的工作、晋级以及薪水都依赖于专家们的评估,这种依赖对他们谈论的课题和他们的批评话语毫无疑问要产生相当的影响。同时,大学的这种考评体系和职称晋升将知识分子一一搜罗到学术的帐下,也使知识分子越来越丧失了对外界的感知能力和批评能力。而且,这里面也不排除知识分子在现实中无能为力在特定情境下一种迫不得已的以退为进的努力,还有市场社会中的商业主义和后现代主义给知识分子言说形成了空前的挑战等原因。这些都是可以理解的,但是却并不一定值得效仿和称道。尤其是面对90年代大量的纷繁迷乱的文化现象和文学现象,批评家无论是不愿说不屑说,都意味着批判立场的自动放弃。因此,在当今这个时代,让批评家首先以思想者的身份出场便成了一件意义重大的事情。同时,我们还应该明确的是,这样做既不是让批评家走向广场,也不是让批评家放弃学问,而是希望批评家在研讨学问的时候多一些现实关怀和人文关怀,以思想的光芒照亮自己的学问。① 换句话说,绝不是要把公共化与专业化相对立,而是应当在大力推进专业化的前提下倡导人文知识分子以其专业背景的公共化。唯其如此,文学批评才可能拓展自己的生存空间,成为介入

---

① 赵勇:《批判精神的沉沦——中国当代文化批评病因之我见》,《文艺研究》2005年第12期。

社会人生的有效方式。实践证明,"真正有境界的学术不会为现实服务,但不可能没有现实关怀及存在关怀,并运用这种关怀的成果(思想和理论品格)去潜在地影响现实。同样,真正优秀的文学批评也不会自隔于现实,它应该像坚实的堤岸规范河流那样,导引着一个时代的精神流向"。①

当然,90年代也有由批评界首先发难的与社会转型期的文化现状密切相关的几个问题,并一度成为文论界的热点问题,如"传统文学热""人文精神的讨论""后现代主义思潮""新左派"思潮。但如果仔细分析,大都性质模糊。正像有学者指出的那样,90年代文学批评的这几个热点,都有着知识分子批评的意味,又都似并不充分,并不真正独立真正超越,显得面目模糊,性质暧昧、含混。那种较具独立性和超越性的充分的知识分子批评向度,仍然未见成形。②

先来看看90年代兴起的国学热。90年代初,以西方现代性价值标准为核心的启蒙话语的受挫,季羡林、汤一介等老一辈学者打出了"国学"的旗号。陈平原、汪晖等人则创办《学人》杂志,提倡梳理、研究晚清以来的学术史和学术传统,以其摆脱学术研究与现实政治贴得过紧的状态。应该说,这样的发展方向是相当有利于深化学理、提高研究的学术文化含量的。从这个意义上说,"传统文化热"具有对"左"的僵化的意识形态进行批判的意味,而且在经济全球化的国际氛围下,作为对民族身份自我认同的努力,亦是一种必需,这两个方面都是具有独立性的;但是,另一方面,在总体价值取向上,"后国学"思潮隐含着一种谨慎甚至有

---

① 刘雪松:《学院批评的困境与进路之一种》,《当代文坛》2011年第1期。
② 金岱:《当代文学批评:回眸与进路一种》,《华南师范大学学报》2006年第1期。

点退缩妥协的现实社会态度,还有与"左"的僵化的意识形态暗合的趋势,在现在的特有的中国语境下,强调文化守成,形成与启蒙相对立地非批判地对传统文化的过激的民族主义倾向。在对待传统文化问题上,真正的知识分子立场的批评,应该是从超越现存现代性的角度汲取传统文化的营养以建设更完善的中国的现代性,而不是将传统与现代的关系等同于中西对立,站在"中"本位的立场(实际是前现代的立场)反现代性。遗憾的是,90年代的"传统文化热"的主要趋向似乎是后者,而且越来越明显。[①]

再看"人文精神"的讨论。知识分子的特点之一是对所批判的对象采取的是分析的甚至怀疑的批判的思维方式,而90年代的对"人文精神"问题的关注,却离这相距甚远。80年代的批评,尤其是"新启蒙批评",中国的知识分子们是那样地渴望着现代化——更为深入和完整的现代化,可刚入90年代,面对市场经济在中国的切实展开,人们又突然转身,恐慌起市场经济,恐慌现代化,这是否是像有人说的在市场经济切实到来时恐慌起自身地位的失落而呈现的某种症候呢?今天看来,还有一个重要原因,是思维方式的问题,知识分子当时的困惑是,这就是现代化吗?如果这就是现代化,那么,就因为它是现代化,就一定要赞成吗?[②] 换句话说,我们判断事情,思维的一些前提,是不是有问题呢?也就是说对于现代化,我们总是简单的或赞成或反对,而不是知识分子式的那种分析的怀疑的批判的思维方式。所以,我们一开口说话,要么只能赞同市场经济时代到来,或干脆用市场话语说话;要么只能采取传统人文主义的立场,或抵触市场,或只

---

① 金岱:《当代文学批评:回眸与进路一种》,《华南师范大学学报》2006年第1期。
② 同上。

看见市场的负面效应，诸如进行"拜金主义"指责等等。除此之外，我们确实鲜能看见既适应市场，又能审视市场、引导和批判市场的新人文话语产生。所以，问题并不在于面对市场经济的到来，要不要呼唤人文精神，而在于那种心态，那思考和提问的角度。如果以欢迎市场经济，真切地希望着更深入更完整更完善的现代化的基调上提出重建精神规则，重建新的价值共识，或重建人文精神，我以为才是可以思议，才是中国现实的真正需要。在中国特有的历史语境下，对于现代性或现代化，不能简单地持拥抱和反对的立场，拥抱现代化与批判现代化，拥抱现代性与批判现代性，必须是一个同时而双重的态度与任务。西方近代的启蒙现代性，体现为一种高度理性精神（如工具理性、技术理性等），它为整个社会的现代化发展开辟了道路，给西方社会带来了巨大福祉；但另一方面，也造成了许多传统社会所没有的问题，这种"现代性"发生裂变，裂变为两个方面：一方面是"社会现代性"，它继续追逐科技高度发达、经济高度发展的现代化发展目标；另一方面则是"文化现代性"，它对前者所带来的后果及其问题进行批判反思和怀疑抵制，所要极力维护的是人的主体性。二者同根同源却又反目成仇，形成紧张关系和激烈冲突，[①] 正是由于有了这种紧张关系和激烈冲突所形成的"张力"，才会使一个社会保持比较合理健全地发展。西方学者对现代化的这种理解，应当可以给我们一些启示。因此，有人指出"人文精神"论者的反现代性姿态具有知识分子批评意味的同时，似乎也有着隐在的某种仍带有"左"味的政治批评（经济改革而文化固守）的色彩。

　　90年代文坛的后现代热，是另外一例。后现代批评反启蒙、

---

① 周宪：《现代性的张力——现代主义的一种解读》，《文学评论》1999年第1期。

反中心、消解深度模式的一系列观点，在一定程度上使文学从政治和霸权中获得解放，呈现出一种激进的先锋姿态。对于90年代文学创作上的痞味、玩世姿态及其感官狂欢现象也借用后现代主义话语予以发挥，用以解构"左"的意识形态和文学的政治功利性的正统地位，同时也解构一些"人文精神"论者们的其实是前现代性的"崇高的道德理想主义"等，在当时的中国语境下，这也许可以说是与某种僵化意识形态保持距离的一种可能的策略。但是随着后现代主义在中国的推进，它的弊端和保守性也日益得到呈现，一些中国式的后现代主义在批评实践中沉溺于文本游戏，在价值取向上拥抱世俗，躲避崇高。在现实层面，一些后现代批评者极力主张并安于所谓"边缘化"的位置，对日益严重的社会现实，分配不公、社会腐败、两极分化等不合理现象置若罔闻。他们反主流意识形态，但对以王朔为代表的大众文化、俗文化的兴起，却较为宽容。这种中国式消解性后现代主义的痞味、玩世，它的媚俗的世俗化倾向，使文学的本真精神受到了伤害；它的非批判，非建设性的策略取向，也使它在某种意义上离开了知识分子批评的要义所在。

90年代中后期以来，中国经济在高速发展的同时也带来很多新的社会现象，贫富分化、分配不公、权钱交易、官场腐败等社会问题逐渐突显出来。这些问题引起知识界的关注，其中新左派对市场、对资本主义全球化的批判，对平等的强调、对社会公正的呼吁、对底层大众的关怀，表现出知识分子人文主义的情怀，是难能可贵的。它的全球视野，尤其是对于"改革前"的历史，"新左派"不同于80年代启蒙主义的"传统/现代"二分法的思路，把中国社会主义实践纳入现代性视野中考察，并提出了不同于80年代"新启蒙主义"的理解，这些都体现了一定的超越性。

但新左派对大跃进、人民公社、"文革"等的认识,却显示出了某种极端的思维方式,特别是当它和文化保守主义、民族主义思潮合流而摧毁着启蒙"工程"时,就有可能偏离现代化方向。在文坛热点底层文学批评中,新左派对精英意识的批判、刻意强调放弃知识分子立场,在对知识分子"近乎失控的谩骂和嘲弄"中,"故意远远遮盖了国家体制强大存在的事实",却对更大的阴影视而不见①等,所有这些都明显缺少知识分子批评的立场。

90年代以来文化批评铺天盖地,一般来说,文化批评被公认为是最应具有知识分子批评的特点的,而90年代以来的文化批评特别是90年代后期,文化批评越来越缺少批判意识。90年代文化批评理论资源多来自西方文化批评理论,而在西方文化批评最突出的特点是秉承了知识分子的批判传统,体现了知识分子的责任感和使命感。应该说90年代初中国的大众文化批评也充满了批判精神,但90年代中后期,文化批评收敛了自己的批判锋芒。尽管当今的文化批评依然欣欣向荣,但是它只是在消费批评的层面给人们带来了一种阅读快感,而无助于问题的真正解决。一些文化研究变成了"可以在学院里安全生产的知识话语,变成了可以在课堂里师生共同开发的智力游戏"②;而另一些文化批评老是关心诸如广告、波鞋、酒吧、吊带衫和街心花园、时装表演、城市广场、购物中心,不厌其烦的追逐社会热点,很难想象这样的文化批评能有多大的批判性。文化批评的价值很大程度上取决于文化批评对社会文化和社会现实的介入和参与意识,及时而敏锐地对

---

① 许维贤:《谁说话了?——论〈那儿〉的书写面向及其窘境》,《海南师范学院学报》2006年第1期。
② 赵勇:《批判精神的沉沦——中国当代文化批评病因之我见》,《文艺研究》2005年第12期。

当下的重大社会文化现象做出清醒分析与判断。批评家职责所在，必须体现对现实深层需求的回应而不是对文化表征的描述和文化泡沫的追随，这也是知识分子的忧患意识和使命意识使然。遗憾的是90年代的文化批评越来越背离这一点。

陶东风认为"文化批评既然是一种高度介入性的批评方式，因而它必然与以价值中立相标榜的纯学术不同。而这种富有社会责任感与使命感的知识分子又通常与中国传统的以天下为己任的士大夫以及80年代的启蒙知识分子十分近似。"[①] 徐贲认为"文化批评是一种社会性的知识行为，一种公民参与行为，不是一个学科领域……文化批评侧重的则是分析和评价政治文化，社会观念和群体价值，它是一种社会性批判。文化批评必定是一种知识分子行为，而文化研究则可以是一种专业的知识分子行为。"[②] 从以上的表述中不难看出，文化批评的行为主体不是书斋里寻章摘句的学者，也不是体制内的专业人士，只有在这一意义上，他们才能胜任启蒙知识分子或批判型知识分子的角色。然而，实际情况却并非如此，种种事实表明，90年代以来，知识分子的角色已经发生了重要转型：已由"立法者"转为了"阐释者"。

赵勇曾对此有过精彩的分析。他说，许多事实可以印证这种转型，时至今日，知识界业已承认，整个80年代实际是知识分子活动的黄金时代。在这一时期，知识分子接通了"五四"知识分子的精神气脉，于是、启蒙、批判、抗争成为知识分子日常工作，让思想冲破牢笼进而建立一种公共的话语空间成为知识分子的理想目标。这个时候，我们完全可以把知识分子看作是鲍曼所谓的

---

① 陶东风：《文化研究：西方与中国》，北京师范大学出版社2002年版，第12页。
② 徐贲：《知识分子——我的思想和我们的行为》，华东师范大学出版社2005年版，第4页。

"现代型知识分子"或"立法者"。进入 90 年代之后,知识分子回到书斋,他们纷纷脱下知识分子的战袍而换上了学者的救生衣,试图在自己的"岗位"上有所作为,这是知识分子的失语期、心态调整期,同时也是 80 年代所达成的共识的破裂期和孕育着分化的时期。1992 年,随着市场经济机制的启动,各种各样的问题蜂拥而来,面对新出现的问题,知识分子阶层重新活跃起来,试图开辟新的话语空间寻找新的表达方式。在对大众文化的批判中以及随后出现的人文精神大讨论中,知识分子进行了一次集体亮相。从某种程度上看,"这次亮相既是 80 年代'立法者'角色扮演的回光返照,也是'立法者'向'阐释者'位移的分水岭。因为也正是在这一进程中,后现代主义的话语开始大面积地进驻中国,"[①]知识分子在这一思潮的冲击下开始思考自己的角色、想象自己的身份,以求重新为自己定位后能为其行动做出合乎历史和逻辑的解释。比如,有人曾"清算过知识分子的启蒙心态、道德理想主义精神和'指路明灯''情结';有人曾借用葛兰西的'有机知识分子'概念把知识分子定位成'文化守望者':'在文化边缘处守望',通过对话来参与发展,通过反思来提供参照可能是文化守望者的新知识分子立场"[②]。"有机"我想就好像岩溶于水一样,你不太能够看到他,但他却发挥了极大的作用。他不是像领袖人物一样振臂一呼,众人景仰,而是对人的精神,人的文化取向的选择发生作用。他不试图全面支配别人的生活,而是让人们和他在互相改变、互相对话,"还有人明确借用鲍曼的说法,认为在今天的世俗社会里,传统意义上作为'立法者'构建元话语的知识分子

[①] 赵勇:《批判精神的沉沦——中国当代文化批评病因之我见》,《文艺研究》2005 年第 12 期。

[②] 同上。

已经死亡,但他们还没有放下'立法者'的架子,还不习惯与其他的不同的共同体进行对话,还没能成为一个真正的'阐释者',这是为什么中国知识分子如今日益丧失'公共性'的重要原因。在这些清算、表态和呼吁中,我们看到现代型知识分子价值观的根基早已松动,后现代知识分子的价值观业已形成"。①

90年代文学批评形成了空前的多元共存局面:有学者型的批评,还有作家型批评、读者型批评;有学院批评,还有媒体批评、网络批评;既有精英式的科学规范"雅"的批评,也有大众化的浅显易懂的"俗"的批评。毋庸置疑,我们需要这样丰富多元的批评局面,但在今天的语境下,最需要的还是知识分子批评。知识分子在当今的文化中比先前任何时代要发挥更为重大的作用,因为有许多问题需要知识分子去面对和回答:如,在今天,尤其是在今天中国,现代文明,或者说,启蒙话语是否如后现代批评家所说已经过时,中国是否已经进入不需要启蒙的时代?如何才能从中国和东方的文化传统中提炼出能贡献给人类现代化(性)的营养或财富?如何一方面继续追求科技高度发达、经济高度发展的现代化发展目标;另一方面对"现代化"所带来的后果及其问题进行批判反思和怀疑抵制,进一步维护、弘扬人的主体性?在当代中国文明转型的伟大历史时期中,如何重寻价值、重寻生活方式和精神规则,重建生活世界尤其是我们的生存本体?如何对中国语境中复杂的文学景观做出自己的分析判断,从本土文学现象发现和提出问题?这一切都落在了当代知识分子的肩上。因为知识分子(尤其是人文知识分子)不仅是历史的参与者,更重

---

① 赵勇:《批判精神的沉沦——中国当代文化批评病因之我见》,《文艺研究》2005年第12期。

要的在于他不是一个历史的盲从者而是有意识的反思者、批判者，他有责任和义务对文化的发展提供一种批评机制、一种文化发展的远景参照，提供一种人文主义的终极价值。

那么，学院批评如何转化为知识分子批评？我想，学院批评在转向知识分子批评时还需在以下几个向度不断自我完善：既保持学院批评所具有的明确固定的对象性、专业性，又更具思想性和创造性；它应该像政治批评那样具有当下性，面对现实境遇，但却更具超越性，它面对的问题有可能暂时不被更广泛的人群关注，却可能是深远的、对社会或人类的未来走向具有重大影响的问题；既参与到媒体批评中，又避免媒体批评的效益性（现实的市场需求），而使其更具批判性和建设性。

比如，在和媒体批评的关系上，学院批评不应只是对媒体表现出不屑或逃避，要发挥自己的优势，要占领媒体、利用媒体。一些媒体批评的恶俗在文化界无人不知，文学深受其害。然而这不正是学院批评向媒体批评大步前进的充分理由吗？除了各种不同规模和级别的学术会议、学术沙龙，媒体是这些对话和交流的一个重要的操作平台，而且，那些学术会议也往往通过媒体来扩大其影响力度和范围。可见，即便从学术自身来看，我们也不能轻率地拒绝媒体。再者，我们的批评也应并不满足于在象牙塔里自说自话，还要寻求有效地参与文化的现代性进程。葛兰西的"有机知识分子"论在当今中国知识界也得到了不少人的认同和回应。现在的公共领域由于缺少包括批评家在内的知识分子的有效参与，正日益蜕变为"伪公共领域"。真正的公共领域应该是大家民主平等地讨论重大社会政治、文化问题的空间，而如今的这一领域却以炒作某某明星的隐私、嗜好取而代之。因此，为求洁身自好而逃避或拒绝媒体实际上是在逃避或拒绝一份不可推诿的责任。公共领域既失，知识分子（批评家）何为？其实，逃避或拒绝是大可不必的。一方面，批评家可以在进入媒体或与媒体接触的过程中从内部去改写媒体；另一方面，批评家也可以通过媒体发出自己的声音，参与真正的公共领域的建构，从而，更为有效地参与中国文化的现代性进程。[1]

学院批评当然有其自身的特殊性，学院批评是学院的、高度专业的，学院是一个非常自律、自主乃至自我闭合的场域，因而也就必然与公共领域存在隔阂。知识分子的专门化使得他的公共参与能力弱化，所以越来越专业化。为此，学院化的文学批评必须保持其与公共领域的有机联系，有效地参与文学以外的重大社会政治问题，只有这样才能保证知识分子与公共领域的沟通与联系。萨义德主张"知识分子是社会中具有特定公共角色的个人，不能只化约为面孔模糊的专业人士，只从事她/他那一行的能干成员。我以为，对我来说主要的事实是，知识分子是具有能力'向（to）'公众以及'为（for）'公众来代表、具现、表明讯息、观点、态度、哲学或意见的个人。"[2] 萨特甚至说，一位原子能科学家在研究原子物理时，他不是个知识分子，只有当他在反对核武器的抗议信上签名，才是个知识分子。可见，知识分子在致力于专业学术时，还要担当社会良知，要参与公共事务。参与对主流文化的批判或编码，这是人文知识分子所禀有的一种"特权"，更是不可推卸的使命。

当然，我们在强调学院批评社会关怀的同时一定要警惕陈平原

---

[1] 孙辉：《批评的文化之路——20世纪末以来文学批评研究》，硕士学位论文，暨南大学，2003年，第25页。

[2] ［美］爱德华·W. 萨义德：《知识分子论》，生活·读书·新知三联书店2002年版，第16页。

所谈的"借经术文饰政论"的局面,"在专业研究中,过多地掺杂了自家的政治立场和社会关怀,对研究对象缺乏必要的体贴、理解和同情,无论谈什么,都像在发宣言、做政论"。① 也就是说文学批评最终不能成为一种工具或利器,它首先应该是"文学"的批评,学术虽然关联思想,但是两者毕竟是文化领域中的不同范畴,不能以一方取代另一方。学院批评如果能兼顾以上这些方面,就有希望实现学院批评的真境界:"有学术的思想"和"有思想的学术"。

---

① 查建英:《八十年代访谈录》,生活·读书·新知三联书店2006年版,第139页。

参考文献

陈清侨：《身份认同与公共文化：文化研究论文集》，牛津大学出版社1997年版。

蒂博代：《六说文学批评》，生活·读书·新知三联书店2002年版。

丁帆：《重回"五四"起跑线》，人民文学出版社2004年版。

方锡球：《第十四章 "全球化"语境中文学与人的三个问题》，《从传统到现代 人文立场与诗学关怀》，安徽教育出版社2007年版。

公羊主编：《思潮：中国"新左派"及其影响》，中国社会科学出版社2003年版。

韩少功：《文学的根》，山东文艺出版社2001年版。

贺桂梅：《批评的增长与危机》，山西教育出版社1999年版。

黄子平：《"灰阑"中的叙述》，上海文艺出版社2001年版。

旷新年：《写在当代文学边上》，上海教育出版社2005年版。

李杨：《文学史写作中的现代性问题》，山西教育出版社2006年版。

刘再复：《性格组合论》，安徽文艺出版社1999年版。

罗岗、倪文尖：《人文精神》，《90年代思想文选》（第一卷），广西人民出版社 2000 年版。

孟繁华：《众神狂欢——世纪之交的中国文化现象》，中央编译出版社 1997 年版。

王逢振：《詹姆逊的基本思想及发展》，载于《快感：文化与政治》，中国社会科学出版社 1998 年版。

王岳川：《后现代主义文化研究》，北京大学出版社 1992 年版。

王岳川：《中国镜像》，中央编译出版社 2001 年版。

吴秀明：《转型时期的中国当代文学思潮》，浙江大学出版社 2001 年版。

萧功秦：《思想史中的观念人》，《知识分子与观念人》，天津人民出版社 2002 年版。

谢有顺：《消费社会的叙事处境》，《先锋就是自由》，山东文艺出版社 2004 年版。

赵黎波：《新时期文学批评的启蒙话语研究》，中国社会科学出版社 2008 年版。

朱向前：《心灵的咏叹》，华艺出版社 1993 年版。

朱学勤：《思想史上的失踪者》，花城出版社 2000 年版。

陈萍：《新启蒙主义思潮的演进轨迹》，《重庆大学学报》（社会科学版）2009 年第 6 期。

陈思和：《文本细读在当代的意义及其方法》，《河北学刊》2003 年第 11 期。

董学文等：《试析意识形态转型理论对文艺批评的影响》，《广东社会科学》2001 年第 3 期。

杜国景：《当代中国文学批评语境与机制研究》，《中山大学学报》（社会科学版）2014 年第 12 期。

何红梅、户思社：《翻译：写作之隐喻——以普鲁斯特、西蒙、格非为例》,《南昌航空大学学报》(社会科学版)2016 年第 4 期。

侯顺:《泛文化时代的文学批评》,《理论月刊》2003 年第 1 期。

金岱:《当代文学批评:回眸与进路一种》,《华南师范大学学报》2006 年第 2 期。

赖力行:《体验:中国文学批评古今贯通的民族特点期刊论文》,《中国文学研究》2006 年第 3 期。

李杭育:《理一理我们的"根"》,《作家》1985 年第 9 期。

李鹏等:《"八十年代"的思想现场:思想解放与文化启蒙的复杂关联》,《文艺争鸣》2015 年第 5 期。

李万武:《看文坛后现代批评策略》,《文艺理论与批评》1997 年第 2 期。

李新亮:《当下文学批评的三种病症》,《天府新论》2011 年第 6 期。

刘复生:《"新启蒙主义"文学态度及其文学实践》,《新华文摘》2004 年第 3 期。

刘复生:《反思 1980 年代:"新启蒙主义"文学态度及其文学实践》,《文艺理论与批评》2004 年第 1 期。

刘起林:《论 90 年代文学批评的非学理化倾向》,《东方文坛》2002 年第 6 期。

刘雪松:《90 年代的作家批评》,《名作欣赏:文学研究(下旬)》2011 年第 1 期。

刘雪松:《90 年代文化批评的历史性登场》,《文学教育(上)》2013 年第 2 期。

刘雪松:《丰富中的贫困——上个世纪 90 年代以来文学批评现象之一》,《电影评介》2013 年第 1 期。

刘雪松:《建立多元互补的批评格局》,《长春理工大学学报》2008

年第 5 期。

刘雪松:《文学批评的新景观》,《当代文坛》2012 年第 5 期。

刘雪松:《文学批评与哲学》,《当代文坛》2007 年第 7 期。

刘雪松:《现代性视域下的新左派文学批评》,《山花》2016 年第 6 期。

刘雪松:《周边话语的繁富与本体话语的荒芜》,《福州大学学报》(哲学社会科学版)2010 年第 5 期。

刘雪松:《作协批评的衰微与其他诸种批评的兴起》,《牡丹江师范学院学报》(哲学社会科学版)2012 年第 3 期。

马立新:《论文学史的构成方式与文学史观》,《山东大学学报》(哲学社会科学版)2002 年第 8 期。

南帆:《文学批评:科学主义与个性主义》,《文艺理论研究》1989 年第 2 期。

宁媛:《从功利走向审美——谈新时期文学批评的基本格局和走向》,《景德镇高专学报》2002 年第 3 期。

欧孟红:《80 年代以来文学批评的回顾与前瞻》,《廊坊师范学院学报》2004 年第 1 期。

孙桂荣:《90 年代文学的媒体批评》,《当代文坛》2002 年第 4 期。

陶东风:《告别花拳绣腿,立足中国现实——当代中国文论若干倾向的反思》,《文艺争鸣》2007 年第 1 期。

涂昊:《论文化批评对文学批评的突破及其困境》,《暨南学报》(人文科学与社会科学版)2003 年第 11 期。

王达敏:《论批评的艺术化——对新时期文学批评的批评》,《安徽大学学报》1995 年第 4 期。

王蒙:《躲避崇高》,《读书》1993 年第 1 期。

王蒙:《沪上思絮录》,《上海文学》1995 年第 1 期。

王晓明、张宏、徐麟、张柠、崔宜明：《旷野上的废墟——文学和人文精神的危机》，《上海文学》1993年第6期。

王昭风：《前现代、现代与后现代社会场合之交集——对〈上海宝贝〉面世风靡的一种文学社会学考察》，《聊城大学学报》（社会科学版）2004年第1期。

吴义勤：《文化批评与"中国当代文学形象"——评孟繁华新著〈传媒与文化领导权〉》，《当代作家评论》2004年第6期。

肖春燕：《回归公共空间——从"人文精神"讨论谈起》，《湖北广播电视大学学报》2008年第11期。

许纪霖：《启蒙的命运——二十年来的中国思想界》，《二十一世纪》1998年第12期。

许纪霖、黄万盛、杜维明：《当前学界的回顾与展望——许纪霖、黄万盛、杜维明三人谈》，《开放时代》2003年第1期。

杨扬：《论90年代文学批评》，《当代文坛》2000年第1期。

姚新勇：《现代性言说在中国——1990年代中国现代性话题的扫描与透视》，《文艺争鸣》2000年第1期。

张红兵：《文论热点评述：90年代中国的文化研究》，《文艺评论》2003年第5期。

张立群：《流动的欲望叙述——格非小说中的"水"意象》，《人文杂志》2008年第2期。

张楠：《90年代先锋派作家的转型——以莫言的〈檀香刑〉为例》，《剑南文学》2013年第2期。

张汝伦、王晓明、朱学勤、陈思和：《人文精神寻思录之一——人文精神：是否可能和如何可能》，《读书》1994年第3期。

张韬：《论文学编辑批评的作用》，《江汉大学学报》（人文科学版）2005年第2期。

张颐武：《"现代性"的终结：一个无法回避的课题》，《战略与管理》1994年第3期。

赵黎波：《新时期初文学批评中人道主义启蒙话语分析》，《淮阴师范学院学报》（哲学社会科学版）2010年第2期。

赵勇：《批判精神的沉沦——中国当代文化批评病因之我见》，《文艺研究》2005年第12期。

郑婉姗：《当批评遭遇尴尬》，《当代文坛》2003年第5期。

周春宇：《文化批评的意义与局限》，《江南大学学报》2002年第9期。

周建梁：《"人文精神"讨论与知识界的分化》，《美与时代》2013年第4期。

周晓燕：《借鉴与互补：文化批评与文学批评》，《文艺评论》2003年第7期。

葛中魁：《论90年代文学批评中的对话批评》，青岛大学，学位论文，2005年。

公秀梅：《论媒介变革语境中的中国文学批评》，新疆大学，学位论文，2007年。

韩伟：《多元的开掘与沉实的探索》，中国社会科学院，学位论文，2010年。

兰喜喜：《精神荒芜与历史的压抑——曾明了小说论》，西南大学，学位论文，2011年。

刘江：《1990年代的"人文精神"讨论》，上海师范大学，学位论文，2011年。

刘乐新：《90年代人文精神讨论（1993—1995）研究》，北京师范大学，学位论文，2010年。

刘雪松：《世纪之交的文学批评新潮》，吉林大学，博士学位论文，

2009年。

孙辉:《批评的文化之路——20世纪末以来文学批评研究》,暨南大学,博士学位论文,2003年。

田朋朋:《1991—2001:"鲁迅传统"的嬗变》,苏州大学,学位论文,2010年。

王丹娜:《本能与欲望的构建和解析——论格非的潜创作》,辽宁师范大学,硕士学位论文,2007年。

王蕾:《大众传媒时代下中国文学批评现状探究》,四川大学,硕士学位论文,2002年。

杨荣:《文学观念的裂变与重构——1990年代初期的中国文学转型研究》,学位论文,2011年。

赵黎波:《新时期文学批评启蒙话语研究》,复旦大学,博士学位论文,2007年。

朱斌:《中国当代文学批评:反思与前瞻》,四川师范大学,学位论文,2002年。

李振声:《走出"纯批评"的樊篱》,《文汇报》1998年9月11日。

孟繁华:《文学批评与文化批评》,《作家报》1997年10月16日。

钱谷融:《为当代文艺理论创新寻找出路》,《中华读书报》2002年10月17日。

陶东风:《道德理想主义:拯救当代社会的神话》,《作家报》1995年7月1日。

颜敏:《底层文学叙事的理论透视》,《文艺报》2006年10月12日。

张景超:《卫慧、棉棉与当下文化的偏斜》,《文艺报》2000年5月23日。